光文社文庫

みどり町の怪人

彩坂美月

光　文　社

目次

みどり町の怪人

あの頃、町には得体の知れないものがいた。

口裂け女に、人面犬。そして――雨でもないのにレインコートに身を包み、暗がりをさ迷い続ける怪人が。

一九九〇年代初め。……これは、まだ都市伝説がすぐ側に息づいていた頃の話。

第一話　みどり町の怪人

夕暮れが、深くなっていく。

何もかもが赤く染まった通りは、なんだか不吉な感じがした。薄暗く人気(ひとけ)のない路地を足早に進んでいたとき、ふと、背後で何かの気配を感じた。

耳をそばだてると、自分の靴音にまじり、微かに妙な音が聞こえてくる。押し殺した息遣いのような音と、不気味な足音だった。

ぞくっ、と背すじを冷たいものが滑り落ちる。

――いる。後ろに、恐ろしい何かが。

心臓が痛いほどに鳴り出した。必死で歩き続ける足は今にももつれてしまいそうだ。気配はもう、すぐそこまで近づいていた。

意を決し、怯(おび)えながら肩越しに振り返る。次の瞬間、喉(のど)の奥から悲鳴が漏れかけた。

夕闇の中を、いびつな影が追ってくる――。

◇

この町に越してきたのは初夏の、よく晴れた日だった。

見上げた二階建てアパートの外壁には、経年によるものらしいヒビが入っていて、それらを補修した痕がまるで血管みたいに見えた。鉄階段はあちこちペンキが剝げ、うっすらと錆が浮いている。すぐ脇に植わったむくげの白いつぼみと濃い緑が、対照的に瑞々しく目に映った。

六畳間に四畳半、それに小さなキッチンとバストイレがついた二階の角部屋。

——ここが今日から、奈緒と春孝が生活を始める場所だ。

「南向きだから、とにかく日当たりが良くってねえ。洗濯物なんかすぐに乾きますよ。あ、ちょうど畳も替えたばかりでしてね」

部屋の案内をしながら、大家の金子は途切れる間もなく喋っている。

一階に住んでいるらしい彼は話し好きの好々爺といった印象で、ふっくらとした丸顔は縁起のいいえびす様を連想させた。汗っかきなのか、さっきからしきりとハンカチで汗を拭っている。

「荷物はそれで全部かい？」

六畳間の片隅に積まれた段ボール箱を見やり、金子が尋ねる。若い男女の荷物にしてはずいぶん少ないと思ったのかもしれない。

奈緒はにっこりと微笑み、自然な口調で答えた。

「大きい家具なんかは、こっちで買おうと思ってるんです。前に使ってたのは新居にサイズが合わないかもしれないし、お互いの好みもありますから、一緒に選びたいなと思って」

「それなら駅前の通りに品揃えのいいリサイクルショップがあるから、覗いてみるといいよ」

金子は愛想よく店の場所を教えてくれ、ひと通り説明を終えると「若いうちはなんでも楽しいもんだからねえ」と笑って出ていった。

日が明るいうちに片付けてしまおう、とさっそく二人で荷解きを始める。持ってきた小さなラジオを点けると、ヒット曲〈夏の日の1993〉が軽やかに流れてきた。

押入れの中を拭いたり、水回りを磨いたりして、ようやく作業がひと区切りついた。開け放した窓から吹き込む風が、汗ばんだ額に心地よい。

春孝が眩しげに窓の外に視線を向けながら、「カーテンを買いに行かなくちゃね」と呟いた。何気ないその言葉を耳にした途端、胸の内に温かなものが広がっていく。

……新しい町で、好きな人との暮らしが、これから始まる。

思い返せば、奈緒の母は家のことにも娘にも無関心なだらしのない人だった。両親は見合い結婚だったと聞くが、なぜ結婚したのだろうと子供心にも不思議に思ってしまうくらい、彼らが互いを慈しみ合う姿を見た記憶がない。父はそんな母に愛想をつかし、奈緒がまだ幼い頃に離婚して家を出ていった。

温かい家庭というものを知らない奈緒にとって、愛する人と幸せな家庭を持つことは、子供の頃から抱いていた夢だ。

春孝とは、前に勤めていた会社で知り合った。奈緒は総務で、営業部にいた春孝と懇親会で隣の席になったのをきっかけに、親しく喋るようになった。

春孝は奈緒より五つ年上なのに涙もろく、他人から強く頼みごとをされると断れないようなお人好しなところがある。はっきりとものを云うタイプの奈緒とは正反対だ。繊細で、傷つきやすくて、他人の痛みを自分のもののように受け止めてしまう優しい春孝。

気が弱くて少し頼りなく感じるときもあるけれど、自分にはない、春孝のそういうところが大好きだ。

くしゃっと目を細めて笑い、ナオ、と柔らかく自分の名を呼ぶ春孝を見るたび、なんとなく日だまりの猫を連想した。男性に対し、こんなふうにいとおしいという感情を抱いたのは生まれて初めてだった。言葉にすると気恥ずかしいけれど、自分にとって宝物のような人だ。

横顔をじっと見つめていると、その視線に照れたように春孝が「何?」と尋ねてきた。

「新しい仕事が早く見つかるといいね」と微笑んでみせると、「うん」と春孝も笑って頷き返す。緑の匂いがする風が、前髪を揺らした。

ここが出発点だ。これから始まる二人の生活を大切にしよう、と奈緒はあらためて誓った。

翌日。春孝が仕事を探しに出かけている間、奈緒は買い出しをしながらアパートの周りを歩き回ってみることにした。

引っ越してきたみどり町は、埼玉県の県庁所在地から電車で三十分ほど下った所にある、小さな田舎町だ。日本のあちこちに存在する多くの地方都市のように、駅前の大通りはデパートや連なる店々で賑わっており、駅から離れるにつれて緑の多い住宅地へと景色が変わっていく。

畑や新旧の民家が雑然と広がる向こうには古めかしい工場の集まりと、お椀を逆さにしたような形のなだらかな山が見えた。

なじみのない風景は、曲がる角を一つ二つ間違えたらあっという間に迷子になってしまいそうだ。まだアパートの住所さえきちんと覚えていなかったため、道を見失わないように気をつけながら、ぶらりと歩く。

目についた店先のワゴンで小さな野球ボールがついたキーホルダーを見つけ、お揃いでアパートの鍵につけよう、と思い立って手に取った。奈緒の好みはもっとかわいらしいデザインのものだけれど、春孝は野球が好きだからこれがいい。

食料品店や喫茶店、飲み屋などが立ち並ぶ近所の商店街をひと通り散策したとき、なんともいえずいい匂いが漂ってきた。焼き立てのパンの匂いだ。

足を止めると、ひらひらした赤い幌に〈パン工房　サンドリヨン〉と書かれた小さな店が目に入る。佇まいから察するに、昔からある店のようだ。

美味しそうな匂いにつられ、奈緒はレトロな木枠のガラス扉を開けた。奥のレジにいた中年女性が、いらっしゃいませ、と明るく声をかけてくる。こぢんまりとした店内には柔らかな空気が漂い、手描きの値札や、こんもりとパンの盛られた素朴な木籠はどこか懐かしさを感じさせた。

好みのパンをいくつか選び、「素敵なお店ですね」と会計時に話しかけてみると、女性は飾りけなく笑って「ありがとうございます」と応えた。

四十代半ばといったところだろうか。目元にはちりめんじわが浮いているが、こざっぱりとしたショートカットの似合う、活き活きした面立ちをしている。

「失礼ですけど、この辺りにお住まいの方かしら？」

気さくな口調で問われ、奈緒は頷いた。

「ええ、昨日引っ越してきたんです、彼と」

はにかみながら挨拶を口にすると、まあ、そうなの、と女性は快活に笑った。

「ここは慣れれば住みやすい町よ。困ったことがあったらなんでも気軽に訊いてちょうだいね、ご近所のよしみですもの。ついでにうちのパンも贔屓にしてくださいな」

女性が悪戯っぽく片目をつむる。そんな他愛のないやりとりに、わずかに心が軽くなった。知らない町で生活を始めることに対し、やはり不安も感じていたようだ。

店を出るとき、ガラス扉に〈求人募集〉と手書きの貼り紙がしてあるのが目に留まった。へえ、と思い、まじまじと貼り紙を見つめる。

近所だし、店員の女性はすごく感じのいい人みたいだ。自分がここで働くのもいいかもしれないな、という考えが頭に浮かんだ。

新生活を始めるにあたり、これから色々とお金もかかるだろう。パンの香りに包まれて働くのも悪くない。そんなことを思いながら、通りまで漂ってくる香ばしい匂いに目を細める。

生活に少し余裕が出来たら、ホームベーカリーを買うのもいい。焼き立てのパンの匂いで目覚めるなんて素敵だ。自分一人のためにパンを作るなんて面倒なことをする気は起きないけれど、二人暮らしならそんな手間さえも楽しみに思えてくるから不思議だ。けれど、まずは引っ越しの片付けを終えてしまわなくては。

再び歩き出そうとしたとき、ふと誰かの視線を感じた。

顔を向けると、すぐ側（そば）に小さな男の子が立っていて、じいっと奈緒を見上げている。

身近に子供がいないのでよくわからないが、小学校の一、二年生くらいだろうか？　愛らしい顔つきをしていて、心もち前向きの大きな耳が、空飛ぶ子ゾウのダンボを連想させた。少年の利発そうなくりっとした目は、明らかに奈緒を見つめている。

もしかして、迷子か何かだろうか。道を訊かれても案内なんてできないし、困ったな、と思いながらも「どうかしたの？」と声をかけると、少年はゆっくりと小首を傾げた。

「お姉さん、近所の人？」

予想外に大人びた口調で尋ねられ、一瞬戸惑う。

「そうよ。昨日、引っ越してきたばかりだけど」

だから道を訊かれてもわからない、と言外に匂わせたつもりだったが、少年は「ふうん」と呟いただけだった。

奈緒に向かって、再び、おもむろに問いかける。

「──ねえ、〈みどり町の怪人〉って知ってる？」

「え？」

唐突に発せられた少年の言葉に、怪訝そうな声が出た。怪人？　子供の間で流行っている漫画か何かの話だろうか？

それにしても、ずいぶん親しげに話しかけてくる子だな、と思った。田舎の子供ってそういう感じなんだろうか。もし相手が変な大人だったりしたら、危ないんじゃないか。そんなことを思いながら、奈緒は作り笑いを浮かべて諭すように云った。

「あのね、知らない人と軽々しく喋っちゃ駄目って、お父さんとお母さんから教わらなかった？」

「知らない人じゃないもん」

少年が平然と云い返す。どういう意味だろう、と訝しんでいると、もう一度尋ねられた。

「みどり町の怪人、知らないの？」

どうやら答えなければ解放してもらえないらしい。仕方なく首を横に振る。

「……知らない。なあに、それ。何かの遊び？」

奈緒から視線を外さないまま、少年は真顔で答えた。

「この町には怪人がいるんだよ。女の人と子供は殺されるから、気をつけなきゃいけないんだ」

あどけない少年の面立ちに似合わない、不穏な言葉にぎょっとする。「こら」と慌てて少年を軽く睨んだ。

「殺されるなんて言葉、子供が気軽に使っちゃいけないのよ」

「だって、本当だもん」

少年は叱られたのが意外そうに、ごく当たり前のことを告げる口調で繰り返した。

「みどり町の怪人は、女の人と子供を狙うんだよ。お姉さんも気をつけて」

戸惑い、まじまじと少年の顔を見返す。悪ふざけをして大人をからかっているのかもしれない、という疑念が一瞬よぎったものの、こちらを見上げる少年の顔は真剣そのものに見えた。胸の内で小さなため息をつく。……どういうつもりか知らないが、ここは適当に合わせておこう。

苦笑しながら「気をつけるわ」と云ってみせると、少年は真面目くさった表情で大きく頷き返した。奈緒の答えに満足してくれたようだ。

買い物の途中だったことを思い出し、ばいばい、と少年に手を振って再び歩き始める。かわいらしい顔をしているけれど、少し変わった子だな。そんなふうに思いながら数歩進み、何気なく振り返った瞬間、「――え？」と驚きの声が漏れた。

……たった今そこに立っていたはずの少年が、いない。

ほんの数秒目を離しただけなのに、少年の姿は忽然と消え失せていた。視界に映るのは、まっすぐに続く無人の通りだけ。

狐につままれたような気分になり、戸惑いながら周囲を見回す。

――あの少年は、どこに消えたのだろう？

さんさんと日が照る路上に立ち尽くす奈緒の髪の毛を、風がざわりと揺らしていった。


帰宅すると、ちょうどアパートの前で草むしりをしていた金子と出くわした。

金子は首にかけた手拭いで汗を拭いながら、「おや、買い物に行ってきたのかい」「駅前のスーパーは水曜日が特売日だよ」などと人の好い笑顔で奈緒に話しかけてくる。親切な人だとは思うものの、自分たちのことを根掘り葉掘り訊かれるのは少し億劫に感じた。

当たり障りのない返事をしながら立ち話を切り上げようとし、ふと思いついて、軽い気持ちで尋ねてみる。

「そういえば、この町ってなんだか怖い噂があるんですか？　怪人がどうとか」

奈緒としては、てっきり金子がきょとんとした顔をするか、「なんだい、それは」と笑い飛ばすものと思った。

しかし奈緒がそう口にした途端、予想に反して金子がすっと笑みを消した。急に日差しが陰ったように、その表情を曇らせる。

「ああ、誰かから聞いたのかい。……あれは痛ましい事件だったね」

「――え？」

返ってきた思いがけない反応に驚いた。

「事件って……この町で、何かあったんですか？」

尚(なお)も尋ねると、金子は逡巡(しゅんじゅん)する素振りを見せた後、いかにも気の進まない様子で口を開いた。彼の話によれば、二十数年前、この町で恐ろしい殺人事件があったという。

事件は、若い夫婦とその子供の三人が暮らしていた古いアパートで起こった。夫が会社に行っている間に、妻と子供が何者かに殺害されたのだ。

夫婦は穏やかな感じのいい人たちで、周囲と目立ったトラブルなどは一切なかったらしい。変わり果てた姿となった二人を発見したのは、仕事から帰宅した夫だった。

奇妙なことに、アパートの鍵は掛かったままでこじ開けられたような形跡はなく、昼間の犯行にも拘(かかわ)らず有力な目撃証言は一切出てこなかったという。――まるで怪人(ファントム)が壁をすり抜けたか、煙になってその姿を消してしまったかのように。

地方の静かな町で起こった不気味な殺人事件は未解決のまま、犯人が捕まっていない。残酷に人を殺した得体の知れない存在は、今も近くに潜(ひそ)んでいるのではないか。事件をきっかけに、住民の間でそんな噂話が囁かれるようになったらしかった。……なんだか怖い、気味の悪い話だ。

「結局、犯人は捕まらずじまいだからね。こんな田舎町でむごたらしい事件が起こるなんて、住んでる人間にとってはそりゃあショックだったのさ。だからそんな噂が広まったのかもしれないねえ」

金子がしんみりとした声で呟く。

そこで奈緒が困惑していることに気づいたのか、「いや、申し訳ない、若いお嬢さんを怖がらせてしまったかな。うちの近所におかしな人は住んじゃいないよ。この辺は自治会の防犯委員がしっかりしてるし、なにぶん事件が起きたのはずっと昔の話だからね」と取り繕(つくろ)うように慌てて云った。いえ、と奈緒もぎこちなく愛想笑いを返す。

アパートの部屋に戻り、しんとした空間に一人きりで居ると、次第に落ち着かない気分になってきた。

この平和そうな町で未解決の殺人事件があったらしいことや、怪人に殺されるなどという不穏な噂話が身近で囁かれていることに、微(かす)かな胸のざわつきを覚えてしまう。

この小さな町のどこかに、恐ろしい殺人犯が潜んでいるのかもしれない——。

リアルに想像してしまい、ぞくっとする。慌てて気持ちを切り替え、夕飯の支度に取りかかった。用意ができた頃、ちょうど春孝が戻ってきた。「お帰りなさい」と発した声が子供みたいにはずんでいて、我ながら少し気恥ずかしくなる。春孝はくすぐったそうにしながらも、ただいま、と応じてくれた。

夕飯を食べながら、互いに一日の出来事を報告し合う。春孝は「よさそうな求人を見つけたから、面接に行ってみるつもり」だと話した。奈緒も「近所の商店街を歩いてたら、いい感じのパン屋さんがあったの。買ってきたから、明日の朝食に食べましょうよ」とアパート周辺を散策したことを喋る。

「あと、これも買ったの」と鍵につけた野球のキーホルダーを見せながら、無駄遣いする女の子だと思われはしないかふと心配になり、「春孝、野球好きでしょ？」と上目遣いに口にした。春孝はそんな奈緒の心の動きに気づく様子もなく、キーホルダーを見て面白がるように云う。

「はは、昔、野球部だったときこういうの持ってた。なんか懐かしいな」

「野球部だったの？」

「うん。学生のときね」と頷いた春孝に、そう、と小声で呟いた。

我ながら子供じみていると思うけれど、自分の知らない頃の春孝の話をされると、少しだけ焦りにも似た寂しさを感じる。やっぱり別のキーホルダーにすればよかったかな、などと思っていると、そんな心情を察してか、春孝は「ありがとな」と目を細めた。

美味しいね、と味噌汁をすする。奈緒は絹ごし豆腐が好きだが、春孝はどちらかといえば木綿豆腐の方が好みらしい。じゃあ今度は木綿にしてあげるね、とじゃれるみたいな会話を交わした。

向かい合って食卓に座り、他愛のないお喋りをするのが嬉しかった。こんなささやかな幸せがいつまでも続けばいい、と思う。

「何も変わったことはなかった？」と春孝に問われ、奈緒はとっさに、ううん、何も、と答えた。

この町で起きたという殺人事件や、不気味な噂話を口にするのはためらわれた。引っ越してきたばかりなのに、この町の印象が悪くなることを話して彼を嫌な気持ちにさせたくなかった。……そうだ、そんな話、そもそも自分たちには何の関係もない。

結局春孝には何も伝えず、奈緒はさりげなく話題を変えた。

数日後。買い物のついでに、奈緒は再びあのパン屋に立ち寄ることにした。

先日購入したパンが想像以上に美味しく、春孝も気に入った様子だったので、また買って帰ろうと思ったのだ。

ガラス扉に手をかけると、まだ求人募集の貼り紙がしてあった。買い物ついでに求人内容をお店の人に訊いてみよう、と思い立つ。

しかし、「いらっしゃいませ」と奥の厨房から出てきたのは、先日会話した気さくな女性店員ではなかった。白いコックコートを着た猫背の中年男性だ。

作業帽に大きなマスクをしているため顔はよく見えないが、陰気そうな目つきといい、ぼそぼそした喋り方といい、全体的に話しかけにくい雰囲気を醸(かも)している。

ためらいながらも、「あの……」と思いきって口を開くと、男性は睨むように奈緒を見た。

「何か?」

とっさに怯(ひる)み、「いえ、やっぱりいいです」と慌てて言葉をひっこめる。会計を済ませて店を出るとき、男性が奈緒の後ろ姿をじろじろと見ている不躾な視線を感じた。嫌悪めいたものを覚え、小さく身震いする。……嫌、なんだか、気味が悪い。

せっかく近所に素敵な店を見つけたと思ったのに、水を差されたような気分だ。

もし怪人が本当にいるとしたら、あんな不気味な感じなのかもしれないな、などという想像が頭をよぎった。

日曜日、久しぶりに二人でデートに出かけた。

映画を観た後、手をつないで駅前の繁華街をぶらぶらと歩く。気持ちのいい青空で、骨董（こっとう）市が出るなどして通りは賑わっていた。電器店の大型テレビの前に立ち止まってJリーグの試合を観戦している人たちや、ゲームセンターの軒下（のきした）でアーケードゲームに興じる子供たち。賑やかな場所に二人で出かけることはこれまであまりなかったので、はしゃいではいけないと思いつつも自然と胸が躍ってしまう。

夕飯は何にしよう、小皿が少し足りないから買っていこうか、などと浮いた気分で春孝とやりとりしながら歩いていたとき、ふいに人混みの中から強い視線を感じた気がした。

——じっとりと、まとわりつくような嫌な視線。落ち着かない気分になり、とっさに周りを見回した。不自然にこちらに注目しているような人物は、特に見当たらない。

立ち止まった奈緒に、「どうかした？」と春孝が怪訝そうな目を向けてきた。

「……うん、別に」

慌てて笑みを浮かべてみせる。……きっと、ただの気のせいだ。怖い話を聞いたりしたから、神経が過敏になっているのに違いない。

甘えるように春孝の腕に自分の腕を絡め、奈緒は何事もなかった素振りで歩き出した。

その夜、喉が渇いて水を飲みに起きると、妙に目が冴えてしまった。右を向いたり左を向いたり、瞼（まぶた）を閉じてしばらくじっとしていたりしてみたけれど、一向に睡魔が訪れる気配はない。隣の布団で眠っている春孝を起こさないよう、奈緒はそっと身を起こした。テレビを点けると眩しいだろうと思い、音量を最小にしてラジオを点ける。

さみしい夜や、なかなか寝つけないときにこうしてラジオを点けることが、子供の頃からよくあった。特に聴きたい番組があったわけではないけれど、ラジオから流れてくる音や声を聴いているだけで、誰かが側にいてくれるようでなんとなく気持ちが落ち着いた。

暗がりの中で聞こえてきたのは、ローカル局で放送されているらしいコミュニティラジオだ。地元在住だという怪談作家がＭＣを務め、リスナーからの葉書をやや芝居がかった物々しい口調で読み上げている。

（『みどり町の怪人は、女性と子供を殺すそうです』）

耳に入ってきたそんな言葉に、反射的にどきりとした。紹介されている葉書の内容は、まさにこの町で囁かれている噂についてのものだった。

（『怪人に目をつけられたら、決して逃れることはできません。どれだけ遠くへ逃げても、厳重に鍵を掛けたとしても、怪人はどこにだって現れるから』）

(『……ひょっとしたらもう、怪人に狙われているかもしれない』)

意味深にひそめられる、声。

(『ほら、あなたの、すぐ近くに――』)

急に怖くなり、慌ててラジオを消した。布団を被り、存在を確かめたくて、隣で眠る春孝の背中に寄り添う。そのまま彼の寝息を聞いていると、不安は次第に遠くへと追いやられていった。安らかな呼吸に吸い込まれるように、いつしか奈緒も、眠りに落ちていた。

それから数日後の昼下がり、買い物帰りに近所の路地を一人で歩いていると、ふいにまたあの突き刺さるような視線を感じた。

気のせいと片付けてしまうには、あまりにも生々しい気配だった。悪意を持った何者かがすぐ側に身を潜め、こちらを窺(うかが)っているような気がした。

誰かが、自分を見ている――。

込み上げる不安に足を止め、思い切って振り返る。恐る恐る周りを見回すも、民家の塀や電柱などがしんと佇んでいるだけで、誰もいない。なのに、胸は不自然にざわついたままだった。

早足になりながらアパートに戻ると、すぐさま念入りに戸締りをした。額に滲(にじ)んだ汗を拭い、無意識に詰めていた息を吐く。

なぜだろう、この町に来てから、妙に不穏な視線を感じる。得体の知れないものが全身に絡みついてくるような気がして、不安だった。

気持ちを落ち着かせるべく、もう一度深く息を吐き出し、自分に云い聞かせる。何を子供みたいに怖がってるの？　ただの錯覚に決まってるじゃない。

くだらない空想をしてしまうのは、きっとあの少年から変な話を聞いたせいだ。怪人なんて、そんなものが現実にいるはずがないのに、びくびくするなんてバカみたい。

そこまで考え、ふと、あることに気がついた。

……そういえば一度会ったきり、あの少年を見ていない。あれから何度か同じ道を通ったけれど、彼の姿を目にしたことはあれ以来一度もなかった。

そうだ、とあえて思い出さないようにしていた光景がよみがえる。

――あのとき、奈緒が目を離したほんの数秒の間に、少年は煙のように消えていた。

ぞくっ、と冷たいものが背すじを走った。怪人を知っているか、と真顔で尋ねてきた少年。

（この町には怪人がいるんだよ）

（女の人と子供は殺されるから、気をつけなきゃいけないんだ）

バカげていると感じながらも、唐突に思いついてしまった考えが頭を占めていく。

――あの子は、本当に、生きた人間だったのだろうか？

二十数年前の事件で殺されたのは、若い母親とその子供だったと聞いた。

狙われるから気をつけて、と奈緒に警告してきたあの奇妙な男の子は、ひょっとしたら、殺された可哀想な子供の幽霊だったのでは……？

思い浮かんだそんな想像を打ち消すように、かぶりを振る。まさか、幽霊だなんて、いくらなんでも突飛すぎる。でも――。

流しの周りをうろうろしていると、「ただいま」と春孝が帰ってきた。安堵し、駆け寄って彼を出迎える。

抱きついてきた奈緒に、春孝が少し驚いた表情をして笑った。彼の背中に腕を回しながら、「ねえ、頭を撫でて」と口にする。

「どうしたの。今日は甘えん坊だね」

春孝は困ったように目を細めながらも、優しく奈緒の髪を撫でてくれた。温かな手の感触に目をつむる。彼から日だまりのような柔らかい匂いがした。部屋の隅々まで、幸福な空気で満たされていく。ずっとこうしていたい、と思った。

自分と春孝はいつまでも一緒だ。誰も二人を引き離せない。怖いことなんて、何も起こるはずがない。

そう、自分に云い聞かせた。

その日、奈緒が買い物袋を手にアパートに戻ろうとする頃には、辺りは夕日にすっかり赤く染め上げられていた。

失敗しちゃったな、と小さくため息をつく。今日が特売日だと金子に教えてもらい、遠くのスーパーまで足を延ばしてみたものの、見慣れぬ通りを歩いているうちにいつのまにか迷ってしまったようだ。

路地は気まぐれに枝分かれしたかと思うと、すぐ先でまたつながっていたり、近くに見えている場所に行くのにぐるりと大回りをしなければいけなかったり、まるで迷路のように感じられた。細かく折れた路地を進んでいくと、いきなりどこかの民家の庭先に突き当たったりして戸惑う。

ぐるぐると歩き回っているうちに、正しい道すじを完全に見失った。荷物の入った買い物袋が、指に重く食い込んでくる。ああもう、どうしてこうそそっかしいんだろう。早く帰って、夕飯の支度をしなきゃいけないのに。

狭い路地を早足で歩いていたとき、少し先にある電柱の陰に人の姿が見えた。腰を曲げて立っている小柄な人影は、老女のようだ。道を尋ねようと思い、奈緒はその人物に近づいた。

「あの、すみません」

声をかけると、老女がこちらを振り向いた。その口から、ぼそりとくぐもった呟きが漏れる。

「怪人が来るよ」

「……え？」

発せられた言葉が一瞬理解できず、反射的に訊き返す。驚きに固まっている奈緒の前で、老女はどこを見ているのかわからない目をぼんやり宙にさ迷わせ、再び言葉を発した。

「もうすぐ、怪人が来る。怪人が来たら、恐ろしいことが起こるよ」

ひと言ひと言、大袈裟(おおげさ)なほどに口を動かして喋る動きは、どこか腹話術の人形めいている。恐ろしいこと、という言葉が、たどたどしい発音のために、おとろしいこと、と聞こえた。たじろぎ、目の前の老女を凝視する。いま、この人は何と云った？　怪人が、来る……？

老女の開いた口の隙間から、黄ばんだ乱杭歯(らんぐいば)が覗いていた。寒気を覚えたのは得体のしれない老女に対してか、彼女が口にした内容についてなのかは自分でもわからなかった。

奈緒はとっさに後退り、慌てて会釈すると、逃げるように歩き出した。何、何なの？

気味が悪い――。

周囲を包む赤が、いっそう深くなっていく。何もかもが赤く染まった通りは、なんだか不吉な感じがした。動揺しながら早歩きで見知らぬ路地を進んでいるとき、ふと、背後で何かの気配を感じた。

耳をそばだてると、自分の靴音にまじり、押し殺した息遣いのようなものが微かに聞こえてくる。ひっ、と緊張に身をこわばらせた。

奈緒の後ろからひたひたと近づいてくる、足音。怖くなって歩く速度を上げると、ついてくる足音も同じように速まった。間違いない。

――誰かが追いかけてくる。

動悸が激しくなるのを感じた。恐ろしさに、後ろを振り向く勇気が出ない。助けを求めて周りに視線をさ迷わせるも、人気のない路地は不自然なほど静まり返っており、他に人の姿は見当たらなかった。気配はもう、すぐそこまで近づいていた。

ごく、と唾を呑む。意を決し、奈緒は恐る恐る肩越しに振り返ってみた。その視界にいびつな影が映る。夕暮れの中、背中を丸めるようにして、不気味な男が追ってくる――。

思わず喉の奥から悲鳴が漏れそうになった。慌てて前を向き、小走りになって路地を進む。誰か、助けて、春孝。

泣きそうな思いで角を曲がったとき、いきなり誰かとぶつかりそうになった。きゃっ、と反射的に声を上げる。それから目の前に現れた人物を見て、驚きに息を呑んだ。

――あの少年だ。みどり町の怪人を知っているか、と尋ねてきた少年が、奈緒の正面に立っている。

向こうも突然現れた奈緒に意表を衝かれたのか、「あ」と声を発してきょとんとした表情でこちらを見上げていた。奈緒が引き攣(つ)った顔をしていることに気づいたらしく、怪訝そうに目を細める。

「お姉さん、どうしたの？」

思いがけない状況に混乱していると、背後から足音が近づいてきた。さっきよりも、近い。

一瞬ためらった後、思いきって少年の手を摑(つか)んだ。「来て」と手を引き、再び足早に歩き出す。

握った小さな手は、奈緒の掌(てのひら)に温かな体温を伝えてきた。どうして幽霊かもしれないなどと思ったのだろう、と不思議になるくらい、目の前の子供はまぎれもなく生身の人間だった。

「どこに行くの？」

不思議そうに訊いてくる少年に、「しいっ、振り向いちゃ駄目」と小声で囁く。

「さっきから、誰か、ついてくるの」

落ち着いた声を出そうとしたものの、自分でも情けなくなるほど声が緊張でかすれていた。それを聞いた少年が、え、と驚きに目を瞠（みは）る。

「ついてくるって……誰が？」

「わからないけど、追いかけられてるのは確か。とにかくここから離れて、安全なところに逃げなきゃ」

奈緒の切羽詰まった口調に、半信半疑だったらしい少年の顔にみるみる動揺が広がっていく。怪人だ、と少年が呟いた。

「――ほんとに怪人が来たんだ……！　どうしよう、僕ら、殺されちゃうのかな」

不安そうにまばたきをする少年の言葉に、一瞬、思考が停止した。普段なら荒唐無稽に聞こえるはずの〈怪人〉という響きに、怯えているのを自覚する。「大丈夫」と云ってやる代わりに、少年の手をいっそう強く握った。

とにかく、人通りのある場所に出なくては。

焦る思いで先に進むと、一本道を曲がったところで背の高い石塀に突き当たった。――

行き止まりだ。

冷たい汗が腋を流れる。袋小路になっているそこには、逃げる場所も、隠れられそうなところも見当たらない。

「まずい、あいつが来ちゃう」と少年が上ずった声を発した。少年の手を握る奈緒の指にも、無意識に力がこもってしまう。彼の薄っぺらい身体も、小さな手も、泣きたくなるほど華奢だった。どうしよう、どうすればいい……？

足音が近くに迫ってきた。荒い息遣いがそれに交じる。もう、すぐそこまで来ている。

パニックに陥りかける奈緒の手を、急に少年が引っ張った。真剣な面持ちで奈緒に耳打ちする。

「ねえ、あいつをびっくりさせて逃げられないかな？」

虚を衝かれ、奈緒は思わず動きを止めた。混乱しながら訊き返す。

「びっくりさせるって……どうするの？」

「それをぶつけてやるんだ」

そう云って、少年が奈緒の手にしている買い物袋を指さした。怪人に買い物袋を投げつけてふいを衝き、その隙に逃げ出そうと云いたいらしい。

予想外の提案に、困惑して言葉を失う。漫画やドラマではあるまいし、そんなふうにうまくいくだろうか？　それ以前に、怪人などという異様な存在が自分の目の前に現れる場面を想像するだけで、怖くて足がすくみそうだ。

怯む奈緒に、「怖がっちゃ駄目だよ」と少年がもどかしそうに云う。

「お姉さんは大人でしょ？　だったら、しっかりしてよ」

すがるような目で訴えられ、ハッとした。そうだ、今この場でこの子を守れるのは、自分しかいない。やむなく心を決め、無言で頷く。口の中がひどく渇いていた。

奈緒が息を殺して身構えた瞬間、曲がり角にゆらりと黒い影が落ちた。ぶわっと全身が総毛立(そうけだ)つ。

――来た。怪人が、本当に現れたのだ。

今だ。必死で前方を睨みながら、震える手で、中身の入った買い物袋を持ち上げる。振りかぶり、重みのあるそれを影に向かって投げつけようとしたそのとき、少年があっと驚きの声を上げた。

「待って！」

突然の制止に、え、と思うと同時に買い物袋が勢いよく奈緒の手を離れた。

直後、曲がり角から出てきた男が「うわっ」と叫び、大きくのけぞる。買い物袋は男を直撃することなく、ぎりぎりで逸(そ)れて足元に転がった。

男は無様な格好で地面に尻もちをつき、仰天したように奈緒を見上げている。状況が理解できず、奈緒もその場に立ち尽くす。……一体、何が起こっているのだろう？

次の瞬間、少年が慌てた様子で男に駆け寄った。

「パパ⁉　大丈夫？」

その言葉に、今度こそあっけに取られる。

「パパ、って……」

そこで初めて、男の顔にどこか見覚えがあることに気がついた。記憶を辿り、ようやくそれが誰なのかを思い出す。

——近所のパン屋の店員だ。あのときの中年男性に違いない。店で会ったときは作業帽にマスクをしていたから、すぐにわからなかったのだ。

呆然と二人を見比べていると、男がハッと我に返ったように立ち上がった。

それから、あからさまにばつの悪そうな表情になり、「その……どうも」と奈緒に向かって深々とお辞儀をした。

少年の父親だという男性のたどたどしい説明によれば、奈緒がパンを買いに来たとき、求人募集の貼り紙を熱心に眺めていたのに気づいたそうだ。

初めて訪れた際に話がはずんだあの感じのいい女性は、彼の妻だという。

ずっと夫婦でパン屋を営んできたけれど、妻の持病の腰痛が悪化し、近いうちに手術入院することになった。退院した後も、しばらく店の仕事から離れなくてはならないらしい。そこで急きょ代わりの人手が必要になり、あの貼り紙を出したのだそうだ。

働き手を募集したはいいものの、パン屋は毎日朝が早く、肉体労働でそれなりにきつい仕事ということもあってか、なかなか人が見つからない。働きに来てくれる人が決まらないまま手術の時期が日に日に迫ってきてしまい、夫婦ですっかり困り果てていたという。

店に来た奈緒が貼り紙に興味を示し、求人内容について尋ねようとしてくれたのではと察したが、もともと口下手（くちべた）で誤解されやすい人相をしていたため奈緒に避けられ、そそくさと帰られてしまった。

そして今日、店の近くで奈緒を見かけ、思いきってこちらから声をかけてみようかと思い立ったのだそうだ。しかし追いかけてきたはいいものの、知り合いでもない若い女性になんと話しかければよいのかわからず、おまけに奈緒がものすごい早足で歩いていくので、呼び止めるタイミングを失ってしまったのだという。

少年の名は守（まもる）といい、このパン屋の夫婦が遅くに授かった一人息子だそうだ。

事情が呑み込めると同時に、奈緒の中でいくつかの謎が氷解していく。

パン屋の前で別れたとき、守の姿が消えたように見えたのは、単に目の前の自分の家に入っていっただけだったのだろう。

うかつに知らない人と喋ってはいけないというようなことを奈緒が口にしたとき、「知らない人じゃないもん」と守が云い返したのを不思議に思ったが、あれは店で自分の母親と奈緒が会話していたのを見ていたからだったのだ。

「てっきり、痴漢か何かかと勘違いしてしまって——あの、すみませんでした」

さすがに「怪人が襲ってきたと思いました」などとは云えず、しどろもどろになりながら弁明する。

守の父は奈緒の言葉をまるで疑う様子もなく、「いやその、こちらこそ驚かせてしまって、申し訳ない」と汗を拭いながらしきりに恐縮していた。

「うちの女房にもよく云われるんです。アンタは気が小さいのにおっかない面相をしてるんだから、せめて愛想くらいよくしなきゃお客さんが逃げちまうって」

猫背をいっそう丸めて気弱そうに云う。もし怪人がいるならこんな不気味な感じの人かもしれない、などと内心失礼なことを考えていただけに、奈緒は居たたまれない気分になった。……なんだか疲れた。

今日はもう遅くなってしまったので、パン屋の仕事については後日あらためて話を聞きに行くことにする。

立ち話を終えて去ろうとしたところで、守の父は不思議そうに呟いた。

「ところで、なんでうちの息子をご存じなんですか」

奈緒と守は同時に顔を見合わせた。ひーみーつー、と守がふざけた調子で歌うように云う。そのまま「途中まで送ってあげる。お姉さん、方向オンチなんだもん」と奈緒の手を引っ張って歩き出した。

こちらを見守っている父親の姿が背後に遠ざかったところで、守が声をひそめて話しかけてくる。

「うちのパパを怪人だって思ったの？　ドジだなあ」

呆(あき)れたような守の声に、ムッとして大人げなく云い返した。

「怪人が来たって云ったの、そっちでしょ」

奈緒の言葉に、守はばつの悪そうな顔をする。ごまかすように鼻歌を口ずさんでいた守が、「怪人じゃなくてよかったね」とうそぶいた。それから奈緒を見上げ、得意そうに口にする。

「でもさ、もし怪人が来ても、僕とお姉さんならやっつけられるかも。きっと大丈夫だよ」

守の笑顔につられるように、奈緒もクスッと笑った。

「そうかも、ね」

なんだか本当にそんな気がした。そのとき、「奈緒……？」と近くで自分を呼ぶ声が聞こえた。

顔を上げると、アパートの前に春孝が立っている。春孝は、見知らぬ子供と手をつないで帰ってきた奈緒を困惑した表情で見つめていた。反射的に足が止まる。

部屋に戻ると、「今の子は誰？」と春孝が訝しげに尋ねてきた。

「怪人て、何の話？」

じっと見つめられ、ためらった後、奈緒はやむなく口を開いた。この町で過去に起こったという殺人事件と、みどり町の怪人の噂話について語る。

その間、春孝は黙って話を聞いていた。奈緒の話が終わっても、そのまましばらく身動きをしなかった。室内に息苦しい沈黙が落ちる。

ややあって、春孝が顔を上げた。その顔が泣き出しそうに歪んでいるのを見て、思わずハッと息を詰める。

何もない空間を見つめたまま、春孝は独白のように云った。

「……その、残された旦那さんは、どうしたんだろう」

固まっている奈緒の前で、春孝がかすれた低い声で呟く。その目は奈緒ではなく、ずっと遠いところを見ているようだった。

「家族を守れなかった旦那さんは、どれくらい辛くて、苦しかっただろう。可哀想な奥さんと、お子さんに取り返しのつかないことが起こってしまったとき、自分が側にいられなかったことを、どれだけ悔やんだんだろう」

ぽろ、と春孝の目から涙が落ちた。そのままぽろぽろと涙がこぼれ落ちていく。

呪縛が解けたように奈緒の身体が動いた。腕を伸ばし、懸命に春孝の頭を抱きしめながら、ねえ、泣かないで、と何度も繰り返し囁いた。

翌朝、目が覚めると、アパートに春孝の姿はなかった。

小さなテーブルの上に、野球のキーホルダーがついたままの鍵と、そして一枚の紙が残されているのが見えた。読まなくても、そこに何が書いてあるのか奈緒にはわかっていた。

ごめんなさい。家族の元に帰ります。……きっとそんな内容に違いない。

まだ明るくなりきっていない室内で、のそりと布団から身を起こす。身体が、心が、ひどく重く感じられた。

春孝には、妻と幼い娘がいた。学生時代に同級生だった妻とは恋愛結婚で、地方の旧家の一人娘である彼女のために、婿養子に入ることを決断したという。しかし結婚後も、妻の親族は春孝に対してずいぶんと風当たりが強かったようだ。

春孝がはっきりと口にしたことはないが、理不尽な扱いを受けて肩身の狭い思いをしていたらしいことが話の端々(はしばし)から察せられた。それでも春孝は愛する妻と子供のため、いつか認めてもらいたい、という気持ちで熱心に仕事に打ち込んでいた。

不況の煽(あお)りを受けてリストラに遭ってしまったとき、気の弱い春孝はそれを家族に云い出すことができず、追いつめられて、奈緒と逃げた。

あなただけがそんな辛い思いをするなんて間違ってる、二人で新しい人生を始めよう、と誘ったのは奈緒だった。生活に疲れて苦しむ春孝を、はつらつとした若さで、屈託のない笑顔で唆(そそのか)した自分はきっとエデンの園の蛇のようだったろう。そうして、彼に夢を見させた。

人混みを歩いているとき、あるいは生活のふとした瞬間に、自分たちを知っている誰かに見つかってしまうのではないかという不安に駆られた。捜索願を出しているであろう春孝の身内が彼を取り返しに来るのではないかと、自分たちを引き裂くものの気配に怯えた。

けれど、本当に恐れていたのはそんなものではなかった。

――本当は、心のどこかで気がついていた。優しい春孝の善意に、人の痛みを自分のもののように受け入れてくれる春孝につけこんでしまったのだということに。

きっと春孝は、両親から愛されなかったさびしさを抱える奈緒に同情し、放っておけなかったのだろう。

そして奈緒自身も、幼い頃に出て行った父親の面影を春孝に重ねていたような気がする。

年上の彼に優しく抱きしめられ、小さな子供にするように頭を撫でられると、心が満たされるような気持ちになった。彼を手に入れれば、自分の中にある欠落が埋められる気がした。

自分の人生からは父親という存在を奪われたのだから、自分も誰かから奪ってもいいのだ——そんな昏く、恐ろしい考えが胸の奥底になかったとは云えない。

互いの間にあったのは脆い、まやかしのような愛だったのかもしれない。結局、自分も彼も、現実から逃げていただけなのかもしれない。

それでも、と思う。

隣に敷かれたままの布団にそっと触れると、空っぽのそこには微かにぬくもりが残っていた。鋭い痛みが胸に走る。きっと春孝が部屋を出てから、それほど時間は経っていない。追いかければ、今ならまだ間に合うかもしれない。

とっさに飛び出し、走り出したい衝動に駆られた。それを無理やり抑えつけるように、頭から布団を被る。身体の中でもう一人の自分が駄々っ子のように泣きじゃくり、身をよじって暴れている。好き、大好き、行かないで。側に居て、あなたさえ居てくれれば他には何も望まない。お願いだから抱きしめて、愛しているとそう云って。叫び出しそうになるのを堪え、震える唇をきつく噛みしめる。

……どれくらい、そうしていたのだろう。

ようやく立ち上がり、のろのろとカーテンを開けた。窓から朝日が差し込んできて、眩い光に視界が滲む。

窓を開けた途端、微かに緑の匂いを含む風が吹き込んできた。ああ、この町に来た日と同じだ、と思った。

その瞬間、この町で生きていこう、と決めた。働いて、ご飯を食べて、いろんな人と関わって、きちんとここで生きていく。今度こそ、自分の足で前に歩き出すために。

ふいに、昨日の守の言葉が頭に浮かんだ。

(でもさ、もし怪人が来ても、僕とお姉さんならやっつけられるかも。きっと大丈夫だよ)

——そうかもしれない。

きらきらと光る朝日を浴びながら、奈緒は小さく微笑んだ。

第二話　むすぶ手

早紀子（さきこ）が最初に違和感を覚えたのは、ベビーパウダーを見たときだった。

おや、と思い、姑（しゅうとめ）の介護用ベッドの枕元に置かれたそれを眺める。確かにしまったはずなのに、なぜ、こんなところに置いてあるのだろう？

窓の外から、ノイズまじりの〈エーデルワイス〉が聞こえてきた。毎週月曜日に来る移動販売車のスピーカーから流れているのだ。長年繰り返し再生されたせいで音割れしているメロディをぼんやりと耳にしながら、あらためて疑念が湧いてくる。

なぜ、これが、こんなところに置いてあるのだろう……？

◇

早紀子が裕樹（ひろき）と出会ったのは、互いが大学生の頃だった。

都内の大学で、別々の学部だった二人が知り合うきっかけになった出来事は、入学して間もなく起こった。

その日は、朝から頭に鈍い痛みがあった。進学と同時に実家を出て一人暮らしを始めたことや、慣れない大学生活で気を張っていたことで、疲れとストレスがたまっていたのかもしれない。元より早紀子は、いくつものことを器用にこなせるタイプではない。

アパートで横になっていたい気分だったが、その日は立て続けに講義が入っていた。生真面目な早紀子にとって、熱があるわけでもないのに、入学したばかりで講義を欠席するなどという選択肢は存在しなかった。

身支度をしてアパートを出たものの、頭痛は治まるどころか、いっそう激しくなってくる。目の奥が疼くように痛み、次第に吐き気すら込み上げてきた。大学の構内を歩いている途中、耐えがたくなり、ついにふらふらとその場にうずくまってしまう。もやがかかったみたいに視界が暗くなり、頭が割れそうで、立ち上がる気力がなかった。

しゃがみ込む早紀子の周りを、いくつもの足音が立ち止まることなく通り過ぎていった。誰かに助けてほしい欲求と、道端でみっともなく這い蹲っている姿を見られたくないという気持ちがせめぎ合い、どうしていいかわからなかった。苦しい、気持ちが悪い。汗か涙か、自分でも判断のつかないものがぽたりと地面に落ちる。——そのときだった。

「あの、大丈夫ですか？」

気遣わしげな、男性の声がかけられた。

重い頭をどうにか持ち上げると、眼鏡をかけた同い年くらいの男性が、心配そうにこちらを見下ろしている。

真っ青になっているだろう早紀子の顔を見ると、男性は慌てて近くのベンチに連れていき、親切に介抱してくれた。ためらいながらもベンチで横になり、温かい飲み物を渡されると、幸い少しずつ頭痛が治まってきた。その間、男性はずっと早紀子の側に付き添っていてくれた。……一度だけ時間を気にするように腕時計を確認していたので、もしかしたら彼も講義があったのかもしれない。

ありがとうございます、と恐縮しきって口にすると、男性は微笑んでかぶりを振った。

「いいって、気にしないで、具合が悪い人を助けるのは当たり前だし」

それは下心を感じさせない、ごく自然な口調だった。うずくまっていたのが早紀子でなくても、誰であっても、同じように手を差し伸べたのだろうと思わせる声だった。思わずまじまじと見つめた早紀子の視線に少し居心地が悪そうにしながら、彼が続ける。

「いや、その、うちの母親の口癖でさ。人間は下を向いて泣いてちゃ駄目だ、お天道さま（てんとう）を見て歩かなきゃいけないっていうの。子供の頃からさんざん云われてたから、下向いてる人を見ると、なんか放っておけなくて」

　はにかんだような笑顔を浮かべる彼を、素直に好ましく感じた。

　彼は中山裕樹といい、経済学部に通う一年生だという。

　その後、学内で顔を合わせるたびに自然と挨拶を交わす仲になり、他愛ない世間話をするうちに、二人は恋人同士となった。裕樹の大らかさは、早紀子の気持ちをいつも明るくしてくれた。

　交際は二人が社会に出てからも順調に続き、二十五歳のとき、早紀子は裕樹と結婚して家庭に入った。

　裕樹は優しい夫で居てくれたし、結婚して一年後に生まれた息子の光太は可愛かった。もともと特別に子供好きというわけではない早紀子だったが、我が子というのはこんなにもいとおしいものなのか、と自分でも驚くくらいだ。

　もちろんそれなりに不満はあるし、時には裕樹とつまらないことで喧嘩をしてしまったり、云うことをきいてくれないやんちゃな光太をもてあまして泣きたくなることもある。けれど、そういった全てをひっくるめて、早紀子にとってはごく当たり前の、幸福な日常だった。

　それが思わぬ方向に傾いていったのは、光太が六歳になった年だ。

姑の俊子が、子宮筋腫の手術で二週間ほど入院した。裕樹は一人っ子で、入院中の俊子の世話は必然的に早紀子が担うこととなった。

夫に先立たれた俊子が一人で暮らしているのは、埼玉の県庁所在地から電車で三十分ばかり下ったところにある小さな町、みどり町だ。

都内のマンションから片道二時間近くかかる俊子の元へ通いながら家事と育児をこなすのは、容易なことではなかった。もちろん裕樹も出来る限り協力してくれたものの、会社勤めでいつも帰りが遅い彼にやれることは限られている。

俊子が無事に退院して元の生活に戻れるようになるまで、双方の家を行き来してへとへとになった早紀子たちは、今後について夫婦で話し合いをした。

親ももう若くはないし、これから色々と年齢による不調が出てくることもあるだろう。そうなったときのことを想定し、早めに同居した方がよいのではないか。

相談した結果、「この年になって、今さら生まれ育った場所を離れたくない」という俊子の強い希望もあり、早紀子たちがみどり町に引っ越すことになった。通勤時間は前よりも長くなってしまうけれど、幸い、裕樹の会社はみどり町の実家から通えない距離ではない。

俊子と一緒に暮らす旨を伝えると、早紀子の両親はひどく心配した。特に母は、電話でしきりと懸念を口にしていた。

「お姑さんと同居なんて、大丈夫なの？　他人と生活を共にするっていうのは、あなたが考えてるほど甘いものじゃないのよ。夫の実家にたまに顔出してにこにこしてればいいのとは訳が違うんだから。あなたみたいなぼんやりした子に務まるかしら」

母の言葉を正直、大袈裟だな、と思った。

自分と裕樹は学生時代からの長い付き合いだし、交際時も、結婚してからも、休みの日にはまめに俊子の元へ顔を出したりしている。

世間ではいわゆる嫁姑の確執といった話題が面白おかしく取り上げられているようだが、活発でさばさばした性格の俊子は〈嫁いびり〉をするような底意地の悪い人ではない。むしろ、自分を心配して同居を決めた早紀子たちに「ありがとうねえ、面倒をかけるわねえ」とたびたび感謝の言葉を口にし、息子夫婦と孫との生活を楽しみにしてくれている様子だった。小学校に上がったばかりの光太にとっても、祖母と一緒に暮らした方が情操教育の面でもきっといいに違いない。そんなふうに思っていた。

――しかし、みどり町の実家に越してきてしばらく経つと、早紀子は自分の考えが甘かったと認めざるをえなくなった。

俊子は良くも悪くも田舎育ちのちゃきちゃきとした女性で、いざ生活を共にすると、大人しく繊細なところのある早紀子とは感覚がだいぶ違っていた。

思い返せば、そうした傾向は同居するずっと前からあった気がする。たとえば、俊子が自分の使った食器で幼い光太に平然と食べ物を分け与えたり、ふざけてキスしたりするのも早紀子には気になった。子供の口に虫歯菌が発生するのは、食器の共有やキスなどで大人の唾液からうつされることが大半なのだと何かで読んだ記憶があり、光太が生まれたときからなるべく気をつけるようにしていた。

光太はもう赤ん坊ではないけれど、衛生的ではないし、あまり行儀のいいことではないからやめてほしいと遠回しに何度か伝えてみたものの、俊子はピンと来ない顔で首を傾げていた。

あるとき、台所で洗い物をしている早紀子に向かって、「あのねえ、早紀子さん」と俊子が遠慮がちに切り出してきた。

「光太のことなんだけどね、あんまり神経質になるのもどうかなって思うのよ。もちろん、早紀子さんが光太を心配する気持ちはわかるのよ？　私もほら、息子を育てた母親だから」

そう云って、早紀子に余裕を見せつけるように小さく微笑みを浮かべてみせる。

「裕樹が子供のときはそんなふうにいちいち気にしたりしなかったけど、特に大きな病気したこともないしねえ。今の人はなんでも大袈裟に気にしすぎるから、逆にアレルギーだとか、病気になっちゃうんじゃないかしら。あれでしょ、最近の親はすぐ汚れるとか危ないとか云って、子供を外で遊ばせたりもしたがらないんでしょう？　今どきの子はキレやすいなんて云うけど、それって親が神経質に育てるから神経質な子になっちゃうんだと思うの。そういうの、光太がかわいそうよ。思いきり外で遊ばせて、たくさんスキンシップしてあげてたら、大抵の子供はまっすぐ健康に育つものなんだから。もっとこう、大らかな気持ちでいなきゃ」

　俊子は冗談めかした口調で云い、うふふふ、と笑い声をあげた。早紀子は半ばあっけに取られてそれを聞いた。光太がかわいそう？　……なぜ、そんな話になるのだろう？
おそらく俊子たちの年代の人間にとって、咀嚼（そしゃく）して柔らかくしたものを幼子（おさなご）に与えるといった行為は愛情表現以外の何物でもなく、虫歯菌がうつる、などと云われることは感覚的に理解しがたいのに違いなかった。

　対立という表現を使うことすら憚（はばか）られるような小さな齟齬（そご）は、一緒に暮らすようになってから、日常生活の中でたびたび生じた。

　台所のことにしても、まな板が黄ばんできたとき、早紀子は台所用洗剤や漂白剤に浸（つ）けるけれど、俊子はひたすらタワシで擦（こす）って汚れを落とす。早紀子からすれば、固いタワシで力任せに擦るとまな板の表面に細かい傷がついてしまい、そこから雑菌が繁殖しやすくなるのではないかと気になるのだが、俊子にとってはきちんと磨くことこそがきれいにすることなのであり、漂白剤に浸けて放置しておくという行為は掃除ではなく、ただの手抜きだと思っている節(ふし)がある。

調理中に野菜を切っていると、隣にやってきた俊子が早紀子の手元を見て、「あらあら」と大袈裟に目を見開いてみせることもよくあった。流しの三角コーナーに捨てた野菜の切れ端を、俊子は指で摘まみ上げてさっと水で洗い、当たり前のようにまな板の上に戻す。

「もったいない、ここも食べられるわよ」

にっこり笑ってそう口にする俊子の顔は、親切で教えてあげているのだ、というあからさまな善意に満ちていた。

幼い光太もいるから、ヘタや外葉の部分の残留農薬が気になるのだと返しかけ、思い直して早紀子は黙った。どうやら俊子の中には、食材を余さず使い切ってこそ主婦なのだ、という頑(かたく)なな信念めいたものがあるらしかった。

そうした一つ一つを黙って呑み込むたび、ストッキングの表面にぴりっと静電気が走るような、そんな嫌な感じを微かに覚えた。

俊子が口を出すのは家事だけでなく、家の外のことにも及んだ。その中には、早紀子からすれば本当に必要なのだろうか、と首を傾げたくなるような習慣も色々とあった。

たとえば、野菜はなるべく毎週月曜日にやってくる移動販売車で買うこと。

野菜を売って回っている瑞恵は俊子の旧友だそうで、農家に嫁いだが数年前に夫に先立たれ、現在は人を使って畑を切り盛りしているらしい。スーパーなどで買うよりも新鮮だから、と俊子は主張するが、早紀子にしてみればむしろスーパーでまとめて買い物を済ませられる方が楽だった。瑞恵はやたらと話し好きで、買い物をするたびに延々と世間話を聞かされることになるため、慌ただしいときなどはつい気が急いてしまう。地方にはそうした義理や付き合いが多いのだろう。

本音を云えば、瑞恵のことも早紀子はいささか苦手だった。瑞恵は親しげな口調で話しかけてくる反面、時々じっと値踏みするような目つきになることがあり、なんとなく自分は警戒されているのではないかという気がした。去り際に、俊子ちゃんによろしくねえ、とわざわざ告げていくのも、姑を重んじるようにと暗にほのめかされているようで気が重くなった。

あるとき、早紀子が買い物から戻ってくると、バケツを手にした俊子が庭に出ていた。俊子はこちらに背を向けてプランターの花を眺めている俊子の姿に、珍しいな、と思った。俊子は大葉やプチトマト、きゅうりなどを植えた小さな家庭菜園を作っているけれど、早紀子が趣味で育てている花には日頃からあまり興味を示さない。

その花は今朝咲いたばかりなんですよ、と話しかけようとした次の瞬間、俊子がバケツを傾け、拭き掃除か何かに使ったと思しき汚れた水をプランターに注いだ。

「お義母さん！」

とっさに悲鳴のような声が出た。俊子が驚いたようにこちらを振り返り、まばたきをする。

「あら、お帰りなさい。なあに、どうしたの。そんな近所迷惑になる大声を出して」

早紀子は唖然として、小さなゴミや綿埃の浮いた水をかけられた花を見た。こんなふうに汚れた水をかけたりしたら、虫がわいたり、病気になってしまうかもしれない。それ以前に、大切に手入れをしている早紀子にとって、花に汚水を与える感覚が理解できなかった。立ち尽くす早紀子を、俊子はきょとんとした面持ちで眺めている。

きっと俊子にとっては、掃除に使った水をただ捨てるのがもったいないから水やりに利用しようという、それだけのことなのだろう。

……このとき、早紀子はようやく理解した。世間でよく耳にする嫁姑の確執とは、何もどちらかが悪人だから起こるのではないのだ。

夫婦の破局の理由などでしばしば口にされる〈価値観の違い〉という言葉を聞くたび、

本当は他に何か理由があるんだろうな、と早紀子はいつも思っていた。世間体を考慮して当たり障りのない表現をしているのだろう、と。

しかし、俊子の悪気のない言動にいちいち傷ついたり、苛立ちを覚えてしまう現状は、まさに価値観の違いとしかいいようがなかった。

仕事から帰宅した裕樹にその出来事を話すと、「ええー、母さん、そんなことしたのかあ」と困ったような表情で笑った。

「早紀子が大事に世話してる花だから気をつけてくれって、オレからも伝えておくよ」

裕樹がさらりとした口調で云い、「機嫌直してくれよな」と冗談めかして肩をすくめる。その話題は、それで終わってしまった。

夕食後、光太はデザートのぶどうを食べながら俊子と楽しげに喋っていた。孫に甘く、かいがいしく構ってくれる俊子に光太はよくなついている。

おそらく傍から見れば、早紀子が俊子の行動に感じる戸惑いや動揺など、ごく些細なことなのに違いない。

そうだ、気にしちゃ駄目、と自分自身に云い聞かせた。育った環境が違えば価値観が違うのは当たり前で、俊子だって、別に悪意があるわけではないのだ。俊子の方にも、早紀子に口出ししたいことはたぶん色々あるだろう。

自分には、優しく話を聞いてくれる裕樹と、やんちゃで悪戯好きだけれど明るい光太がいてくれる。生活において、家族のために多少の我慢をするのは当たり前だ。そう思った。

——俊子が自宅の階段で転倒し、骨折したのは、それから二年後のことだ。

右足を折って二ヶ月近い入院生活を経た俊子は身動きが不自由になり、身の回りのことがほとんど一人ではできなくなった。あんなにきびきびと動き回り、出歩くのが苦にならなかった人が、気力と体力を削ぎ落とされたようになってしまったのだ。なんでも率先してやらなければ気が済まない性格だっただけに、俊子は身体が思うように動かないことにもどかしさを覚え、すっかり落ち込んでしまった様子だった。まるで日課のように身体の不調を訴え、愚痴をこぼす。

「もうねえ、肩は凝るし、足は痛むし、全然駄目なの。夜は眠れないし、それに便秘がひどくてねえ。おしっこばっかり近くて」

骨折して身体を動かさなくなるとあっという間に弱ってしまうという話や、転倒して怪我をしたのをきっかけに寝たきりになってしまう年配者の話などを聞いたことがあった。

……けれどまさか、こんなふうに突然身の回りに降りかかってくるとは、思いもしなかった。

俊子の身体の自由が利かなくなると、その介助や家事が早紀子にのしかかってくるのは当然の成り行きだった。

「早紀子さん、レースのカーテンを半分だけ閉めてくれる？　もうちょっと、ああそう、そのくらい。申し訳ないけどお薬の袋とお水、そっちに置いてもらえるかしら。湿布とティッシュの箱をここのテーブルに置いてちょうだい。ありがとう、悪いわねえ、ごめんなさい」

俊子は自分の身の回りについて、小さなことでも以前より気になる様子だった。身体がままならないと、不安からどうしても環境の変化に敏感になってしまうのかもしれない。

頭ではそうわかっているものの、早紀子から見るとさほど意味のない俊子のこだわりにいちいち動かされることに、余裕のないときは心がささくれだった。俊子の口から乱発される「ありがとう、悪いわねえ、ごめんなさい」という言葉からはほとんど価値や意味が消失していて、早紀子を上手く使うために発しているのではないか、とそんなふうに邪推すらしてしまう。

俊子には、よく独り言を云う癖がある。

「今日はずいぶんくしゃみが出るわあ。もしかしてあれかしら、ハウスダストかしら」

しきりに洟(はな)をかみながら聞こえよがしにそんなことを口にされると、掃除が疎(おろそ)かになっていると嫌味を云われているようなもやもやした気分になった。そのたびに穿(うが)った見方をしている自分に気がつき、自己嫌悪に駆られる。

足腰の弱っている俊子は、今でこそ週に一度のデイサービスに通うようになってくれたが、退院して自宅に戻ってきたばかりの頃はそういった介護サービスを受けることに難色を示していた。早紀子には際限なく不調や不満を訴え続けるくせに、ケアマネージャーが来訪すると「まあ、年を取れば誰でも多少はガタが来るものですからねえ」などと愛想よく世間話をし、特に日常生活に支障ありません、とアピールする。弱っている部分を見せまいと見栄を張るのだ。

地方においては、未だに「介護は身内が行うもの」であり、「よそ様の厄介になって楽をするのは恥ずかしいこと」というような観念が少なからずあるらしい。前近代的な考え方だと、早紀子は思う。

大切なのは世間体よりも、まず家族ではないのだろうか。少なくとも自分が頑張れるのは、愛する夫や息子のためだ。裕樹と光太が居てくれるから、前向きに努力しようと思えるのだ。もし自分の身体が不自由な状態になったら、そのときは出来る限り、彼らに負担を掛けたくないと願うだろう。

……それとも、自分は血のつながった家族ではないから、嫁だから、どれだけ迷惑を掛けても構わないと思っているのだろうか。嫌な方に考えてしまい、自分がまた情けなくなる。

そんなある日、早紀子にとって予想しなかったことが起こった。——裕樹が、福島の事業所に出向を命じられたのだ。

「さすがに母さんを一人で置いていくわけにはいかないよ。光太だって学校があるしな。福島には、オレ一人で行く。そう長い期間いるわけじゃないと思うし、大丈夫だよ」

きっぱりとした裕樹の声を、早紀子は戸惑いながら聞いていた。

単身赴任が決まり、当たり前のように側に居た裕樹がいなくなると、家の中の空気は一気に息苦しいものへと変わった。

今までは俊子の言動にストレスを感じることがあっても、帰宅した裕樹に愚痴を聞いてもらえば、大抵のことは解消された。裕樹が眉を下げて笑い、「そんなことがあったのかあー」とおっとりした口調で云うのを聞くと、自分がつまらないことで必要以上にピリピリしていたような気分になり、自然と落ち着きを取り戻せた。

けれど、裕樹が離れて暮らす今、そんなふうに些細なことでいちいち連絡をするのはためらわれた。慣れない環境で一人で頑張っている裕樹に、母親についての愚痴をこぼすなんて思いやりのない行為だと思った。彼だって、家族のために努力してくれているのに。

光太を学校に送り出してしまうと、自分と俊子の気配しかない昼間の家は途端に憂鬱（ゆううつ）な空間になった。ふと、自分はなぜこの血のつながりのない女性と二人きりで同じ家に居るのだろう、という疑問が浮かぶ。

俊子がデイサービスに出かける日であっても、みどり町に引っ越してからは、気分転換に友人と会う機会もそうそうなかった。ここは辺鄙な田舎ではないとはいえ、都内で気軽にランチでも、という距離ではない。

たまに友人に電話で愚痴をこぼすと、大変だねえ、という同情のこもった台詞の後に、「でもさ」と決まり文句のように続けられた。

「早紀子のところはお姑さん、寝たきりってわけじゃないし、頭はしっかりしてるんでしょ？　だったら、まだ大丈夫だよ。千穂のとこなんかお舅さんが呆けちゃって大変らしいよ。ほら、勝手に外に出ていって徘徊とかする場合もあるじゃない？　ああなるとほんと目を離せなくて、家族はしんどいんだって。そういうのに比べたらさ」

相手の言葉に、しばらく黙り、「……そうだね」と力なく相槌を打つ。大丈夫だよ、と繰り返す友人は、そうやって早紀子を励ましてくれているつもりなのに違いなかった。それがわかっているのに、抑えようもなく気持ちが沈んでいく。

俊子が寝たきりではないから、認知症を患っていないから、いま自分が感じている辛さは辛さと認めてもらえないのだろうか。もっと大変な環境の人間がいるから、自分はいつも〝大丈夫〟でいなければいけないのか。

夫の両親と同居するのが嫌だ、介護をしたくない、という相談者に、テレビ番組のコメンテーターが回答している。愛する人の親なのだから、と諭すように口にするコメンテーターを眺めながら、ぼんやり思った。

その理屈でいえば、愛情がなくなれば、介護をしなくても許されるのだろうか。

最初に違和感を覚えたのは、ベビーパウダーを見たときだった。

おや、と思い、俊子の介護用ベッドの枕元に置かれたそれを眺める。

汗疹（あせも）にならないようにと普段から使ってあげているベビーパウダーの容器は、フタが半開きのまま、無造作に置いてあった。

誤って容器をひっくり返したりしないよう、使い終わった後、確かに箪笥（たんす）の一番上の引き出しにしまったはずなのに。

光太はまだ一番上の引き出しに手が届かないし、わざわざ踏み台を使ってまでそんな物を悪戯するとも思えなかった。かといって、足腰の悪い俊子が高所から一人で取ったはずもない。

窓の外から、雑音まじりの〈エーデルワイス〉が聞こえてきた。毎週月曜日に来る移動販売車のスピーカーから流れているのだ。長年繰り返し再生されたせいでかすれているメロディをぼんやりと耳にしながら、あらためて疑念が湧いてくる。

なぜ、これが、こんなところに置いてあるのだろう……？

うっかりしまい忘れたのだろうか、と思ったものの、腑に落ちない気分になる。

――早紀子が子供の頃、隣の家の赤ん坊が事故で亡くなった。ベビーベッドの近くに置いてあったパウダーのパフが、不運にも眠っていた赤ん坊の顔に落ち、母親がちょっと目を離した隙にあっけなく窒息死してしまったのだ。夏で、パニック状態で泣き叫ぶ母親の声が開け放された窓から早紀子の家まで聞こえてきて、子供心にとても恐ろしかった記憶がある。

そんな些細なことで、日常の中にあるありふれた物が原因となって人が死ぬ、という事実が本当にショックだった。その出来事が頭にこびりついているのか、大人になった今も、パウダーを見るとなんとなく落ち着かない気分になってしまう。

だから、自分が無造作にそれを出しっ放しにしていたということが、早紀子には釈然としなかった。……とはいえ、家の中に自分たち以外の誰かがいるはずもない。

きっと疲れていたのだろう、と自分を納得させてパウダーを引き出しに戻す。

ゆっくりと近づいてくる、〈エーデルワイス〉のメロディに意識を向ける。そうだ、野菜。野菜を買わなくては。

財布を持って玄関に向かいながら、事故で亡くなった赤ん坊のことがふと脳裏をかすめた。

そう、きっと隣の家の母親も、赤ん坊の世話に疲れていたのだ。だからほんの少しだけ目を離し、ほんの少しだけ注意を怠ってしまったのに違いない。早紀子も光太を出産したときに経験しているけれど、生まれたばかりの脆い生き物を育てるというのは体力の限界との闘いだ。まともに眠れる時間もなく、あの頃は心身をすり減らして、いつもくたくたに疲れていた。

でも、赤ん坊はまだいい。期間が限られていて、いつかは必ず終わりが来るとわかっているから。

――介護は、それがいつまで続くのか、誰にもわからないのだ。

◇

居間に行くと、学校から帰った光太が寝転がっておやつを食べながら「少年ジャンプ」を読んでいた。お気に入りらしい『幽☆遊☆白書』という漫画に夢中になっている光太の指先からポテトチップスの欠片（かけら）がこぼれ落ちるのを目にし、ああ、もう、とうんざりしてしまう。

「ちょっと、だらしないわよ。あと自分の部屋くらいちゃんと片付けなさい。この前から云ってるでしょう？」

きつい口調になって叱ると、光太が「やるってば」と渋々といった様子で雑誌を閉じた。

「パパがいないと、すぐ苛々するんだから」と生意気な口調でぼやく。

そういえば光太は最近、外で友達と遊ぶよりも家でだらだらしていることが多いようだと思い当たった。それに、なんだかつまらなそうな顔をしていることが増えた気がする。少し前まではよく友達と集まって、ドラクエのボス戦で呪文がどうとか、ダンジョンで重要なアイテムを手に入れただとか、早紀子には理解不能な内容で盛り上がっていたものだ。

「守君たちと遊ばないの？」

仲がいい友人の名を挙げて訊くと、光太はふてくされたように唇を尖らせ、「オレだって、色々あるんだよ」とうそぶいた。ふと思い出したように、早紀子に尋ねる。

「ねえ、ママ。〈みどり町の怪人〉のこと、知ってる？」

予想外の問いかけに、光太を見た。

確か、かつてこの町で起こったという、未解決の殺人事件に関する噂話だ。

二十数年前、古いアパートで若い女性とその子供が何者かに殺されたのだという。仕事から帰宅した夫が、愛する妻と我が子の遺体を発見したそうだ。

アパートの部屋にこじ開けられたような痕跡はなく、白昼の犯行にも拘らず、有力な目撃証言は一切出てこなかったらしい。その後も現在に至るまで、犯人は見つかっていない。

――まるで怪人が煙となり、その姿を消してしまったかのように。

この町には、残酷な殺人を行う怪人が潜んでいる。そんな気味の悪い噂を、立ち話をした際に瑞恵から聞かされたことがあった。

「……昔、何か怖い事件があったんでしょう？」

子供には好ましくない話題だと咎めるように眉をひそめながら、早紀子はそっけなく答えた。

実際、その事件が起こった当時、自分はこの町に居たわけではない。静かな田舎町で殺人が起きたことは住民にとってさぞ衝撃的だっただろうと想像はつくものの、二十年以上も前の事件を怪人などと大袈裟に云い立てるのは、正直なところピンと来なかった。

そんな早紀子の反応を気にした様子もなく、光太が興奮気味に口にする。

「大輔がさ、三丁目の裏通りで、みどり町の怪人を見たって云うんだよ」

三丁目の裏通りというのは、郊外の墓地に面した通りだ。昼間でもなんとなくうら寂しい雰囲気があり、用がなければあまり好んで通りたくはない。人通りが少ないのをいいことに、夜は良からぬ輩が出没するなどという話も聞く。

「大輔が云ってたけど、怪人はすごく痩せた男なんだって。髪がボサボサで目つきがぎょろっと鋭くて、一目でヤバいってわかる雰囲気だったって。絶対に普通の人間じゃない感じなんだってさ。で、何か細長い物を持ってたって云うんだ。夜だったから暗くてよく見えなかったらしいけど、きっと凶器だ。怪人はさ、女の人と子供を殺すんだ。大輔のヤツ、怖くてちびりそうだったらしいぜ」

「大輔君は、どうして夜にそんな所に居たの」

「アイツの祖父ちゃんが急に腹痛を起こして、親と病院に連れていった帰りだったってさ。結局、大したことなかったらしいけど」

……確かに、墓地を通り越してしばらく進むと、夜間診療を行っている総合病院がある。

光太は再び早口で喋り出した。

「あと、同じクラスの安藤の姉ちゃんも、塾帰りに見たらしいんだ。他にも同じ塾のヤツが怪人を目撃したって云ってるって。これってやっぱり、怪人が近くにいるってことだよ。

ねえ、須藤のおじさんに情報提供してあげた方がいいかなあ。どう思う？」

　わくわくした表情を浮かべながら、目撃、情報提供といった大袈裟な言葉を口にする。

　須藤のおじさん、と子供たちから呼ばれているのは自治会の防犯委員をしている中年男性で、活動の熱心さと穏やかな人柄から住民の信頼も厚い人物だ。光太は羨ましそうに呟いた。

「いいなあ、オレも怪人を目撃してみたい」

「何くだらないこと云ってるの」と顔をしかめる早紀子の前で、光太は目を輝かせて尚もまくし立てた。

「だってさ、犯行現場から煙みたいに姿を消すなんて、すげーかっこいいじゃん！」

「いい加減にしなさい」

　思わずぎょっとして光太を睨む。

「バカなことばっかり云ってないで、早く部屋を片付けなさい」と叱ると、光太は鼻白んだような顔になり、「あーあー、はいはい」と面倒くさそうに立ち上がった。

◇

週末、裕樹が家に帰ってきた。

裕樹は、土日にはこうしてなるべく家族の元で過ごすようにしてくれている。居間でくつろぎながら、「あー、やっぱりうちのメシはうまいなあ」と裕樹が冗談めかして口にする。

彼がそこにいるだけで、家の中の空気が自然と柔らかいものになる気がした。

裕樹はそそっかしい後輩社員の失敗談や、散歩中によく遭遇するという近所の飼い犬の話などを面白おかしく喋ってくれた。俊子も光太も、やはり家族が揃うのが嬉しいのか、普段よりも表情が明るいように思える。

……そんな雰囲気につい、気が緩んでしまったのかもしれない。

「こないだね、お義母さんが通ってるデイサービスのケアマネージャーさんが今後の説明をしにうちに来るっていうから、慌ててお茶請けを用意して、部屋を片付けてたの」

部屋で裕樹と二人きりになったとき、習慣のように、愚痴がこぼれた。

「光太ったらいつも散らかしっ放しにするでしょう？　それで私が忙しく駆け回ってるのに、お義母さんたら、いきなり漬け物を漬けろだなんて云い出すのよ。また後日でいいでしょうって云ったんだけど、お野菜が新鮮なうちに漬けないと美味しくないからって、全然聞いてくれなくて。それに、昨日も私が買い物に行ってるあいだ……」

いったん喋り始めると、ため込んでいたものが胸の中から次々とあふれ出た。自分の抱えている不安と不満を共有してほしくて、もやもやする気持ちを払いたくて、早紀子は夢中で話し続けた。

ひとしきりまくしたてた後、いつのまにか裕樹の表情が曇っているのに気づき、言葉を止める。裕樹はしばらく黙ってからため息をつき、「……あのさ」と口を開いた。

「早紀子が大変なのは、わかるよ。もちろん感謝もしてる。でも、オレだって疲れてるんだよ。毎日仕事して、帰ったら男一人で家事もやってる。しんどいなとか、面倒くさいなって思うときも正直たまにあるけど、家族のために頑張って働いてるつもりなんだ。なのに、せっかく家に帰ってきたときまで文句ばっかり云われるんじゃ、うんざりするよ。悪いけど」

「……ごめんなさい」

動揺して詫びると、裕樹はすぐにばつの悪そうな顔になり、「こっちこそごめん」と低く呟いた。

互いに気まずい空気になり、結局ぎくしゃくしたまま、裕樹は日曜の夕方に戻っていってしまった。せっかく家族で楽しく過ごせる時間だったのに、どうしてこうなるんだろう、と泣きたい気分になる。悪いのは自分だ。裕樹にばかり寄りかかってはいけないと頭ではわかっているのに、さみしくて、苛々して、些細なことで揺れてしまう。月曜が来る。……また、憂鬱な一週間が始まる。

その翌日、台所で洗い物をしているとき、「早紀子さん、ちょっと来て」と俊子の部屋から気ぜわしく呼ぶ声がした。慌てて手を拭い向かうと、ベッドに腰掛けた俊子が自分の足元を指差している。

見ると、ベッド脇の床に、白色や水色の布が何枚も散らばっていた。――タオルだ。使い古したので、手が空いたときに雑巾に縫い直そうと思い、早紀子がまとめて箪笥の引き出しにしまっていたものだ。しかしなぜ、こんなふうに床に散乱しているのだろう？

尋ねようとすると、訝しげな表情を浮かべた俊子に逆に訊かれた。

「これ、なあに？」

ふいを衝かれ、「え？」と思わず間の抜けた声が出る。戸惑う早紀子に、俊子は尚も怪訝そうに続けた。

「お昼寝して、目が覚めたらこんなふうに散らかしてあったから、どうしたのかしら、と思って」

「私じゃありません」

驚いてかぶりを振った。もちろん、こんなものを取り出して床に放り捨てておく理由など早紀子にはない。一体どういうことだろう？　混乱しながら、「私は知りません」ともう一度否定する。

床に散らばっているタオルと、きょとんとした様子の俊子を、交互にまじまじと見た。嫌な想像が頭をもたげる。もしかして義母（はは）は寝ぼけているのだろうか？　あるいは、年齢のせいで物忘れがひどくなっているとか……？

上目遣いで、早紀子は遠慮がちに尋ねてみた。

「……あの、お義母さんが起きたら、こういう状態だったんですか？」

「ええ、そうよ」

自分の話を疑われていると感じたのだろう、俊子がムッとした表情になり、語気を強める。

「私だって知りませんよ。どうして不自由な身体でわざわざこんな悪戯をするっていうの。大体、タオルをしまっていたのはあなたでしょう。なあに、私が呆けてるとでも云いたいの？」

「そんな……」

困惑する早紀子に、いささかきつい云い方をしてしまったと思ったのだろう。俊子は取り繕うように半笑いを浮かべ、冗談めかした軽い口調で続けた。

「もう、タオルを出しっ放しにして忘れちゃうなんて、だらしないんだから」

それを耳にした途端、全身の血が冷えていくような感覚を覚えた。思考の一部が固まってしまったように、言葉が出てこなくなる。

だらしない？　自分の身の回りのことも他人に手伝ってもらわなくちゃできないあなたが、よりによって私にそれを云うの？

自分の表情がこわばるのを感じ、早紀子はとっさにうつむいた。喉まで出かかった言葉をかろうじて呑み込み、それから黙って、床のタオルを拾い集める。

開いた窓から瀕死の吐息のような〈エーデルワイス〉が聞こえてきて、移動販売車の軽トラックが近づいてくるのが見えた。生っ白くむくんだ足をさすりながら、俊子が「ああ、瑞恵ちゃんが来た」と聞こえよがしに呟く。その言葉の意図を正確に汲み取り、早紀子は重い気分で買い物をすべく歩き出した。

夜、俊子に「豆乳が飲みたい」と云われて冷蔵庫を開けると、あったはずの豆乳のパックが見当たらなかった。そういえば夕食のときに光太が飲んでしまったのだと思い至る。ダイニングテーブルに座る俊子に向かって「すみません、ちょっと切らしてしまって」と詫びると、軽く眉をひそめられた。

「あらあ、そうなの？　じゃあ仕方ないわ」

俊子が横を向き、残念そうにぼやく。

「あれを飲まないと安眠できないのにねえ」

肩に、不自然な力がこもるのを感じた。その呟きが自分への当てつけに思えた。衝動のように、苛立ちが早紀子の胸に込み上げる。

「……今すぐコンビニで買ってきます」

そう云い放つと、俊子の返答を待たずに玄関に向かった。俊子が驚いたように自分を呼ぶ声が聞こえた気がしたが、そのまま家を出て、軽自動車に乗り込む。白のアルトは、みどり町に引っ越すことが決まったときに中古で購入したものだ。地方で暮らすなら車があった方が便利だから、光太や俊子に何かあったときのために、と夫婦で相談し、ペーパードライバーだった早紀子も運転に慣れるように努力した。

そのときの明るく前向きだった気持ちを思い出し、苛立ちを抱えて夜中にハンドルを握っている自分が惨め（みじ）めに思えてきた。なんだか泣きたくなってくる。

やけっぱちのように出てきたものの、近所のコンビニエンスストアが品切れだったため、やむなく少し離れた店まで行くことにした。落ち込む気分を変えようとカーラジオをつけると、何やらおどろおどろしい雰囲気の音楽が流れてきた。エコーがかった男性の声が、恐ろしげな口調で語り出す。

(夜の帳が下りる頃、あなたの町の扉が開く。扉の向こうにあるのは、そう、異界――)

なんだか気味の悪い番組だな、と思いながら、ぼうっと耳を傾ける。ローカル放送らしいそのラジオ番組は、地元の怪談などを紹介しているらしかった。チャンネルを変えようとし、ふと、耳に飛び込んできた言葉に手を止める。

(みどり町の怪人は、暗がりに現れます)

みどり町の怪人という名称に、この前の光太との会話が頭に浮かんだ。怪人を目撃したという友達の話をしていた光太の様子を思い出し、軽く眉をひそめる。まったく、いい大人までもがこんなふうに取り上げるから、子供たちが面白がって騒ぐのに違いない。

(怪人は闇に引き寄せられるのです)

薄暗い車の中、ひそめられた声だけがカーステレオから響く。ラジオの声は、まるで神託のようにおごそかに告げた。

(――決して、自ら暗闇に近づいては、いけません)

最後にスポンサーの企業名を告げて、番組が終わる。

やがてコンビニに着き、早紀子は車を停めて明るい店内に入った。まっすぐ冷蔵の商品棚に向かおうとしたとき、雑誌コーナーの前に立っている二十歳くらいの青年の存在に気がついた。首まわりがよれたTシャツにジーンズ姿のその青年は、確か、商店街の酒屋の息子ではなかったろうか。

他に客のいない店内で、青年はこちらには見向きもせず、手にした雑誌のページを食い入るように見つめている。何の雑誌かは知らないが、血文字で書いたような悪趣味な見出しが表紙に躍っているのが見えた。雑誌を読む彼の口元が薄笑いを浮かべているのに気づき、ぎょっとした。青年はにやつきながら、尚も開いたページを見つめ続けている。……変わっているというか、傍目にも怪しい雰囲気だ。

青年から目を逸らし、早紀子はそそくさと買い物を済ませて店を出た。

家への帰り道、赤信号で車を停める。他に車はなく、メインストリートを外れた真っ暗な通りは居心地の悪さを感じるほど静まり返っていたけれど、信号無視をする気にはなれなかった。信号機の赤い色を眺めながら、青に変わるのをじっと待つ。

そのとき、暗闇の中で漁火（いさりび）のように何かが光るのが見えた。白く小さな光が、遠くからゆっくりと近づいてくる。

どうやら自転車のライトのようだ。きい、きい、と軋（きし）んだペダルの音が微かに聞こえてくる。こんな時間に人気のない夜道を通るなんて物騒だな、などとぼんやり思っていると、目の前の横断歩道をその自転車が横切った。

暗がりでヘッドライトに浮かび上がったその姿を目にした途端、反射的に息を呑む。

──異様な風体の男だった。錆びついた音を立てる自転車に乗ったその男は、雨でもないのにレインコートらしきものを身にまとい、フードを目深にかぶっている。顔ははっきりと見えないが、気味が悪いほど痩せて骨ばった身体つきをしていた。

ひっ、と思わず小さな声が漏れた。自転車の音が遠のいていく。亡霊めいた男の姿は、そのまま闇の中に沈むように消えていった。

夏なのに、ぞおっと冷たいものが背すじを走る。と、自分の今いる場所が、三丁目の裏通りだということに気がついた。光太が興奮気味に口にしていた話を思い出す。三丁目の裏通りで、みどり町の怪人を見たって──。

信号が変わったのにハンドルを握ったまま固まっていたことに気づき、慌ててアクセルを踏んだ。自分でも驚くほど、鼓動が激しく鳴っている。怖い、今のは何だったのだろう？

まさか、本当に、怪人──？

バカげていると思いながらも、たった今目にしたものに動揺する。

〈みどり町の怪人〉は女性と子供を殺すのだと、光太はそう云っていた。裕樹が単身赴任中の今、我が家にはまさに非力な女性と子供しかいない。怪人などという非現実的な存在でなくても、少なくとも不審者が町をうろついている。

逃げるように帰宅した早紀子は、家に戻るや否や、裕樹の携帯に電話した。無性に心細くなり、彼の声を聞いていつものように安心したかった。数回の呼び出し音の後、「もしもし、早紀子?」と裕樹が電話に出る。ホッと安堵が込み上げ、「ねえ、今ね……」と話し出そうとしたとき、電話の向こうで賑やかな笑い声がした。

驚いて言葉を切ると、ああもう、仕様がないな、と困ったように裕樹が云う。

「煩(うるさ)くてごめん。会社の飲み会で、後輩の子がかなり酔っちゃっててさ。さすがに一人で帰すのは心配だから、今から送っていくところ。どうした、何か用事だった?」

背後が騒々しい。きっと居酒屋にでもいるのだろう。ええー、そんなに飲んでないしい、と拗(す)ねたような若い女性の声が裕樹の近くから聞こえた。どこか媚(こ)びを含んだその声を耳にした途端、すうっと頭の芯が冷えていく。

「……別に、用事ってわけじゃないの。夜中にごめんね」

短く告げて、電話を切った。そのまま、ぺたりと床に座り込んでしまう。臀部(でんぶ)に固くて冷たい感触を覚えながら、すぐには立ち上がりたくなかった。自分の頬が引き攣っているのを自覚する。胸のどこかがつかえているように息苦しくて、どうにかなりそうだった。

辛い。駄目、我慢しなきゃ。なんで私だけ、私ばっかり。

俊子の部屋から、早紀子さーん、と呼ぶ声が聞こえてきた。お薬を飲む水を持ってきて欲しいとか、足をさすって、とか、今度はきっとそんな用事だろう。そしてまた延々とあてどなく愚痴が続くのだ。早く俊子の元へ向かわなければ、そうしないと寝る時間が遅くなってしまう。ほとんど一日中ベッドで過ごす俊子はただでさえ眠りが浅く、やたら朝が早いのだから。だから早く、早く行かなきゃ。

今行きます、と返事をしようとしたそのとき、胸にふっと暗い影がよぎった。――ああ。怪人が、お義母さんを、殺してくれたらいいのに。

週末になると、裕樹が自宅に帰ってきた。

互いになんとなく、相手の感情を窺うような、よそよそしい態度になってしまう。裕樹が家に居てくれて嬉しいはずなのに、どこか遠慮がちにしている彼を見ていると、もしかして自分に気を遣っているのだろうか、だとしたら彼には後ろめたい何かがあるのだろうか、などとつい勘ぐってしまう。そんなふうに考える自分に嫌気がさしたり、うっかり愚痴を云って裕樹の機嫌を損ねないようにしよう、と考える早紀子もまた、無意識に態度がぎくしゃくしてしまった。

あまり夫婦らしい会話もないまま日曜が来て、裕樹は慌ただしく福島のアパートへ戻っていった。彼のいない一週間の、始まりだ。

翌朝、いつもより家を出るのが遅い光太に「遅刻するわよ」と台所から声をかけると、ややあって慌ただしく玄関に向かう足音がした。顔を出し、「行ってらっしゃい」と微笑みながら、光太とハイタッチをしようとおどけて軽く片手を上げる。

しかし光太はちらりと早紀子の顔を見ただけで、ポケットに片手をつっこんだまま、足早に玄関を出ていってしまった。先日、早紀子が怪人のことで頭ごなしに叱ったのをまだ拗ねているのかもしれない。最近の光太は時々何を考えているのかわからない。男の子というのは、皆そういうものなのだろうか？　小さくため息が漏れる。

午後になり、押入れから夏物のブランケットを出して欲しいと頼まれていたので部屋に行くと、俊子はベッドで眠っていた。

横になって目をつむっているだけのときも多いのだが、規則正しい寝息が聞こえてくるので、どうやら本当に眠っているらしい。起こしてはいけないと、そっと出ていこうとしたそのとき、早紀子の目に思いがけない物が飛び込んできた。

——ベッド脇の床に、なみなみと水の張られたバケツが置いてある。

細かい傷のついた水色のバケツは、間違いなく我が家で使っている物だ。しかしなぜ、こんな物がここにあるのだろう？

混乱し、まじまじとそれを凝視する。

……床にタオルがばらまかれていたとき、正直に云えば、俊子に物忘れの兆候が出たのではないかと一瞬疑った。けれど、たっぷりと水の入った重いバケツをこぼさずに持ち運ぶことが、足腰の悪い俊子にはたして可能だろうか。

では一体、誰が、何の目的で……？

気味が悪くなり、俊子の目に触れる前に片付けてしまおうと、恐る恐るバケツを部屋から運び出した。中身がおかしなものだったらどうしようという不安に駆られたが、観察したところ、色も臭いもただの水のようだ。

バケツの水を捨ててしまっても、胸にこびりついた不安は消えなかった。居間で悶々としていると、しばらくして目を覚ましたらしい俊子の呼ぶ声がした。

「汗をかいちゃったから、シャワーを使いたいの。着替えを出してもらえる？」

そう云いながら、ふう、と気怠げに息を吐き出す。

「……なんだか嫌な夢を見たわ。よく覚えてないけど、怖い夢。それで寝汗をかいたみたい」

俊子の言葉に、なぜかどきりと鼓動が跳ねた。動揺を押し隠し、「着替えを用意しますね」と云って移動する。準備が出来て風呂場に俊子を呼ぼうとしたとき、ふと、目に映る何かがいつもと違うような気がした。首を傾げ、直後に違和感の正体に気づいて息を呑む。

シャワーが、一番高い温度に設定されている。

最近のシャワーが、設備は事故防止のために熱湯が出ないように設計されている場合が多いようだが、建ててから年月が経っているこの家のものはそうではなかった。普段、設定温度をいじることはあまりない。早紀子も触った覚えはないし、まして最も高温になど設定するはずがなかった。

もし気づかずにそのまま湯を出していたら、俊子は大やけどを負っていたかもしれない。だけど、どうして――。

こわばった指で温度を戻しながら、血の気が引いていく。

ふいに、背後で何かが動く気配がした。小さく悲鳴を上げて振り向くと、脱衣所の窓のカーテンが揺れている。

落ち着いて、ただの風じゃないの。そう自身に云い聞かせながらも、心臓は激しく脈打っていた。……自分は、窓を開けっ放しにしていただろうか？

不安に駆られ、慌てて窓を閉めた。家の中に誰かが潜んでいるような気がして怖くなり、玄関に鍵が掛かっていることを確かめる。遠くから移動販売車のかすれた〈エーデルワイス〉が聞こえてきたけれど、今、外に出る気にはなれなかった。いつのまにか自分が息を詰めていたことに気がつく。何かに見られているような、ぞくっとする感覚。

次の瞬間、頭をよぎった考えに、思わずあっと声を上げそうになった。恐ろしい符合を思いつく。

眠る俊子の枕元に置かれたベビーパウダー。タオルと、水の入ったバケツ。

それらは、ひょっとしたら、俊子の窒息死を暗示しているのではないか……？

バカげていると思いつつも、一度思いついてしまったおぞましい答えはひどく胸を騒がせた。誰かが、何かが、俊子に害を加えようとしている——？

シャワーが危険な温度に設定されていたという事実は、俊子への魔の手がより直接的に迫ってきたのだ、というふうに思えた。

魔の手、という言葉が自然に思い浮かび、緊張から肩に力がこもる。

——〈みどり町の怪人〉は、女性と、子供を殺す。

光太と話したときは「くだらない」と切り捨てたその噂話と、夜中に裏通りで目撃したあの不気味な人物の姿がよみがえった。

まさか——あれは、ただの噂ではなかったのか？

耳の奥で、怪人は闇に引き寄せられるのです、とラジオの声が聞こえてくる。戒(いまし)めのような、低い囁き。

(——決して、自ら暗闇に近づいては、いけません)

冷たい汗が額を伝った。

……もし、万が一、怪人がお義母さんを殺しに来たのだとしたら？　自分がそれを願ったから。怪人がお義母さんを殺してくれればいいと、そう願ってしまったから。

初夏なのに、背すじに悪寒が走った。どうしよう、本当に怪人がお義母さんを殺しにきたら、一体どうすればいいんだろう？　いえ、でも、そんなバカなこと……。

現実味のない想像だと思う反面、得体の知れない不安が胸の奥底にこびりついて離れない。目を離している間に、俊子の身に何か恐ろしいことが起こってしまうのではないか、という気がして無性に落ち着かなかった。

ある日、俊子のベッドシーツを替えようとすると、鋭く光る待ち針が布団から転がり落ちた。ひっ、と反射的に息を呑む。

「これ……」

動揺する早紀子の横で、俊子が驚いたように「あら嫌だ、さっき裁縫箱を整理したときにうっかり落としたんだわ。危ない危ない」と云いながら裁縫箱に針を戻した。固まっている早紀子を見て、「どうしたの？　顔色が悪いわよ」と訝しげに眉をひそめる。

一瞬言葉に詰まった後、なんでもありません、と早紀子は慌てて目を逸らした。

こんなことは誰にも相談できなかった。家の中に異常はないかと常に心配になったし、庭に出て花に水をやっているときも、どこかから不気味な視線を向けられている気がして無意識に緊張した。そんなふうにびくびくしながら過ごしていると、裕樹から電話があった。

「ごめん、ちょっと忙しくて、今週末はそっちに帰れそうにないんだ」

ごめんな、と申し訳なさそうに云う裕樹に、「ああ……そうなの」とどこかぼんやりとした声が出た。残念に思う気持ちと同時に、少しだけ安堵が交じる。バカげた考えに怯えて張りつめている不安定な状態を、彼には知られたくなかった。

普段と違う早紀子の反応が気になったのか、裕樹が心配そうに尋ねてくる。

「なあ、少し疲れてるんじゃないのか？　母さんの世話、そんなに大変なのか」

気遣わしげに問われ、心が揺れた。とっさに何もかも打ち明けたい衝動に駆られる。以前のように話を聞いて、気持ちを軽くして欲しかった。しかし、直前で思いとどまる。

裕樹にそんなことを相談できるはずがなかった。だって一体、なんと云えばいいのだろう？　あなたの母親の死を願ったから、怪人が殺しに来るかもしれないと……？

掌がじっとり汗ばむのを感じながら、「大丈夫、なんでもないの」と慌てて答える。裕樹は尚も何か云いたげにしていたが、結局、当たり障りのない会話をして電話を切った。

日曜の夜、俊子が浴室から出たのを確認して「お着替え手伝いましょうか？」と廊下から声をかけると、ややあって脱衣所のドアが開いた。洗面台の前に置いた丸イスに腰掛け、寝間着姿の俊子が申し訳なさそうな笑みを浮かべる。

「靴下を履かせてもらえるかしら。腰を曲げるのが難儀でねえ。ありがとう、悪いわねえ、ごめんなさい」

お定まりの台詞を聞き流して、「わかりました」と俊子の足元にしゃがみこむ。むくんだ足に靴下を履かせようとしたとき、俊子がドライヤーのプラグをコンセントに差し込もうとするのが視界に入った。洗面台の水が跳ねてしまったのか、プラグの側面がわずかに濡れているのに気がついた瞬間、鼓動が大きく跳ね上がる。

考えるより早く、「だめえ！」とそれを取り上げようとした。急に引っ張られて驚いた俊子が、ぎゃっと声を上げて体勢を崩し、転倒する。

倒れた拍子に床で腰を打ったらしく、俊子は顔をしかめて「痛たた……」と呻いた。動揺していると、「何、どうしたの？」と光太が驚いた顔で駆けてくる。

「お祖母ちゃん、転んだの？　大丈夫？」

青ざめて固まっている早紀子を怪訝そうに見やり、光太は俊子が起き上がるのを手伝った。我に返り、慌てて「すみません」と口にすると、俊子は腰をさすりながら「大丈夫、大丈夫」と二人に向かって呟いた。

「また転ぶといけないから部屋までつれてってあげる」と、光太が俊子の手を引いて廊下を歩いていく。早紀子を振り返り、訝しげに云った。

「最近のママ、なんか変だよ」

その晩は、眠れなかった。朝が来て光太を学校に送り出し、機械的に家事をこなしながら、自分の中の何かが摩耗していくのを感じる。

俊子は部屋で眠っているようだ。そのあいだに片付けなくてはと思い、居間に座って洗濯物を畳んでいると、どんどん胸が苦しくなってきた。洗いたてのタオルを、しわになりそうなほど強く握りしめる。

——もう、疲れた。

追い詰められたような気分でそう思った。これ以上はもう、踏みとどまれそうになかった。早紀子の頭の中で、もういい、と誰かがひそやかに囁きかける。

仕方ないんだ、私のせいじゃない、だって怪人が来たんだから。

手が、いつのまにかくしゃくしゃになったタオルを摑んでいた。身体が勝手に動き、そのままふらりと立ち上がる。そうするのがとても自然なことのように思われた。

歩き出しかけたそのとき、ふいに、遠くからかすれたメロディが聞こえてきた。――毎週月曜に来る移動販売車のスピーカーから流れる、〈エーデルワイス〉だ。

次の瞬間、我に返った。手からタオルが滑り落ちる。頭が真っ白になり、直後に全身の血が引いていくのを感じた。自分は今、何をしようとした……？

床に落ちたタオルを見つめて呆然と立ち尽くす早紀子の耳に、〈エーデルワイス〉が響き続ける。

ひび割れたメロディを聞きながら、突然、あることに思い当たって目を瞠った。

――思い返せば、おかしな出来事が起こるのは、決まって月曜日だった。

週末には側にいた裕樹が帰ってしまい、ひときわ憂鬱で不安定な気持ちになる、月曜日。

そこまで考え、頭を鈍器で殴られたような衝撃に襲われる。

箪笥の一番上にしまった、家族の中で早紀子しか取れないベビーパウダー。早紀子が片付けた、早紀子しか置き場所を知らない古タオル。光太は学校に行っており、身体の不自由な俊子には持ち運べないであろう、たっぷりと水の入ったバケツ。口元を覆った手が、決定的に震え出す。

――そうだ。物理的にそれをすることが可能なのは、自分しかいないではないか。

本当は、心のどこかで気がついていたのかもしれなかった。けれど、自分がそんな恐ろしいことを考える人間だと、認めたくなかった。

怪人など初めからいなかった。いや、姑の死を心から願ったのは——怪人は、自分自身だったのだ。

目元が熱くなり、息ができないほどに何かが込み上げてきた。ううっ、と指の隙間から嗚咽が漏れる。もうどうしていいのかわからずその場にしゃがみ込み、堪えていたものが決壊したみたいに泣き声を上げる。泣きじゃくる早紀子の声が聞こえたのか、俊子が不自由な足を重そうに引きずりながら居間に入ってきた。

「早紀子さん、早紀子さん、どうしたの」

側に座り込み、俊子がおろおろした様子で声をかけてくる。どうしたの、どこか痛いの、となだめるようにしきりに早紀子の背中をさする。一向に泣き止まない早紀子の頭を、俊子はおもむろに胸に抱え込むようにして囁いた。

「よしよし、泣いたら駄目よ。人間はお天道さまを見て歩かなきゃいけないの。下を向いて泣いてちゃ、駄目」

——その言葉を耳にした途端、唐突に過去の記憶がよみがえる。初めて裕樹と出会ったとき、具合が悪くなりうずくまっていた早紀子に、彼が手を差し伸べてくれたこと。周りは誰も足を止めなかったのに、裕樹だけが心配して声をかけてくれたことに感謝すると、照れくさそうに笑って云った。

（いや、その、うちの母親の口癖でさ。人間は下を向いて泣いてちゃ駄目だ、お天道さまを見て歩かなきゃいけないっていうの。子供の頃からさんざん云われてたから、下向いてる人を見ると、なんか放っておけなくて）

そういう裕樹だから、好きになった。

……そうだ。目の前のこの人がいたから、自分は裕樹と出会ったのだ。

しゃくりあげる早紀子の背中を、俊子は幼子をあやすように撫で続けている。白くかさついた手が温かかった。鼻の奥がつんとし、目を閉じる。

血のつながらないこの人がいとおしくて、憎らしい。

きっとこれから先も、自分たちは数えきれないほど揉めるだろう。世の嫁姑の多くがそうであるように、時には許せないといがみ合って、泣いて、口も利きたくないくらいこじれることもあるかもしれない。

――それでもあのとき、自分と裕樹を結んでくれたのは、確かにこの人だったのだ。

◇

「いいニュースがあるんだ」

次に帰ってくるのを楽しみにしていると云うために裕樹に電話をすると、開口一番、嬉しそうな声で告げられた。

「来月いっぱいで、そっちに戻れることになりそうだよ」

はずんだ口調でそう云われ、驚いてとっさに言葉が出てこなかった。

やっぱり我が家が一番だよ、と裕樹が冗談めかして続けるのを聞きながら、ある考えが頭をよぎる。

……一つだけ、引っかかっていることがあった。

シャワーの温度を高温に設定したのは、本当に自分だったのだろうか？

他の暗示的な行為と異なり、この出来事だけが、妙に単純で直接的にも思われた。そう――まるで、子供の悪戯のような。

あの日、シャワーの設定温度を変えたのは、光太だったのではないか？

それだけなら、学校に行く前に仕掛けておくことは十分可能だったはずだ。あの朝、光太はいつもより家を出るのが遅かった。ハイタッチをして見送ろうとした早紀子を無視し、ポケットに手を入れたままそそくさと玄関を出ていったのを思い出す。そんな光太の態度を、怪人の話をして叱られたことを単に拗ねているのだろうと思ったが、実はあのとき、光太の手は浴室でシャワーをいじったために濡れていたのではないか。

　もしそうだとしたら、なぜ、光太はそんなことをしたのだろう……？

　早紀子の脳裏に、みどり町の怪人について目を輝かせながら喋る光太の姿がよみがえる。

（犯行現場から煙みたいに姿を消すなんて、すげーかっこいいじゃん！）

　もしかしたら、家の中の殺伐とした空気が、早紀子の中の昏い願望が、愛する息子に悪い影響を及ぼしていたのだろうか。家族の持つ闇が、幼い光太に知らぬ間に影を落としてしまったのかもしれない。

　それとも、やはりあの日、早紀子の殺意を実現すべく怪人はやってきたのだろうか——。

「早紀子？」

　黙ったまま考え込んでしまった早紀子に、裕樹が怪訝そうに話しかけてくる。ハッと我に返り、「うん」と慌てて返事をした。

「嬉しい、皆で待ってる」

　口にしながら、胸の奥から力強く何かが湧き起こってくる。大きく息を吸い込んだ。

……大丈夫。何度だってやり直せる。

　今度は自分が、家族を結ぶ。

第三話　あやしい隣人

誰かに背中を強い力で押されたとき、田口悟は完全に無防備な体勢だった。
あ、と思った次の瞬間——足が、階段から浮いた。

朝のニュース番組が、都内で起きた傷害事件を報じている。電車内での携帯電話の使用を咎められたのに腹を立て、注意された男性が相手を殴って怪我をさせたらしい。
妻の紀子が食器を洗いながら、「都会は怖いわねえ」といささか的外れな感想を口にする。食卓で味噌汁をすする悟に、向かいに座る娘の由花が口を尖らせた。
「パパもさあ、知らない人に気安く話しかけるのやめてよね。この前の日曜も、スーパーで知らない子にいきなり声かけたりして、恥ずかしいなあ」

小学三年生になった由花は最近、ませた口調でやたらと駄目出しをしてくるようになった。何かと人の世話を焼いてしまう悟の性分が、思春期に近い娘にはうっとうしく思えるらしい。

「だって、あんな時間に子供が一人でいたら心配になるじゃないか」

そう口にすると、紀子は苦笑しながらこちらを見た。

「今はそういうの、余計なお世話だって迷惑がられる時代なのよ。色んな人がいるんだから、うかつによそ様のことに首を突っ込むとトラブルになったり、下手するといきなり刺されたりしかねないんですからね」

「そうだよ、パパって三十四歳のくせに、そういうとこ昔の人みたいだよねー」

妻と娘に結託され、肩をすくめる。家の中で男一人というのは、何事においても肩身が狭い。そそくさと食器を流しに運ぶと、「行ってきます」と家を出た。

悟は埼玉県のみどり町で教材販売会社の営業をしている。みどり町は県庁所在地から電車で三十分ほどの距離にあり、急行の停まらない、のどかな田舎町だ。

ずっとみどり町に住んでいる悟にとって、近隣の住民たちは良くも悪くもみな顔見知りばかりだ。小さな町では人間関係が煩(わずら)わしかったり、面倒に思える面もあるかもしれないが、それでもやはり、地域の密接なつながりというのは大切なものだと悟は思う。

全ての町が都会のように見知らぬ人たちで溢れ返り、住民同士の関係性が希薄なものであったら、寂しいではないか。

道すがら、ジョギングをしていた近所の老人が悟を見かけて立ち止まり、その場で足踏みしながら「おはようさん、今日も暑くなりそうだねえ」と声をかけてきた。

「今度の日曜あたり、大雨が降るんだってよ。こりゃ週末の商店街のイベントは中止だろうなあ」

「わ、そうなんですか、娘も楽しみにしてたのに残念だな」

ひと言ふた言、世間話をして別れる。その後も、犬の散歩や庭掃除をしている顔見知りに会うたび、気軽に挨拶を交わしながら歩き続けた。

毎朝少し早めに家を出て、回り道をして会社に向かうことにしている。近くの公園に立ち寄り、缶コーヒーを飲んでから出勤するのが悟の日課だ。

数ヶ月前までは隣の市の営業所に電車通勤していたのだが、今年の春に市内の事業所と合併することとなり、勤務先が徒歩圏内になった。以降、この習慣をずっと続けている。

わざわざ遠回りをするのは日頃の運動不足解消のためという目的もあるが、町の人たちと顔を合わせられるから、というのも理由の一つだ。誰それの家に初孫が生まれたらしいとか、日差しが強くなってきたからそろそろ窓にすだれを掛けた方がいいだとか、仕事と関係のない些細なお喋りをするのは出勤前のいい気分転換になった。

自動販売機で缶コーヒーを買っていつもの公園に寄ると、公園内のベンチには既に先客がいた。すみれ色の割烹着に身を包み、茶色い杖を手に座っている小柄な老婦人は、この近所で一人暮らしをしている近田フミだ。

フミは足が悪く、いつも背中を丸めて難儀そうに歩く。夫はずいぶん前に他界したそうで、確か、娘夫婦が東京で暮らしていると聞いたことがあった。ほとんど毎朝ここで顔を合わせるので、リハビリを兼ねた散歩を日課としているのかもしれない。

「おはようございます」と笑顔で挨拶しながら近づく悟を一瞥し、フミはふん、とそっけなく鼻を鳴らした。

「毎日こんな所で油を売ってのんびりご出勤だなんて、最近の若い人は呑気でいいねえ。私らの若い頃は汗水流して働きづめで、まともに腰を下ろす暇もなかったもんだよ」

「手厳しいなあ」

苦笑しつつ缶コーヒーを開け、ベンチの隣に腰掛ける。風が、頭上の枝葉を爽やかに揺らしていった。

「まっすぐ会社に行くよりも、朝の空気を吸って、コーヒーを飲んでから出勤した方が、かえって頭がすっきりして仕事に集中できるんですよ。こうしてフミさんの顔も見られるし」

冗談めかして口にすると、フミはわざとらしく顔をしかめ、もう一度大きく鼻を鳴らした。

「愛想と調子のいい男の口にすることは信用するなって、昔からよく云ったもんさ。ところでアンタ、今日はずいぶんと声が嗄(か)れてるね。夏風邪かい？」

訝しげに問われ、ばつの悪い思いで否定する。

「いやあ、昨日の日曜、うちの町内会で運動会があったんですよ。それでつい、張り切りすぎちゃいまして。気合いを入れて娘の応援をしてたら喉がガラガラになりました、はは」

フミが呆れ顔で悟を見る。そんな他愛のないやりとりをしていると、公園前の狭い通りを見慣れた軽トラックがやってきた。ハンドルを握る年配の女性は、この地域で長年野菜の移動販売をしている川村(かわむら)瑞恵だ。ゆるゆると減速した軽トラックが、公園の入口で停まる。

運転席の窓から瑞恵が日に焼けた顔を出し、「おはよう。ああらお二人さん、朝から仲良く井戸端会議ね」とからかうような声をかけてきた。しわの寄った首元にかけてある白いタオルが眩しい。瑞恵は悟に負けず劣らずのお喋り好きである。

「畑の帰りですか？　気持ちのいい朝ですね」と悟が笑顔で返すと、隣でフミが「生まれてこのかた、朝に気分の良かった例なんてないよ」と憎まれ口を叩く。

「まーたフミさんたら、そんなことばっかり云って」と瑞恵がカラッとした笑い声を上げた。妻の紀子は、瑞恵の不躾に思えるほど相手の顔を見てくるところや、人によってはなれなれしく感じるくらいの距離の近さを苦手としている節があるが、悟は特に気にしたことはなかった。瑞恵はずけずけと率直にものを云うから、戸惑ってしまう人もいるかもしれないな、と思う程度だ。

無遠慮にフミの全身を眺めながら、瑞恵が呟く。

「でも、足を悪くしてからはずっと家にこもりっ放しで心配してたけど、最近はフミさん、だいぶ外に出て歩くようになったわよねえ」

「娘夫婦の厄介にはなりたくないからね。足が悪い年寄りの一人暮らしは不安だって、よく云われるんだ。去年、心臓から雑音が聞こえるとか病院で診断されたもんだからますます煩く云ってくるようになってね。娘婿も上っ面じゃ『お義母さん、心配だから僕たちと一緒に暮らしましょう』なんて調子のいいことばかり口にするけど、本心じゃ、迷惑だから断ってくれればいいと思ってるのがミエミエさ。まったく冗談じゃないよ」

そう云ってそっぽを向いたフミに、悟は思わず苦笑した。すると、瑞恵が何かを思い出した様子で眉をひそめる。

「だけどねえ、年寄りの一人暮らしは何かと物騒だから気をつけないと。ほら、この辺りでおかしなものを見たなんて騒ぐ人もいるし」

「おかしなもの……ですか？」

悟が怪訝な顔をすると、瑞恵は誰が聞いている訳でもないのに芝居がかった仕草で口元を隠すようにし、やや声のトーンを落としてみせた。

「か、い、じ、ん。――〈みどり町の怪人〉が、夜中に町をさ迷ってるんですって」

予想外の言葉に、ぎょっとして瑞恵を見つめる。

……みどり町の怪人というのは、この町に住んでいる人間なら一度は耳にしたことのある不気味な噂話だ。

二十年以上前、この小さな町で起こった未解決の殺人事件が噂話の由来らしい。アパートで母子が殺され、昼間の犯行にも拘らず、犯人はまるで煙のように現場から姿を消したのだ。恐ろしい殺人犯が、今もこの町のどこかに隠れているかもしれない――おそらくは、住民のそんな不安や恐怖心から生まれた噂だろう。

「怪人とか……怖い冗談、やめてくださいよ。そんなもの現実にいるはずないじゃないですか、やだなあ」

「でも、夜中に不気味な男が墓地の近くをうろつくのを目撃したって人が何人もいるのよ。その男は、雨でもないのにレインコートを頭からすっぽり被っていて、骸骨みたいに痩せてるんですって。不自然に背中を丸めて、まるで溶けるみたいにふっと闇の中に消えていくそうよ。ね、ぞっとするでしょう？」

怪談は苦手だ。つい想像してしまい、眉を下げると、瑞恵は「あらあら、朝から変な話しちゃって、失礼したわ」とおどけた表情で云った。口元に面白がるような笑みが浮かんでいるのが人が悪い。

すぐに真顔に戻って瑞恵は続けた。

「まあねえ、怪人なんてのはさすがに眉唾だと思うけど、怪しい人間が付近をうろついてるらしいのに変わりはないからね。あなたのとこ、お嬢さん、まだ小学生でしょう？　何かと物騒なご時世だから、親が気をつけてあげなきゃ」

瑞恵の言葉に「そうします」と神妙に頷いてみせながら、なんとなく落ち着かない気分になる。

由花が生まれてから、子供の死を扱った内容のドラマなどを気軽に観られなくなった。テレビで幼い子供の痛ましいニュースを目にしたりすると、その日はどこか憂鬱な気持ちが胸の片隅に横たわる。大抵の親がそうだろうが、我が子に取り返しのつかない悲劇が訪れる、などという事態は想像もしたくなかった。それは自分の世界において、あってはならないことだ。

由花の顔を思い浮かべる。だんだんと紀子に似てしっかりしてきた由花だが、今よりも小さい頃はそうではなかった。楽しそうに遊ぶ同年代の子供たちに「仲間に入れて」と云い出せず、公園の隅でもじもじと立ち尽くしているようなシャイな子だった。「パパ」と泣きそうな顔で呟く由花の代わりに、遊んでいる子供たちに悟が気さくに声をかけ、あっさりと遊びにまぜてもらえたときの由花の目には、純粋に「パパ、すごい」という感謝と尊敬が浮かんでいた。幼い頃の由花は、困ったときや不安なときはいつだって悟を頼ってきたものだ。

いつからあんなにそっけなくなってしまったのだろう。

コーヒーを飲み終え、そろそろ会社に行く時間なのに気づいた悟は「じゃあ、失礼します」と二人に告げてベンチから立ち上がった。歩き出そうとしたとき、「ああ、ちょっと」とフミに呼び止められる。

フミは手首に掛けていた巾着袋から、個包装されたハチミツののど飴を取り出し、悟に向かって差し出した。

「アンタの声はただでさえだみ声なんだから、これ以上聞き苦しくなったら周りが困るだろう。さっさと治すんだね」

ぶっきらぼうに呟かれてふいを衝かれる。まばたきをした後、飴を受け取り、悟は小さく笑った。

「ありがとう、フミさん」

◇

会社に着くと、隣の席の柏木正人（かしわぎまさと）はもう出勤していた。

「おはようございます」と笑顔で挨拶する悟を、柏木がちらりと横目で見やる。それから、まるで他人と五秒以上目を合わせたら死に至るというルールでも課せられているかのようにすぐさま視線を逸らし、おはよう、と早口に呟いた。

わりあい誰とでも親しくなれるタイプの悟だが、同じ営業部で七つ年上のこの先輩社員はいささかとっつきにくいところがあった。痩身で猫背気味の柏木は、普段から悟とあまり目を合わせてくれず、ぼそぼそと低い声で喋る。

この春に同じ事業所で仕事をするようになってから悟が彼について知ったことといえば、勤務年数が長く、几帳面（きちょうめん）な性格らしいということくらいだ。もともと内向的なのか、あるいは悟のことを敬遠しているのか、隣席にも拘らず、柏木との間には未だに距離感がある。

運動会で全力疾走したせいで重だるい腰をさすっていると、書類をチェックしていた柏木が小さくこちらを見た。怪訝そうな視線に気づき、照れ笑いをしてみせる。

「昨日ちょっと、町内会の運動会がありまして。娘にいい所を見せようと張り切ったら、腰は痛いし、喉は嗄れるしでさんざんですよ。なのに肝心の娘ときたら『パパってば、張り切り過ぎてうざい』なんて云うんですから」

「そうですか」

……あっさりと会話が終わってしまった。

ぎこちない空気を和ませるべく、悟は尚も会話を続けようと試みた。

「あ、そういえば、〈あおぞら教育社〉の岡部(おかべ)さんも運動会に参加してましたよ」と、取引先の企業名を出す。

〈あおぞら教育社〉は長年付き合いのある顧客で、ずっと柏木が担当している。面識のない自分の家族の話をするよりは会話がはずむかもしれないと思い、軽い気持ちで話題にした。

「同じ町内なんですよ。いやあ、岡部さんも娘さんの前でかっこ悪いとこ見せられないっておっしゃって、リレーとかすごい頑張ってましたよ。絶対筋肉痛になるってぼやいてましたけどね。やっぱり子供の前ではいい格好したいっていうか、尊敬されたいっていうか、親父ってのは苦労しますよ。はは」

　冗談めかして云いながら、ガタイのいい岡部が情けない面持ちで愚痴っていたのを思い出して口元がほころんだ。調子に乗って、気安く続ける。

「岡部さんて、一見強面（こわもて）だけど気さくでいい人ですよね。そうそう、今度うちの近所の市民会館で教育関係の講演セミナーがあるらしくて、一緒に聞きに行かないかって誘っていただきました」

　悟の言葉に、柏木は「はあ」と曖昧（あいまい）に呟いただけで、再び黙り込んでしまった。悟は会話を諦（あきら）め、胸の内でそっとため息をついた。本当に、必要なこと以外は喋らない人なんだな、と思う。

　仕事とプライベートは完全に分けるというタイプなのだろうか。もちろんいろんな考え方があってしかるべきだけれど、ここまでよそよそしく線を引かれるのもつまらない気がする。もうちょっとくらい、打ち解けてくれてもいいのに。

　見積書を作成しながらそんなことを考えていると、開け放した窓の外から微かにラジオの音が聞こえてきた。どこかの店先から流れていると思しきラジオニュースの音声は、週末は大雨になりそうだ、と伝えている。そういえば今朝近所の人もそんなことを云っていたな、とぼんやり思い、ふと、瑞恵が口にしていた話がよみがえった。

（〈みどり町の怪人〉が、夜中に町をさ迷ってるんですって）

ひゅん、と窓の外で強い風が吹く。

——この静かな町で恐ろしい殺人事件が起こったとき、悟はまだ小学生だった。大人たちの浮足立った様子や、町全体を覆う不穏な空気は、子供だった悟をひどく怯えさせた。なにせ、これまでテレビの向こうの出来事としか認識していなかった〈殺人〉が、ごく身近で発生したのだ。その上、うら若い女性と子供を手にかけるというおぞましい行為をした犯人は警察に捕まることもなく、もしかしたら、すぐ近くに身を潜めているのかもしれないのだから。

確かこの殺人事件が起こった年も、町に大きな台風が来て大雨が降ったっけ、と思い出す。……そう、あの夏は普通じゃなかった。

今でも当時のことを思うと、胸がざわつくような感覚を覚える。

「——みどり町の怪人て、今、どこにいるんだろう」

そんな呟きが口をついて出た。

え、というように柏木がこちらに顔を向ける気配。悟は慌てて「あ、すみません」と小さく詫びた。思っていることがなんでもすぐ口に出てしまうのは、自分の悪い癖だ。

苦笑しながら釈明する。

「今朝、ご近所さんがそんな話してたのを思い出して。みどり町の怪人、柏木さんもご存知ですよね？　夜中にね、その怪人とやらが町をさ迷うなんて噂されてるんですって」

云いながら、悟は首を捻った。

「……不思議ですよね。こんな小さな町で大それた事件を起こしたのに、ずっと捕まらないままだなんて。ひょっとしたら怪人には、本当に姿を消す特別な力なんてものがあるのかな。それとも実は、昼間はごく普通の顔をして、僕らの中に紛れ込んでいたりするのかも。だからもし身近にいたとしても、誰も気づかないのかもしれませんね」

みどり町の怪人は、自分の犯した罪を悔いているだろうか。それとも未だ捕まらないことにほくそ笑んでいたりするのだろうか？

純粋に疑問に思い、深く考えずに続ける。

「罪を犯して誰にも見つからないって、どういう気持ちなんでしょうねえ」

そこで、また自分だけが喋っていることに気がついた。ばつの悪さを覚えながら「ああ、すみませ――」と口にしかけて、動きが止まる。

いつのまにか、柏木が悟の顔を凝視していた。こちらを向いたまま目を見開いたその表情は、緊張したように引き攣っている。

悟が息を詰めると、柏木はハッと我に返った様子ですぐさま目を逸らした。書類を掴む柏木の指が一瞬震えたように見えて、ぎょっとする。

柏木は落ち着きなく書類を整理すると、低い声で「外回りに行ってきます」と告げて席を立った。そそくさと部屋を出ていく彼の後ろ姿を見つめ、あっけに取られる。今のは、何だ……？

あんな柏木を見たのは初めてだった。どうしたんだろう、具合でも悪くなったのか？

さっきまではほとんど無反応だったのに、悟がみどり町の怪人の話をした途端、急に取り乱したように見えた。

と、思考を断ち切るように机上の電話が鳴り出した。柏木の態度にどことなくもやっとしたものを覚えたまま、悟は顧客からの納品問い合わせに対応し始めた。

その日は午後から、新規の取引先へ商品説明に赴(おもむ)くことになっていた。外出先から直帰する予定だったが、帰る途中、ふいに自分の机に忘れ物をしてきたことに思い当たる。

乾燥肌なのを気にしている紀子は、あるメーカーの保湿クリームを「安いのにすごくしっとりする」と愛用しているのだが、近所でそのクリームを置いてあるのが悟の会社近くのドラッグストアだけらしい。紀子に頼まれて数日前の昼休みに買ったそれを引き出しに放り込んだまま、家に持ち帰るのを毎回失念していた。また忘れては、さすがに文句を云われてしまうだろう。やむなく一旦、会社に戻ることにする。

地方都市の夜は早い。白っぽい街灯の下、人通りの少なくなった道を会社へと引き返した。ほとんどの店がシャッターを下ろした通りを野良猫が我が物顔で歩いている。

どこかの窓から、微かにラジオの音が聞こえてきた。

（夜の帳が下りる頃、あなたの町の扉が開く。扉の向こうにあるのは、そう、異界――）

いかにも恐ろしげな音楽をＢＧＭに語る男の声を、なんとはなしに耳にしながら歩く。夏になると思い出したようにお化けだの怪談だのが取り上げられるのは、なぜなんだろう。

（『みどり町の青葉山(あおばやま)に、ゴミの不法投棄がされているそうです。犯人は夜中にやってきて、山の中に粗大ゴミなどを大量に捨てていくのだそうです。でも、僕は、本当のことを知っています』）

淡々とリスナーからの葉書を読み続ける男の声。コウモリらしき小さな影が、暗い空を飛んでいく。

（『あれは、実はみどり町の怪人からの合図なのです。怪人は、存在を信じる者に秘密の合図を送っているのです。それに気づいた人間だけが、怪人の意思を知ることができるのです』。——皆さん、どう思いますか？）

ラジオから流れる声が、秘密めかして問いかけた。

（これはただの妄想かもしれないし、ひょっとしたら本当に、怪人が密かに何らかの合図を僕らに送っているのかもしれません。いずれにせよ）

ノイズまじりの低い囁きが、後ろに遠のいていく。

（あなたの見ている世界がまぎれもなく真実であると、一体誰に云い切れるのでしょう？）

会社に着くと、受付の守衛に軽く片手を上げ、悟はエレベーターに乗った。

そのまま営業部のある二階に向かう。営業時間の終わった社内は既に静まり返っていた。

従業員はもう皆帰ったのかと思いきや、室内に明かりが点いていることに気がついた。

……誰か残っているらしい。

ドアを開けると、席に座っていた人物がハッとしたように顔を上げた。——柏木だ。

こちらを見て固まっていた柏木が、次の瞬間、素早く机の引き出しを閉めた。引き出しに鍵を掛け、なにやら怖い目で悟を見る。

思いがけず返ってきた鋭い反応に、悟は思わずたじろいだ。

「え、あ、驚かせてすみません。ちょっと、忘れ物をしちゃったもんで」と口にし、慌てて自分の机からクリームの入った袋を回収する。その間、柏木がずっとこちらを見つめているのを感じた。

お先に失礼します、と早口に云って部屋を後にする。歩きながら、鼓動が少し速くなっているのに気がついた。別に何か悪いことをしたわけでもないのに、狼狽する。

……驚いた。さっきの柏木の険しい目つき——あんな彼を見たのは初めてだ。それにしても、遅くに一人きりで、一体何をしていたんだろう？

悟を見た途端、急いで引き出しに鍵を掛けた柏木。

各々の机には、小さな鍵のついている引き出しが一つある。しかし、実際に鍵を掛けることは滅多にない。顧客ファイルといった類（たぐい）のものは共有のキャビネットに施錠して保管しているし、自分の貴重品は自宅に持って帰るのが普通だからだ。

柏木は、あの引き出しに、何をしまっているのだろう……？

普段の彼が見せたことのない動揺した様子に、妙に胸がざわついた。

会社を出た悟が振り返って建物を見上げると、まるで息をひそめるかのように、二階の窓の明かりが消えた。

◇

翌日、出勤した悟が「おはようございます」と挨拶をすると、隣の席の柏木も「おはよう」と短く返してきた。

柏木は特に悟の方を見るでもなく、そのまま自分の作業を続けている。

淡々とした柏木の態度に、いささか拍子抜けしたような気分になった。……なんだ、いつも通りじゃないか。昨日の不自然な反応は、何かの見間違いか、自分の考え過ぎだったのかもしれない。

ばつの悪さと安堵を覚えながら、悟も仕事に取りかかる。しばらくして、ふと、横顔に視線を感じた気がした。

何気なく顔を向けると、思いがけずこちらを盗み見ていた柏木と目が合った。悟がぎくりとすると同時に、柏木がさっと顔を伏せ、まるでずっとそうしていたかのようにデスクワークを再開する。……今のは、何だ？

戸惑いながらさりげなく注意を払っていると、その後も、柏木が幾度となく悟の方を窺っていることに気がついた。悟が顔を上げるとすぐに目を逸らすのだが、やけにこちらを気にしているようだ。なぜそんなふうに盗み見るのかとも指摘しづらく、そ知らぬふりを装って仕事をするも、どうにも落ち着かなくなってくる。どうしてじろじろ見るんだ。

　これでは、まるで、自分のことを見張っているようではないか——？

　午後になり、ミーティングに出るために柏木が席を立つと、悟は無意識に詰めていた息を吐いた。隣の席から向けられる視線に、思っていた以上に緊張していたらしい。

　こめかみを揉みほぐしていると、事務長の原（はら）がふらりと営業部にやってきた。悟を見つけ、「こっちの事業所にはもう慣れたかい？」と気さくに声をかけてくる。

　原はヘビースモーカーで煙草の臭いが身体に染みついているのが玉に瑕（きず）だが、温和な性格でユーモアを解し、かつ仕事ができるという貴重な中年男性だ。きっと煙草休憩の帰りにでも営業部に立ち寄ったのだろう。

「はあ……まあ、それなりに」と曖昧な笑顔で悟が答えると、原は自身の突き出した腹部を撫でさすりながら笑みを返してきた。

「そう。何か気になることがあったら、些細なことでも気軽に相談してくれて構わないから」

　快活な口調で告げられ、こういう人が隣の席ならよかったのに、などとつい考えてしまう。

悟が礼を云おうとしたとき、同じ部署の牧野亜希子が「田口さんは、柏木さんのことが苦手なんですよねー」と茶化すように口を挟んできた。亜希子は悟より年下だがこの事業所には長く勤めており、周りの社員とも仲が良い。気心が知れているがゆえのただの軽口に過ぎないとわかっていても、反射的にどきりとし、焦って否定する。

「そんなことないですよ、変なこと云わないでください」

「えー」と亜希子は尚もからかうように含み笑いした。

「だって、柏木さんの一挙一動に注目してるし、なんかビクビクしてません？」

「そんなことないですって」

「さすがの人たらしの田口君も、柏木君と距離を縮めるのには手こずるかあ」

慌てる悟の様子が面白いのか、原まで笑いながらそんなことを云ってくる。亜希子はそこで思い出したように声をひそめ、意味深な表情で口にした。

「そういえば一時期、柏木さんに変な噂が立ったことあるの、知ってます？」

思わずぴくりと反応してしまう。「噂……？」と恐る恐る訊き返すと、亜希子はおもむろに頷いてみせた。

「結構前の話なんですけどね、夜中に、経理の人が墓地の近くで柏木さんを目撃したらしいんですよ。車で友人の家に行く途中、柏木さんが三丁目の裏通りを一人でふらふら歩いているのを見たって」

……三丁目の裏通りというのは、町の外れにある、昼間でもどこかうら寂しい印象の通りだ。駅前の繁華街から離れており、付近にあるものといえば墓地と病院くらいだろう。病院にしても、通常の診療は夜にはとうに終わっているはずだ。

「しかも一度きりじゃなくて、別の日にも同じ場所で見かけたらしいんですよ。そのとき柏木さん、なんだか思いつめたような顔をしてて、怖かったって。夜中にあんな人気のない所で何をしてるんだろうねって、結構、陰で噂されてて」

亜希子が一旦そこで言葉を切り、真顔で呟く。

「ひょっとしたら墓地に、自分の殺した人間の死体でも埋めてるんじゃないか、なんて……」

「――え」

悟が息を呑むと、亜希子は弾けるように笑い出した。

「やーだ、冗談ですよ。さすがにそれは考え過ぎだと思いますけどお、でも柏木さんて普段からプライベートな話とか全然しないし、長年ここにいらっしゃるけど、ちょっと謎めいたところありますよね。確か、子供の頃からみどり町の馬塚に住んでるっておっしゃってたから、ずっと地元にお住まいのはずなんですけど」

屈託ない彼女の言葉を聞きながら、落ち着かない気分になった。

悟がみどり町の怪人の話をしたとき、柏木があからさまに顔をこわばらせたのを思い出す。それから忘れ物を取りに戻ったとき、素早く引き出しに鍵を掛け、悟を警戒するように向けてきた眼差し。……あのときの彼の反応は、控えめに云って怪しかった。

長年この会社に勤めており、ずっとみどり町に住んでいるという柏木。ふと、朝の公園で瑞恵が口にしていた噂が頭をよぎった。

考えまいとするも、思考が嫌な方向に傾いていく。

(〈みどり町の怪人〉が、夜中に町をさ迷ってるんですって)

(墓地の近くで柏木さんを目撃したらしいんですよ)

骸骨のように痩せていて不自然に背中を丸めているらしい、という怪人の目撃情報に、痩身で猫背である柏木の姿が重なった。思いがけない類似に気づき、息を詰める。心が不穏に波立った。

ひょっとしたら、町に流れている不気味な噂には、柏木が何らかの形で関係している……？

バカバカしい、と浮かんだ考えを打ち消そうとするも、一度そう考え出すと、彼の言動の全てが不審に思えてきてしまう。

──柏木には、もしかして人に知られてはいけない、何か後ろ暗い秘密があるのではないか？　そんなふうに感じた。

悶々とした気分のまま仕事を終え、会社を出てすぐの交差点で悟が信号待ちをしていると、「おや」と隣で声がした。顔を向けると、中肉中背の中年男性と目が合う。

糸のような目を穏やかに細めて、「こんにちは」と会釈してきた白髪交じり(しらが)の短髪の男性は、悟のよく知っている人物──須藤正弘(まさひろ)だ。自治会で長年防犯委員をしている須藤は、その温厚な人柄と熱心な活動ぶりから地域の子供たちに親しまれている。実際、雨の日も風の日も通学路に立ち、子供たちを見守る須藤の姿を悟自身も何度も目にしており、頭が下がる思いだった。小学校に上がったばかりの頃、雨の日に転んだ由花をおぶってわざわざ家まで送り届けてくれたこともある。

どうも、と悟が笑顔で挨拶を返すと、須藤は柔らかい声音で話しかけてきた。

「お仕事の帰りですか？　なんだか珍しく暗い顔をなさってるから、一瞬別の人かと思っちゃいましたよ」

須藤の言葉に、自分はいつもそんなに能天気な顔をして歩いているのだろうか、と思い苦笑する。

「そちらも仕事上がりですか？」と軽い気持ちで尋ねると、須藤はやんわりと首を振った。

「いえ、今日は非番です。最近、駅前の通りに無断駐輪している自転車が多いらしくて。道幅が狭くなって児童や高齢者のかたが通行する際に不安だって声があったものですから、邪魔にならない場所に自転車を移動するお手伝いをしてきたところですよ」

「ご苦労さまです」と悟は本心から口にした。こうして地域の治安に気を配ってくれる年長者がいるというのは、なんとも心強いと思う。

ふと、いま抱いている疑念を須藤に相談してみようか……という考えが浮かんだ。そうだ、防犯活動に協力的な彼なら、悟の話を聞いてくれるかもしれない。思いきって口を開く。

「あの……」

「何か？」

須藤が怪訝な顔でこちらを見た。言葉を続けようとし、直後にためらいが生じる。一体何を喋るつもりだ？　証拠もないのに、職場の先輩が何か怪しい、などと口にするつもりか？

いくら無口で何を考えているかわかりにくい人とはいえ、いきなりそんなふうに疑うのは突飛すぎるだろう。

そもそも、みどり町の怪人は二十数年前の事件がきっかけで生まれたとされる怪談だ。

墓地をさ迷う怪人などという話を真に受けるのは、あまりにも非現実的だ。

悟は慌ててかぶりを振った。

「いや、なんでもないです、すみません」

信号が青に変わった。それじゃ、と小さく会釈をし、悟は不安を振り払うように歩き出した。

◇

その週の土曜日。

悟と岡部が連れ立って参加した『地域と教育』というテーマの地域セミナーは、あいにくの曇り空にも拘らずなかなかの盛況ぶりだった。

セミナーの内容についての感想を口にしながら二人が市民会館を出ると、今にも雨が降り出しそうな灰色の雲が広がっていた。重苦しい空を見上げて呟く。

「そういえば、大雨注意報が出てるらしいですね。こりゃ早く帰った方がよさそうだ」

ちょっと寄るところがあるという岡部と建物の前で別れ、足早に歩き出そうとしたとき、ふいに強い視線を感じた気がして悟は振り返った。次の瞬間、驚いて動きを止める。

――講演を聞き終えて帰る人混みの中に、柏木の姿があった。グレーのポロシャツに紺のズボン姿の柏木は、曇天の下に立ち尽くしたまま、暗い眼差しでじっとこちらを見つめている。

ひっ、と思わず声が漏れた。動揺する悟の前で、その人物は踵を返し、人波にまぎれてあっという間に姿を消してしまった。

混乱して彼が消えた方向を見つめながら、幽霊にでも遭遇したみたいに、背すじを冷たいものが滑り落ちる。見間違いか？　いや――今のは、確かに柏木だった。しかし、なぜここに彼がいるのだろう？　どうして悟と目が合って逃げる必要がある？

はっきりと自分に向けられていた視線を思い起こし、腋の下が汗ばむのを感じた。

まさか……柏木は本当に、悟のことを見張っているのだろうか？　悟が柏木の行動を怪しんでいるのに気がついたのかもしれない。ひょっとしたら今もどこかで、こちらの様子を窺っているのでは――。

急に怖くなり、悟は逃げるようにその場を後にした。家に向かって歩きながらも、柏木が後をつけてくるような、今にも背後から襲ってくるような気がして、何度も振り返ってしまう。

思えば、毎日隣の席に座って仕事をしている人間のことを、自分は何も知らないのだ。

たとえ相手が恐ろしい犯罪者であったとしても、それを知る術はない——。

　帰宅してからもさっき見かけた柏木のことが頭を離れず、上の空でいると、話しかけてきた由花が「ちょっとパパ、聞いてる？」とムッとした顔になった。

「ごめんごめん、聞いてなかった。何だって？」

　慌てて尋ね返すと、そっぽを向いてしまった由花に代わって、紀子が口を開いた。

「今度の土曜にね、親しくしてるパパママで集まろうか、って話になったの」

　必要以上に優しげな口調で話す紀子の顔を見つめる。紀子がこんなふうに慎重な声を出すときは、何か不安なことが目の前にあって、対処に迷っているようなときだ。

「由花のクラス、最近、あんまり雰囲気がよくないらしいのよ。特定の子を仲間はずれにしてるみたいっていうか、ちょっと……いじめっぽい空気になってるんですって。でも、いきなり学校に訴えて大事になっちゃうと、かえって子供たちが気まずい思いをする場合もあるでしょう？　まずは仲のいい保護者同士でお食事でもしながら話し合って、今後のことを相談しましょうってことになったのよ」

　由花の肩にそっと手を乗せながら、紀子は悟に向かって云った。

「あなたも来てくれるでしょう？」

「そんなことになってたのか。わかった、もちろん行くよ」

悟が頷いてみせると、視線をあさってに向けたままの由花の横顔に安堵の色が浮かんだ。明るい表情で夕食の支度に取りかかる妻と娘を眺めながら、ふと、もし彼女たちが突然いなくなったら、という想像が頭をよぎった。

何者かの手によって、愛する家族の命が暴力的に断ち切られたとしたら、そのとき自分はどうするのだろう。そんなことを考えるだけで恐ろしくなり、胸の底が容赦なく冷えていく。

窓の外で激しく雨が降り出した。

この町で母と子が殺害されたという事件に思いを馳せながら、悟はいつしか唇を噛み締めていた。

◇

週明けに出勤した悟は、既に席に着いている柏木の姿を目にして一瞬、足を止めた。

緊張が背中を走るのを感じながら、できるだけ普段通りの態度を意識し、「おはようございます」と挨拶をする。控えめにこちらを一瞥した柏木から、おはよう、と平坦な声が返ってきた。

腹芸は苦手だ。わずかにためらった後、悟は思いきって口にした。

「柏木さん、一昨日（おととい）……地域セミナーにいらっしゃいました？」

悟の問いに、机上でせわしなくペンを走らせていた柏木の手が止まった。いささか不自然にも思えるほど書類を凝視した後、悟の方を見ないまま、低く答える。

「いいえ」

——嘘だ、と直感的に思った。間違いない、あれはやはり柏木だったのだ。柏木はセミナー会場に来て、悟たちのことを見つけていた。なのに、その事実を隠そうとしている。

……なぜ？

質問が喉元まで出かかったものの、否定されてしまった以上、さすがにそれ以上追及するのはためらわれてやむなく席に着いた。しかし柏木への疑念は胸の中でどんどん膨らんでいく。

仕事中も隣席の様子が気にかかり、また、向こうも悟のことを意識しているように思えて息が詰まった。油断するとつい集中を欠いてしまう。

ようやく昼休みになると、悟はすぐさま席を立った。緊張に凝り固まった肩を回しながら外に出て、昼食もそこそこに、会社の近くにある市立図書館へと足を運ぶ。

……この町に広がる、不気味な怪人の噂について調べてみようと思った。

噂の元になったと一部で囁かれているのは、過去にみどり町で起こった殺人事件だ。地方新聞のバックナンバーが製本されたものを書棚から取り出してきて、閲覧席で広げた。記憶を頼りに、事件が起こった年の新聞記事を目で追っていく。悟の探していた記事はすぐに見つかった。——一九六七年、八月。

記事によれば、この町を記録的な台風が襲った翌日、アパートで黒須という二十代の女性と生後間もない赤ん坊が殺されたのだそうだ。遺体の発見者は、仕事から帰宅した被害者の夫。女性は室内で扼殺され、赤ん坊はタオルケットの下で窒息死していたという。鍵の掛かったままの部屋から犯人は姿を消し、未だ捕まっていない——。

記事を読んでいるうち、ふと、ある箇所で視線が止まった。殺害された親子が住んでいたアパートの所在地が、みどり町馬塚と書いてある。馬塚……確か、柏木は昔からずっと馬塚に住んでいるのではなかったか？

——怪人の噂が生まれたきっかけとなったらしい殺人事件が、柏木の家の近くで起こったこと。夜中に町をさ迷うと噂されている怪人の特徴が、柏木とそっくりであること。じわじわと、得体の知れない不安が湧いてくる。

考えすぎ、だろうか……？

思考を巡らせながら会社に戻り、階段を上っていると、鞄の中で携帯電話が鳴った。岡部だ。

悟は階段の上で立ち止まり、携帯を取り出して「ああ、岡部さん、先日はどうも」と電話に出た。短い挨拶を交わした後、岡部が恐縮したように声をひそめる。

「すみません、田口さんからお借りしたペン、僕そのまま持って帰っちゃったみたいで。お返ししなきゃと思って」

岡部の言葉に、ああ、と思い出した。そういえば、セミナー会場でメモを取ろうとして書くものを持参していなかった岡部に筆記具を貸したのだった。

「別にわざわざ返してくれなくていいですよ、どうせ安物ですし」

軽い口ぶりで云うと、電話の向こうでばつが悪そうに礼を告げられた。そうだ、と岡部が続ける。

「うちの取引先の〈若葉(わかば)エデュケーション〉さんがお宅の教材に興味があるらしくて、よろしければカタログをお持ちいただいて一度説明を伺いたいそうなんですけど、先方の担当者に連絡をしていただけますか？」

ええ、もちろん、と返しながら、頭の中で考える。自分が行っても構わないが、〈あおぞら教育社〉からの紹介ということであれば、担当の柏木に回すのが道理だろうか。

担当者の連絡先を後で知らせてもらうことにして、通話を終える。

携帯電話をしまい、さっきの新聞記事を思い出して、また妙な緊張がよみがえってきた。下の階にある自動販売機で缶コーヒーでも買っていこうかと再び階段を下りようとしたとき、突然、強い力で背中を押された。

あっ、と思ったときには足が階段から浮いていた。次の瞬間、衝撃が全身を襲う。段差に身体を打ちつけながら、勢いよく数段転がり落ちた。

「う……」

呻き声が口から漏れる。とっさに頭を庇(かば)ってぶつけたらしい肘や手首が、鈍い痛みを訴えてきた。顔を歪めて薄目を開けると、階段の上で、誰かが素早く身を翻(ひるがえ)すのが見えた気がした。

階段を落ちる音を耳にしたらしい守衛が、「大丈夫ですか!?」と血相を変えて駆け上がってくる。悟は茫然としたまま、すぐには動けなかった。

「足を滑らせたんですか？　お怪我はありませんか」と心配げに覗き込んでくる守衛にぎこちなく頷き、よろめきながら立ち上がる。どうやら悟が落ちた瞬間を、誰も目撃していなかったようだ。

歩き出し、足が微かに震えているのに気がついた。心臓が激しく打ち続けている。

……誰かが、階段から自分を突き飛ばした。その事実が毒のように思考を痺(しび)れさせていく。一瞬の出来事だったけれど、確かに明確な意思を持って背中を強く押された気がした。

あれはもしかしたら、柏木ではなかったろうか……？

まさか――まさか、柏木が自分を……？

打ちつけた箇所がずきずきと疼いてきた。きっと痣(あざ)になるだろう。幸い、骨などに異常はなかったようで、事務室で簡単な手当てをしてもらっただけで大事には至らずに済んだ。うっかり足を踏み外して、ととっさに口にした悟の説明を、周りは疑いもしていない様子だった。……このただならぬ状況に気づいているのは、悟だけだ。緊張にごくりと唾を呑んだ。

怯えながらふらふらと営業部に戻ると、席に柏木の姿はなかった。少し前に会社を出たらしく、午後は得意先を回ってそのまま直帰する予定だという。

彼と顔を合わせずに済んだことに、情けなくも心の底から安堵した。――今、あの得体の知れない眼差しを向けられたら、とても平静にやり過ごせる自信がない。

隣の机を落ち着きなく横目で窺いながら、こめかみを冷や汗が流れるのを感じた。

――こんなにも近い距離にいるのが、もしかしたら恐ろしい秘密を抱えた人物かもしれない。

そう考えると、徐々に追い詰められるような気分になってくる。一体、どうすればいい？

柏木が自身の秘密に気づいた悟を警戒し、本気で口封じをしようとしているとしたら、このままでは悟の身が危ないのではないだろうか。

会社の誰かか、やはり防犯委員の須藤に相談すべきか？……いや、駄目だ。確かな証拠もないのに、職場の先輩を危険人物として名指しすることなどできるはずがない。証拠——。

そこまで考え、頭の片隅で、ふいに何かが閃（ひらめ）いた。

忘れ物を取りに会社に戻ったとき、遅い時間に一人きりで残っていた柏木。怖い顔をし、悟の目から隠そうとするかのように机の引き出しに鍵を掛けた。あのときの彼は、明らかに動揺して見えた。

ひょっとしたら、鍵の掛かったその引き出しの中には、人に見られてはまずい何かが隠してあったりするのだろうか。たとえば——彼が犯した、恐ろしい犯罪の証拠が。

半ば無意識に拳を握り締めた。……確かめなくては。自分のすぐ隣にいる男は、みどり町の怪人の噂に何か関係しているのか？　彼は、自分に害をなそうとする危険な存在なのか？

今日、柏木は外出したまま、もう会社には戻らない。もしかしたらこれはチャンスかもしれない。――やるしかない。

彼が不在にしている隙に、引き出しの中身を調べてみるのだ。

そう決めた途端、胸がどきどきしてきた。密かな計画を周りに気取られないよう、いつも通りにふるまおうとするほど、挙動不審になってしまう。

どうにか平静を装って業務をこなしているうち、終業時間が過ぎた。従業員が一人、また一人と帰っていく。悟はデスクワークに集中しているふりをしながらそっと周りの様子を窺っていた。やがて営業部に残っているのは、悟と亜希子の二人だけになった。

しかし、いつもは早々と退社するはずの亜希子は今日に限って思い立ったように給湯室の掃除を始め、湯呑をまとめて漂白したり、流し台を念入りに磨いたりと、なかなか帰る気配がない。焦れる思いで見つめていると、しばらくして、ようやく彼女が帰り支度を始めた。

内心ホッとしながら「お疲れさま」と声をかけると、亜希子は「お先に失礼しまーす」と茶目っ気たっぷりに微笑んだ。

「残業ですか？　なるべく早くお嬢さんの所に帰れるように頑張ってくださいね」

「うん、そうするよ」と曖昧に笑って応じながら、後ろめたい気分になる。

室内には、ついに悟一人だけとなった。これからしようとしていることを思うと、自然に緊張が高まってくる。悟はおもむろに耳をすませ、廊下から話し声や足音が聞こえてこないのを確かめた。近くに人の気配はないようだ。――よし。

深呼吸して柏木の机の前に立ち、それから、恐る恐る例の引き出しに手を掛けた。否応なしに鼓動が速まっていく。思いきって手前に引いてみると、引き出しは開かなかった。……やはり施錠されているようだ。念のために、他の引き出しも確かめてみたが、鍵はどこにも入っていなかった。きっと柏木自身が持っているのかもしれない。

気を取り直し、営業部の戸棚から工具セットを取ってくる。そこから小さなドライバーを一本、選び出した。工具セットは社内で使っている台車の車輪に油を点したり、パイプキャビネットのねじが緩んでしまったときに締め直したりといった、些細な不具合に対処するときに使っているものだ。

普段は使用する機会がほとんどないため、「会社に泥棒でも入ってきたときに武器として使えるんじゃないか」などと冗談を云い合っていたものだが、まさか、自分がこんな用途で持ち出すときが来るとは予想もしなかった。

ドライバーを握り締め、再び柏木の席に戻ってきて屈み込む。引き出しの小さな鍵穴を確認し、手にしたドライバーを差し込もうとした瞬間、あらためて緊張が襲ってきた。今さらながら逡巡が頭をよぎる。こんなことをして、本当にいいのか？　自分が今やろうとしていることは、洒落や冗談では済まされないことだ。今ならまだ、引き返せる。

それを振り払うように、悟は意を決して鍵穴にドライバーを突っ込んだ。鍵を壊し、引き出しをこじ開けるつもりだった。もし引き出しの中身が何でもなくて、全てが自分の誤解に過ぎなかったとしたら、恐ろしい疑惑をかけてしまったことを正直に話し、心から柏木に謝罪しなくてはならない。けれど、そうでなかったときは——。

指の腹が汗でぬるぬるした。懸命にドライバーを動かすものの、焦れば焦るほど上手くいかない。やはり現実は映画か何かのようにはいかないらしい。がむしゃらに力を込めると、階段で打ちつけた手首が悟の行為を咎め立てているかのように熱をもって痛んだ。早く、誰かに見つからないうちに、早くしなければ。

ぎこちない動作で作業を試みていたそのとき、背後で微かな物音がした。鼓動が大きく跳ね上がる。

驚いて振り返り、その体勢のまま、思わず凍りついた。

——そこに立っていたのは柏木だった。柏木は信じられないというように目を瞠り、あっけに取られた様子でこちらを凝視している。

自分の顔から、血の気が引いていくのがわかった。――まずい。最悪の事態だ。よりにもよって、本人に見つかるだなんて。

彼の机の前で中腰になり、ドライバーで引き出しの鍵をこじ開けようとしている自分の姿に頬が引き攣る。どう見ても、悟の方が犯罪行為を働いているこの状況。焦りが思考をかき乱した。待ってくれ、まだ犯罪の証拠を見つけていないのに。いや、そもそも犯罪の証拠などというものは、本当に存在したのだろうか？　ひょっとしたら、柏木が恐ろしい秘密を抱えているというのも、みどり町の怪人の噂に関係があるなどというのも、全てが自分のただの思い込みだったのでは――。冷たい汗が全身を流れ落ちていく。

そのときようやく、悟は柏木がずっと無言でいることに気がついた。恐る恐る視線を向けて、ぎょっとする。柏木の表情は青ざめ、微かに唇が震えていた。とっさに激怒しているのかと思ったが、いつまで待っても「人の机で何をしているんだ」というような、当然発せられるべき言葉が彼の口から出てこない。怒りというよりも、悟以上に何か大きなショックを受けているように見えた。

予想外の柏木の反応にふいを衝かれ、動揺する彼の姿に息を詰めた。まさか……まさか、自分の考えは当たっていたのか？　柏木は危険人物で、この引き出しの中には、誰にも知られてはならないおぞましい秘密が？

いや、ひょっとしたら、柏木こそがみどり町の怪人その人であるという可能性は——？　自分の考えに気を取られていると、ふいに柏木の手から鞄が落ちた。驚いて、反射的に我に返る。

固唾を呑んで見守る悟の前で、柏木がゆらりと動いた。ゾンビを連想させるような不気味な足取りで、前のめりに上体をふらつかせながら、一歩ずつ、こちらに近づいてくる。

ひっ、と滑稽なくらい上ずった声が悟の喉から漏れた。動転しながらも、とっさに身を守るべく小さなドライバーを胸の前で構えようとした途端、手首に嫌な痛みが走った。取り落としたドライバーがカラカラと机の下に転がっていく無情な音に、目の前が暗くなる。

こちらを見据えたまま、柏木は無言で距離を縮めてくる。真っ暗な、暗渠のような目だった。

「いや、ちょっと、待ってくださいよ」

必死で発した声が情けなく裏返る。嘘だろ、まさか、そんな。

手を伸ばしてきた柏木に、恐怖のあまり総毛立つ。彼は本気だ。本気で自分の口を封じるつもりだ。やめてくれ、助けて。

殺される——そう思った、直後だった。

「柏木君！」

鋭い男の声が飛んだ。ハッとして見ると、事務長の原がどこからか現れ、悟が見たことのない厳しい表情で柏木の腕を強く摑んだ。柏木が呆然とした面持ちで原を見つめる。

悟があっけに取られていると、原に呼ばれて守衛と他部署の男性社員が慌ただしく部屋に入ってきた。状況が理解できずにいる悟の前で、あっという間に柏木をどこかへ連れていってしまう。

悟は混乱し、その場に立ち尽くした。心臓がまだ激しく脈打っていて、気を抜くとそのままへたり込んでしまいそうだった。

一体、何がどうなっているんだ？　もしかして柏木がみどり町の怪人かもしれないと、会社の皆も、疑っていたのか……？

「大丈夫かい、田口君」

原が気遣わしげに声をかけてきた。乱れる呼吸を整えながら、悟は恐る恐る尋ねた。

「あの、柏木さんは——柏木さんは、やっぱり——？」

うまく言葉にならない悟の問いに、原が悲しそうに眉をひそめ、「ああ」と頷く。あらためて他人から肯定されると、衝撃が胸を貫いた。

しかし次の瞬間、原の口から出てきたのは、悟の予想もしない言葉だった。

「……横領だよ。残念ながら彼は、会社の金を使い込んでいたらしい」

◇

原から聞いた話によれば、柏木は販売から回収までを担当していた〈あおぞら教育社〉から受け取った売掛金を会社の口座に入金せず、一時的に自身の預金口座に入金していたらしい。着服の隠蔽(いんぺい)方法としては、『ラッピング』といわれる手法を取っていたそうだ。着服した後、別の会社の売掛回収金の一部を〈あおぞら教育社〉の回収代金に充当する、といったことを数年にわたって繰り返し、総額は五百万円近くになっていたという。

事業所の合併に伴ってデータを整理した際、柏木の担当先の売掛金滞留件数が他の担当者と比べてずいぶん多いことに気がつき、以降、彼の動向に注意していたのだそうだ。そういえば普段から、原がよく営業部に顔を出していたのを思い出す。……あれは、裏にそんな事情があったのか。

追及された柏木は着服の事実を認めており、全てを正直に話すつもりでいるらしい。

驚くべきことに、彼は自分の不正行為が悟によって明るみに出るのではないかと恐れていたという。悟が取引先の担当者らと親密に付き合う様子を目にし、何かのきっかけから矛盾に気がつき、自分が売掛金を操作していることがバレてしまうのでは、と不安に襲われたのだそうだ。

これまで柏木と交わした会話を思い返す。……もしかしたら、悟がみどり町の怪人を指して口にした「罪を犯して誰にも見つからないって、どういう気持ちなんでしょうねえ」といった言葉の一つ一つが、柏木には、暗に「お前のしたことを知っているぞ」とほのめかしているように思えたのだろうか。

彼にとって悟は、自分の後ろ暗い秘密を暴こうとする恐ろしい闖入者に見えていたのかもしれない。

そうまでして柏木が会社の金を使い込んだ理由は、ある店のホステスに入れ揚げていたためだった。柏木自身は下戸で一滴も飲めないのに、ねだられるまま高額なボトルを入れ、足しげく店に通っていたらしい。

柏木は独身で、早くに父親を亡くし、ずっと母一人子一人の生活を送ってきたのだそうだ。病気を患って入院していた母親が三年前に亡くなり、一人きりになった柏木は、寂しさから飲み屋に通って金を落とし続けたのだろう。

かつて柏木が遅い時間帯に三丁目の裏通りを歩いている姿が目撃されたというのは、彼が墓地をさ迷う怪人だったからなどではなく、おそらく、入院していた母親の見舞いだったのだ。だから通常の診療時間外に、思いつめた顔で病院の近くを歩いていたのだろう。

施錠された引き出しに隠されていたのはもちろん殺人の証拠品ではなく、彼が飲み屋で使った金額の記された領収書だった。柏木はそれを一枚一枚、全てきちんと保管していた。

柏木がどういうつもりでそれを会社の机の引き出しにしまいこんでいたのかはわからない。どうにかしていつか返すつもりで、踏み倒して逃げるつもりはないという彼なりの意思表示だったのか、あるいは、自分の犯した罪の証を自宅に持ち帰るのがためらわれただけなのか。

「同じ営業部だから、彼の挙動がおかしいことに気づいたのかい？　大したもんだねえ、田口君」

原が素直に感心した声を出す。原によれば、帰ったはずの柏木が妙に険しい表情をして退社時間後にそそくさと会社に戻ってくるのを目撃し、怪しんで後を追ったところ、悟と揉めている現場に遭遇したという。原は、柏木の不正行為を疑った悟が正義感から彼の引き出しを調べようとし、逆上した柏木が悟に手を上げようとしたと思っていた。

原の言葉に曖昧な笑みを返しながら、気持ちがひどく沈んでいく。……柏木は、きっと怖かったのだ。だから、自分の秘密が誰にも見つかっていないことを確かめたくて、わざわざ会社に引き返してきたのかもしれない。

やりきれなかった。悟がいつも何気なく口にしていた家族の他愛ない話題も、柏木にとっては、もしかしたら幸福をひけらかされているように感じていたのだろうか。孤独感を強め、いけないことだと知りながら、どうしようもなく深みにハマっていってしまったのだろうか。

あの鍵の掛かった引き出しと同じように、人の心もまた、うかつに覗き込んではいけない何かがしまいこまれているのかもしれない——。

悟が親告しなかったため、階段から自分を突き落としたのが柏木かどうかははっきりしない。しかし、地域セミナーの会場で目撃したことを考え合わせても、彼のしわざとみなすのが妥当だろう。悟の言動が、柏木をそんな行為に走らせるほど追い詰めてしまったのかもしれなかった。みどり町の怪人の噂については、全てが彼の行動から作られたとは考えにくいが……。なにしろ、殺人事件の犯人は依然、捕まっていないのだ。

いずれにせよ、他人のことに余計な首を突っ込むと、ろくなことはない。そんなふうに自省し、落ち込む悟の姿に、「パパ、最近なんか元気ないみたい」と由花と紀子が首を傾げていた。

土曜日。保護者同士で集まり、由花のクラスで問題になっているいじめについて相談する日がやってきた。しかし、悟の中にはためらいが生じていた。

「……オレ、やっぱり行かないよ」

そう口にすると、出かける支度をしていた由花と紀子が驚いた顔で悟を見た。悟は弁明するように続けた。

「そういうのはさ、オレたちが下手に口を出すんじゃなくて、学校に任せた方がいいんじゃないかな」

「本気で云ってるの？」

微かに眉をひそめる紀子に、「ああ」と頷く。

「由花がいじめられてるとかいうんならともかく、いきなりオレたちが出しゃばるのはおかしいだろ。よそのことに余計な口出ししない方がいいよ」

「……パパ」

由花が悟の顔をじっと見つめ、どこかさみしげに呟いた。

無性に居心地が悪くなり、落ち着かなくて、悟はそのまま逃げるように外に出た。

特に目的もなく近所の公園にやってきたとき、ふいに、近くで何かの気配を感じた気がした。

立ち止まって何気なく視線を向けると、木々の隙間から、黒っぽい影のようなものがゆらりとうごめくのが見えた。それはあの日、ふらつくような足取りで近づいてきた柏木の動きによく似ていた。

ぎくりと息を呑み、反射的にまばたきをすると、黒い影は消えていた。背中を、嫌な汗が伝う。……そうだ。

自分はあの黒い影を知っている、と思った。

小学生の頃、よく家に遊びに行っていた友人の母親は、にこにこしている優しい印象の女の人だった。いつもお菓子をくれて、子供にとって理想のお母さん、という感じがした。ある日、学校帰りに商店街を通りかかると、文具店の店先に立っている彼女の姿を見かけた。悟が声をかけようとしたそのとき、彼女の手が素早く動き、商品棚からボールペンを一つ取って、持っていた買い物袋の中に入れるのを見てしまった。そのまま何事もなかったように売り場を離れる彼女の顔には、いつもの明るい笑顔ではなく、悟が見たことのない表情が浮かんでいた。まるで黒い影で塗り潰したような、怖い目だった。

——自分は、本当は恐れているのだ。他人の裏の顔を覗いてしまうことが怖い。自分さえ朗らかに、健全に生活していれば、仄暗い闇とは無縁でいられると信じていた。……そうやって、無意識のうちに、他人の暗部から目を逸らしてきたのかもしれない。

胸の内にある自分の脆さを自覚し、動けなくなる。

と、見慣れた軽トラックが公園の前に停まり、運転席から瑞恵が顔を出した。柏木の件があってから、なんとなく億劫になり朝の散歩をやめていたため、顔を合わせるのは久しぶりだ。戸惑う悟に向かって、瑞恵は興奮気味に手招きをした。

「ねえ聞いた？　大変なのよ、近田のおばあちゃんがね——フミさんが、倒れたの」

え、と驚いて目を瞠る悟に、瑞恵が早口でまくしたてる。

「近所の人が異変に気づいて、窓から家の中に入ってみたら、洗面所の床に倒れてたらしいの。心筋梗塞ですって。幸い、発見されたのが早かったから一命を取り留めたそうよ。いま娘さんたちが来てててね、入院先に付き添ってるわ。もうねえ、本当に、無事でよかった」

大袈裟なほどしみじみとした口調で、瑞恵は呟いた。

「フミさん、足が悪いし、旦那さんをご病気で亡くしてからがっくりきちゃって家にこもりきりだったでしょう。でも、アンタって話し相手ができてからは嬉しくてしょうがなくて、毎朝必ず外に出てきてたからね。それを知ってた近所の人が、いつもみたいに姿を見せなかったからおかしいと思って、心配になって様子を見にいったんだそうよ」

そう云い、呆然としている悟に向かってにかっと笑いかける。

「引きこもり老人のままだったら、フミさん、誰にも気づかれないまま冷たくなってたかもしれないわ。こう云っちゃなんだけど、アンタのお手柄ね」

悟はぼんやりと立ち尽くしたまま、走り去る軽トラックを眺めていた。

強い風が吹き、街路樹を揺らしていく。

ふと、ぶっきらぼうにのど飴を差し出したフミの顔が脳裏に浮かんだ。それから、さっきの由花の顔が。

（……パパ）

心細げなその顔は、公園で遊びに交ぜてもらえず、すがるように悟を見上げたあのときの幼い由花だった。

考えるより先に、ポケットから携帯電話を取り出した。家にかけると、呼び出し音が数回鳴る。二人はもう出かけてしまったろうか、と焦ったとき、はい、と紀子が電話に出た。

「――もしもし、オレ。今すぐ行く。由花に、そう伝えて」

短く告げて、走り出す。

……そのまま立ち止まることなく、悟は全力で通りを走り続けた。

第四話　なつのいろ

誰かが止めに入る間もなく、光太がヒロミの胸倉を掴んだ。

「お前のせいだからな！」と小鼻をふくらませて怒鳴った光太は、今にも殴りかかりそうな剣幕でヒロミを睨みつけている。

うろたえて二人を見つめながら、どうしてこんなことになってしまったのだろう、と崇は思った。

◇

小学三年生の宮下崇は、みどり町にある東乃小学校に通っている。

みどり町は埼玉県の片隅にある、小さな町だ。駅前には商店が立ち並び、賑やかな町の中心を離れて住宅地を抜けると、一気に田んぼや畑が広がるのどかな風景へと変わる。郊外にはぽつりぽつりと工場が点在し、町から少し離れたところにある青葉山は、地元の小学生の遠足行事の行き先として定番の場所だった。

崇の学年は三クラスで編成されている。崇が特に仲良くしている友達は、同じクラスの光太、守、優人の三人だ。

いささか乱暴だけれど活発で運動神経のいい光太、勉強ができてしっかりした性格の優人。それから女の子みたいに優しい面立ちをしており、おとなしい守。崇自身はといえば、マイペースで能天気なところがあると周りからからかわれたりする。

お互い性格はばらばらだけれど、いや、だからこそ、四人で一緒に居ると楽しいのかもしれないと崇は思う。戦隊もののヒーローだって、みんな違う色だから。

崇のクラスは基本的に仲が良く、雰囲気がいい。その大きな理由は、たぶん、担任の新田友美子先生がいるからだ。

友美子先生は二十代後半で、女の先生なのにとびきり柔道が強い。大学生の頃は全国大会にも出場したことがあるらしい。子供みたいに小柄なのに、体育の時間に光太がふざけて「ジュードーの技、かけてみて」としつこくせがんだら、仕方がないなあ、という顔をした後、皆があっけに取られるほどの見事な一本背負いを披露してくれた。もちろん、怪我をしないようにゆっくり、明らかに手加減をしていたけれど、くるんと一回転してマットの上に投げられた光太は一瞬何が起こったかわからないという顔になり、「すげえ！」と興奮していつまでも騒いでいた。

友美子先生は、叱るときは「コラッ」とものすごい迫力があるけれど、楽しいことがあったときは崇たちと一緒になってアハハハ、と大声で笑い、いつも明るい。少しそそっかしくて大雑把で、先生なのに時々教材を間違えて持ってきてしまい、頭を掻いていることもある。

愛嬌のある丸顔にショートカットで、ジャージ姿で廊下を歩いている友美子先生を見ると、崇はなんとなく〈森のくまさん〉を連想した。だけど、友美子先生ならきっと道で会っても怖くないクマだ。

美人で人気のある隣のクラス担任の理恵先生よりも、崇たちは友美子先生の方がずっといいと思う。

だから、女子がませた口調で「遠藤先生って、理恵先生といい雰囲気だよね。たぶん友美子先生も遠藤先生のこと好きだと思うけど、失恋しちゃうんじゃないかな、かわいそう」などと噂しているのを聞いたときはなんだかムッとした。

遠藤先生、というのは女子に人気のある独身の男性教師だ。同じ三年生のクラス担任ということもあり、彼らは三人で行動を共にする機会が多いようだった。ウェーブがかかった長い髪に、いつも可憐な服装をしている理恵先生の顔が頭に浮かぶ。

「くだらねー、なんでそう思うんだよ」と訊くと、崇の突っかかるような云い方に反発を覚えたのか、クラス内でも大人びている由花がむきになった様子で口を開いた。

「だってこの前の放課後に帰るとき、遠藤先生と理恵先生が一緒に職員室を出て行ったんだよ。友美子先生、その後、すっごくさみしそうな顔でしばらく携帯電話を見つめてた」

由花が聞こえよがしに嫌味を云う。

「男の人ってさ、絶対、女らしい女の人が好きなんだよ。男子だって理恵先生が美人だからデレデレしちゃって、バッカみたい」

「ねー」

旗色が悪くなってきたのを感じ、崇は慌ててそっぽを向いた。口では女子に敵わない。

……春の終わりだったか、〈みどり町の怪人〉の噂話が崇たちの学校で問題になったことがあった。

みどり町の怪人というのはこの町のどこかに潜んでおり、女性と子供を殺す、と噂されている不気味な存在だ。雨でもないのにレインコート姿で、凶器を手に現れるらしい。レインコートは返り血を浴びてもいいように着ているのだそうだ。

優人から聞いた話によれば、この町で二十数年前に起こった未解決の殺人事件が原因で生まれた都市伝説なのだという。もっとも、「戦後すぐにみどり町で連続殺人事件があって、そいつも怪人の仕業なんだってさ。怪人は日本刀を持ってるらしいぜ」などと光太が興奮気味に話しているのを聞いたこともあるが、真偽のほどは不明である。

塾帰りにそのみどり町の怪人を見た児童が何人もいるらしい、という噂が校内で広がり、当時はちょっとした騒ぎになった。

女子が怖がって一人でトイレに行きたがらなくなったり、些細な物音や影に怯えて授業中に低学年の子供たちが泣き出す事態が起きたりと、まるで流行りのインフルエンザみたいに祟たちの間で恐怖は伝播（でんぱ）していった。教師たちがいくら「みどり町の怪人など存在しない」と諭しても、児童たちの興奮は収まらなかった。

そんなとき、いささか芝居がかったそぶりで頼もしく胸を張ってみせたのが友美子先生だった。

「だーいじょうぶ。怪人なんて、先生がやっつけてあげるから」

あっけらかんと云い放つと、友美子先生は翌日から登下校の際に校門の前に立ち、児童たちに元気に声掛けを始めた。「先生ー、怪人がさらいに来たら守ってくれる？」「一本背負いで怪人を倒すんだよね？」などと話しかけてくる児童たちに、「もちろん！　先生に任せなさい」とにかっと笑って力強く返していた。

そのうちに児童たちはむしろ友美子先生の雄姿を楽しみにするようになり、恐ろしい噂話に対するぴりぴりした空気は、いつしかすっかり落ち着いていた。

強いだけじゃなくて、友美子先生は優しい。

東乃小学校では五月に運動会が行われる。運動会の前日、台所でお弁当の下ごしらえをしていた崇の母親が急にお腹が痛いと云い出し、父が慌てて病院に連れていったところ、盲腸と診断されてそのまま入院することになった。

父は手術に立ち会うため朝から病院に付き添うことになり、「ごめんな、崇」と出がけに申し訳なさそうな顔でお昼代を渡してくれた。そのとき初めて、自分にとって授業参観や運動会に親が来てくれるのはごく当たり前のことで、お弁当を作ってもらえなかったことなど一度もなかったという事実に気がついた。

真っ青な顔をしていた母のことが心配で、楽しみにしていた運動会に家族が来られなくなったのもさみしくて、崇はしょんぼりと〈パン工房　サンドリヨン〉に向かった。

焼き立てパンの香ばしい匂いが漂ってくる、赤い幌のかかった小さな店は、守の家で営んでいるパン屋だ。

忙（せわ）しなく立ち働いていた守の母は、一人でパンを買いに来た崇の姿に驚いた顔をし、事情を聞いて「まあ、そうだったの、大変ね。云ってくれれば、崇君の分もお弁当を作って守に持たせたのに。今から用意してあげようか？」と同情した声で云ってくれた。ありがとうございます、とお礼を云って、崇はそれを辞退した。

「ここのパン美味しいから、これでいいです。それに、よそのおうちに迷惑かけたら、ママが気にしちゃうから」

守の母は尚も何か云いたげな顔をしていたが、崇が買ったカツサンドの他に、「ちょっと待ってて」とパウダーシュガーのたっぷりかかった分厚いフレンチトーストとぶどうパンを紙袋に入れてくれた。どちらも崇の好きな、〈サンドリヨン〉の人気商品だ。

頑張ってね、と励まされてほんの少し元気が出たものの、運動会が始まり、いざ昼食の時間になると、どうしようもなく気分が沈んできた。友人たちと並んで座り、崇が紙袋を広げると、「あれ？　それって守のとこのパンじゃん。お前んちの親、来てねーの？」と光太が不思議そうに尋ねてくる。彼らの手元には、いずれも綺麗(きれい)におかずが詰められた弁当箱が並んでいた。皆、親が応援に来ているのだ。

「うん。ちょっと、来られなくてさ」とごまかすように笑ってパンにかじりつくと、いつもと同じに美味しいはずなのに、急に心細いような、切ない気持ちになった。自分でも無意識のうちに、泣き出しそうに顔が歪む。

そのとき、偶然近くにいた友美子先生と視線が合った。崇と目が合うと、友美子先生は一瞬驚いたようにまばたきをし、それから大きな声を張り上げた。

「うわあ、〈サンドリヨン〉のパン、いいなあ！　先生、そのカツサンド大好きなの。毎朝お店の前を通ると、ものすごくいい匂いがするんだよね。ねえ、先生のおかず一つあげるから、一口くれない？」

思いがけない反応に崇はぽかんとし、一瞬遅れて慌てて頷いた。交換交換、と云いながら友美子先生が自分の弁当箱から大きな卵焼きをくれ、崇が手渡したカツサンドの欠片に豪快にかぶりついてみせる。友美子先生は大袈裟に目を細め、「うーん、最高！」と呟いた。

「そうだよー、うちのパン、すっごく美味しいんだから」

隣で、守がクスクス笑いながら誇らしげに云う。

その様子を羨ましそうに見ていた他の児童たちが、「先生ばっかり、ずるい」と口にし始めた。オレにもパン一口ちょうだい、こっちのおかずと交換して、と皆からねだられ、結局、崇の前には色んなおかずが小山のように積まれる羽目になった。無事に退院してきた母に、崇は笑ってその話をすることができた。

もしかしたら本人にそんな意図はなかったのかもしれないけれど、気がつけば友美子先生のお陰で、崇は運動会で肩身の狭い思いをせずに済んだ。

崇のクラスには、秋田から引っ越してきたという女子が途中から転入してきた。内気そうなその子が、微かに東北訛りのあるイントネーションで「よろしくお願いします」と挨拶したとき、光太はすかさず「よろすくお願いします、だってさあ！」と面白がって囃し立てた。悪気なく、そんなふうに、ただ面白いと思ったことにすぐ反応してしまうところが光太にはある。案の定、転校生の女子はたちまち耳まで真っ赤になり、泣きそうな顔でうつむいてしまった。正義感の強い由花が、「ちょっと」と咎めるように光太の方を振り返って眦を上げる。

教室の中に一触即発の空気が走ったとき、友美子先生がのんびりとした口調で云った。

「秋田から来たんだもん。秋田の言葉を喋ったって、何にもおかしくないよねえ」

それはごく当たり前のことを告げる、あっさりとした声だった。確かに、と拍子抜けするくらい一瞬で皆を納得させてしまう自然な言葉だった。

「ねえ、どんな所に住んでたの？　秋田の竿燈まつりって有名だけど、見たことある？　ものすごく綺麗なお祭りなんでしょう？」

目を輝かせて話しかける友美子先生の問いにこくんと頷き、転校生の女子が顔を赤らめながらも、ぽつりぽつりと嬉しそうに話し始める。それにつられるように皆も次々と質問をし始めた。このくらい雪が積もるの、と自分の背丈よりも高い位置を手で示してみせた彼女に、「すげー！」と光太がすっとんきょうな声を上げて驚き、クラス内にどっと笑いが起こる。

理恵先生みたいに綺麗にお化粧やお洒落をしていなくても、少しくらい大雑把でも、崇たちはみんな、友美子先生が大好きだ。

——その友美子先生が、突然、学校を辞めるという。

◇

「お前のせいだからな！」

ヒロミの胸倉を摑んでなじる光太の顔は、悔しそうに歪んでいる。

同じクラスのヒロミは、不健康に色白でぽっちゃりしている男子だ。生まれつきアトピーだという彼の頰や腕には、かさぶたのような赤い痕がいくつもある。発言するときはぼそぼそと小さな声で喋り、大抵ふてくされたような顔で黙り込んでいるため、クラス内ではやや浮いた存在だ。根暗な印象で、崇はあまり積極的に友達になりたいとは思えないが、それ以上に厄介なのがヒロミの母親だった。

ヒロミの母は有名な女子大を出ているそうで、遅くにできた子供であるヒロミを溺愛しているらしかった。そんなヒロミの母は、何かにつけていちいち友美子先生の言動に口を出してきた。

それはたとえば、「うちの子は体調が悪いのにも拘らず無理して学校に行ったのに、忘れ物をしたと叱った」というような、崇の目から見れば釈然としない、ごく些細なことと思われる理由だった。体調が悪いといっても、ヒロミは普通に授業を受けて給食もペロリとたいらげていたし、同じく三角定規を忘れて「こらっ」と芝居がかった様子で腰に手を当てた先生から軽いデコピンをくらった光太などは、「いってー！　怪力！」とふざけて大袈裟に叫び、ケラケラ笑っていた。

崇たちの知らないところで、そういうことは度々あったらしい。

二週間ほど前、ヒロミが風邪を引いて学校を三日間休んだことがあった。

そのとき、ヒロミの母は「担任の先生が寒い日に外で体育の授業をさせたから、うちの子が熱を出した」と険しい態度で学校に苦情を云ってきたという。

――そして、今朝の全校朝礼で突然、友美子先生が今学期いっぱいで学校を辞めることが児童たちに告げられた。

友美子先生が学校を辞めるのは、イッシンジョーの都合、というものらしいけれど、崇にはそれがどういう意味なのかよくわからなかった。他の先生に訊いてみても、親に尋ねても、はぐらかすように曖昧な答えが返ってくるばかりだ。周りの大人は誰も本当のことを教えてくれない。まるで、何か隠しているみたいに。

もうすぐ始まる夏休みにわくわくしていた。……でも、夏休みが終わったら、友美子先生はもう学校に来ない。教室からいなくなってしまうのだ。

鼻の奥がつんとして、悔しさに自然と拳を握りしめた。

ヒロミのせいだ、と真っ先に思った。友美子先生がこんなふうにいきなり学校を辞めなきゃいけなくなったのは、絶対にヒロミのせいだ。あの意地悪な母親が学校にネチネチと文句を云って、友美子先生を追い出したのに違いなかった。

そう思ったのは祟だけではないようで、クラスメイトがヒロミに向ける視線には、微かに非難めいた色が含まれていた。

放課後になるなり、喧嘩っ早い光太はヒロミを裏庭に連れ出し、罵(ののし)った。

「友美子先生が学校辞めるの、お前のせいだからな！　お前がママに悪口云って、先生のこと学校から追い出したんだろ。ヒキョーな真似してんじゃねえよ、デブ！」

ヒロミの胸倉を摑んで揺さぶる光太の後ろで、いつもならこんな場面ですぐに止めに入るはずの優人も、何も云わずに立っている。みんな友美子先生がいなくなるのが悲しくて、怒っているのだ。

「お前も、お前んとこのくそババアも、友美子先生がいなくなって満足なんだろ。なんとか云ってみろよ、キモデブ」

やめなよ、と声を発したのは守だった。困惑した顔で事態を見守っていた守は、おずおずと、しかし懸命に光太に向かって云った。

「暴力とか、ふるっちゃ駄目だよ」

「はあ？」

守の制止に、光太はいっそう苛立った表情になった。

「暴力はダメ～とか、お前、女かよ」

裏声を使って意地悪く云う光太に、守は一瞬傷ついたように固まり、頬を紅潮させた。守は普段から、女の子みたいと云われるのを極端に嫌う。

それでも主張を譲る気はないという様子で、守は光太から視線を外さなかった。ちっ、と光太が舌打ちしてヒロミからぞんざいに手を離す。

「こんなヒキョー者、殴る価値もねーよ。どーせすぐママに云いつけんだろ」

そう云い、次に守をきっと睨んで、「裏切り者」と吐き捨てた。

「お前も守も、オレらの敵だからな。もう絶対、仲間になんか入れてやんねー」

解放されたヒロミはふてくされたような面持ちで唇を嚙んだまま、崇たちの方を見ようともせず、無言で地面を見つめている。アトピーの痕が散らばるそのぽっちゃりした頰を見ているうちに、崇の胸にあらためて悔しさと悲しみが込み上げてきた。……お前だって、友美子先生に優しくしてもらったくせに、と心の中で恨み言を云う。

普段は学校に遊び道具を持ってきてはいけないが、外で遊べないことの多い梅雨の時期だけは、教室でUNOやトランプ、将棋などをして遊んでもいいことになっている。そのとき誰かが持ってきたオセロが教室内で大流行りしたことがあったが、意外なことに、ヒロミはオセロが尋常ではなく強かった。

誰が相手になっても勝てなくて、まるで魔法みたいに盤面の石がパタパタとひっくり返っていく。光太がむきになって何度再戦を挑んでも、頭のいい優人が相手でも、絶対にヒロミは負けなかった。

「すごいね、オセロチャンピオンだ」と皆の前で友美子先生に大声で褒められたとき、ヒロミの顔が面映ゆそうに赤らんでいたのを覚えている。

その表情は、いつもグラウンドで遊んでいる崇たちを教室の窓からぽつんと一人で眺めているときと違って、ひどく誇らしげで嬉しそうだった。

ヒロミが熱を出したとされる体育の授業だって、確かにまだほんの少し肌寒い風が吹いてはいたけれど、晴れて気持ちのいい青空だった。雨続きでずっとグラウンドに出られなかったから、クラスの皆が外に出たくてそわそわしているのを友美子先生は知っていた。久しぶりに外で身体を動かせて楽しかった。なのに、なんで友美子先生が悪者にされるんだろう。

守だって、友美子先生が大好きなくせに。いなくなって欲しくないくせに。なんでヒロミに怒らないんだよ。

じわっと涙が滲んできて、崇は慌てて下を向いた。

◇

光太が興奮気味に「すげーこと思いついた」と崇と優人に話しかけてきたのは、その数日後だった。

光太が口にする「すげーこと」というのは、ほとんどの場合、しょうもないことが多い。何だよ、とおざなりに尋ねる優人に、光太は大袈裟に声をひそめて告げた。

「友美子先生が学校を辞めなくて済むかもしれない方法、思いついたんだ」

崇は驚いて光太を見た。優人が怪訝そうに眉をひそめる。昼休みに三人で教室の片隅に集まると、光太は勿体ぶった口調でおもむろに話し出した。

「——みどり町の怪人の噂、お前らも知ってるだろ？」

女性と子供を殺す恐ろしい怪人がこの町のどこかにいる、という有名な噂話をいきなり持ち出され、思わずきょとんとする。

「みどり町の怪人を知らないヤツがいたらモグリだろ。うちの妹も、怪人が怖いから夜中にトイレに行けないとか云って親を困らせたことがあった。それがどうしたんだよ」

要領を得ない光太の話に焦れた様子で優人が促すと、光太はここぞとばかりに力強く語り出した。

「——もし、みどり町の怪人が本当に現れたらどうなる？」

崇と優人は意表を衝かれ、「は？」と顔を見合わせた。突然、何を云い出すのだろう？

光太が思いついた計画というのは、つまり、こういうものだった。

以前、みどり町の怪人の目撃情報が広がって児童の間に不安な空気が蔓延（まんえん）したとき、友美子先生の「だーいじょうぶ。怪人なんて、先生がやっつけてあげるから」という頼もしい宣言と見守りによって騒ぎが収束したことがあった。

実際、友美子先生なら本当にエイヤッと怪人を投げ飛ばしてしまえそうだな、と思ったものだ。か弱い理恵先生や、ひょろっとした優男（やさおとこ）の遠藤先生、年配の校長先生などには無理でも、友美子先生がいればきっと安全だ、と。

「みどり町の怪人が現れたら、皆すげー怖がって、きっと大騒ぎになる。怖くて学校に来られなくなる子もいるかも。そうなったらさ、やっぱり友美子先生がいないと困るって、皆わかるんじゃないかな。キモデブのヒロミの母親だって、自分の子供が怪人に殺されたら困るわけじゃん。皆が友美子先生に居てほしいって思ったら、先生、学校辞めなくてよくなるかも」

「ちょっと待てって」

目を輝かせてまくしたてる光太に、優人は慌てて口を挟んだ。

「そりゃ、うちの学校で一番強いのは、確かに友美子先生かもしんないけどさ。もし怪人が現れたらって、そんな都合よくいくわけないじゃん」

呆れて呟くと、光太はすかさず得意げに云った。

「だからさ、オレたちで見つけるんだよ。怪人を」

崇と優人は、今度こそあっけに取られて光太を見た。怪人を、見つける……？

「オレたちで、怪人がいるって証明するんだ」と光太が真顔で続ける。

「友美子先生だって、絶対、オレらと居たいはずだろ？　怪人が現れて、皆がすごく怖がってたら、オレたちのことが心配で学校を辞めるのをやめるかもしれない」

「……お前、それマジで云ってんの？」

「怪人を見つけるって、どうやって」

崇たちが発した問いに、光太は、クラスメイトの大輔が夜中に三丁目の裏通りで怪人らしき不気味な存在を見た、という話を持ち出してきた。……その話なら、崇も聞いたことがある。

三丁目の裏通りは、郊外の墓地に面したうら寂しい通りだ。墓地を過ぎてしばらく行ったところに総合病院があるのだが、大輔の祖父が夜中に腹痛を起こして家族で夜間診療に訪れた帰り、それを見たという。

「大輔だけじゃないぜ。安藤の姉ちゃんも、塾帰りにあの近くで怪人を目撃したらしい。同じ塾で、他にも見たってヤツが何人もいるんだってさ」

どうやら日が落ちてからその場所で怪人を見たという目撃情報は、複数あるらしかった。

「怪人は、夜になると墓地に現れるんだ。きっと墓を掘り返して、死体を食ってるんだぜ」

恐ろしげに語ってみせる光太に、優人が冷静に云う。

「日本では、亡くなった人は火葬にするんだよ。墓を暴いたって骨しか残ってないよ」

「じゃあ、それを持っていこうと墓地に現れるんだ」

「何のためにだよ?」

「えっと、戦利品？　優人、前に云ってたじゃん。頭のおかしい殺人鬼とかって、自分が殺したヤツの身に着けてたものとか、身体の一部を記念に持って行ったりするって。そーゆーのだよ」

光太はむきになったように声を荒らげた。

「とにかく、怪人が夜中に墓地に現れるところを目撃したヤツが何人もいるんだぜ？　そこに行って、怪人を見つけるんだよ」

「だけどさ……」と口ごもると、光太が険しい目になり、きっと崇を睨んだ。

「なんだよ、お前、先生がいなくなっちまってもいいのかよ？」

光太の目に浮かぶ強い色に崇が怯んだそのとき、優人がぽつりと呟いた。

「――やってみる価値はあるかもしれない」

思いがけない言葉に、一瞬反応が遅れた。云い出した光太自身も驚いた表情になり、「マジで？」と問い返している。

優人は、真顔で重々しく頷いた。

「……これはあんまり喋っちゃいけないいんだけど。実は、その塾に通ってる中三の女子が、一昨日から家に帰ってないらしいんだ」

えっ、と二人は同時に声を発した。

「受験生だし、もしかしたら本人の意思で家出した可能性もあるから、あんまり騒ぎ立てない方がいいっていうんで今のところ箝口令が敷かれてるみたいなんだけど――」

カンコーレーってどういう意味だよ、と口を挟む光太を黙らせ、はやる思いで先を促す。

「それで？」

「……その女子生徒がいなくなる前、墓地にいるのを見たって人がいるんだって」

思わず、二人はしんとなった。優人の母親は自宅で生け花教室を開いているのだが、そこで、中学生の子供を持つ母親同士が囁き合っていたのをたまたま耳にしたという。

「それって、もしかしたら、その女の子も怪人にさらわれたかもしれないってこと？」

緊張しながら尋ねると、優人は返答に困ったように「わからないけど」と呟き、話を続けた。

「みどり町の怪人が実在するかどうかはわからないけど、女子中学生が消えたのは事実だ。この町にそういう危ないヤツがいるってことがわかったら、さすがに学校だって放っておくわけにはいかないんじゃないかな。光太が云うように、ひょっとしたら友美子先生も、辞めなくてよくなるかもしれない」

怪人は本当にいるんだって、と光太は不満そうな表情で呟いたものの、自分の計画に肯定的な反応を貰えたのがよほど嬉しかったらしく、得意げに話を続けようとした。

「オレの考えた作戦ってのはさ……」と云いかけ、ふいに光太が顔をしかめて吐き捨てる。

「聞いてんじゃねーよ、デブ」

つられて視線を向けると、少し離れた場所で、自分の席に座ったヒロミがこちらを見ていた。ヒロミが表情を変えないまま、視線を逸らす。

光太はヒロミを憎々しげに睨みつけ、「敵に盗み聞きされたら嫌だから、後で話そーぜ」と聞こえよがしに云った。

放課後になり、連れ立ってそそくさと教室を出て行こうとすると、何か云いたそうにこちらを見ている守と目が合った。授業中も、休み時間も、守が何度も自分たちに視線を向けてくるのに気がついていた。反射的に足を止めかけた崇に、「裏切り者の相手すんじゃねーよ」と光太がぴしゃりと云い放つ。

「アイツは敵だ。もう、オレらの仲間じゃねーよ」

光太の言葉に、守は悲しそうに動きを止めた。そんな崇たちのやりとりを、微かに表情をこわばらせて由花が見ている。居たたまれない思いに駆られて崇は目を逸らした。

守の視線を背中に強く感じながら、崇たちはそのまま振り返らずに教室の外に出た。

◇

その夜、家族が寝静まってから、崇たちは計画した通りに家を脱け出した。落ち合うのは、いつも遊んでいる公園の入口だ。

優人は既に待ち合わせ場所に来ていた。計画を云い出した張本人の光太がなかなか姿を現さず、心配しながら待っていると、暗がりを猛スピードで走ってくる自転車が見えた。

――光太だ。

おせーよ、と文句を云うと、光太は詫びるように片手を上げた。

「わりい。ちょっと準備に手間取っちゃってさ」

「準備ってなんだよ？」

崇の問いに口を開こうとした光太を、優人が小声で制止する。

「行きながら話そう。ぐずぐずしてて、家に居ないのが親にバレると面倒だから」

頷き、おのおの懐中電灯などを詰めたリュックを背負って自転車で三丁目の裏通りへと向かう。こんな時間に子供だけで外に出るなんて、初めてだ。大人に見つかったらどうしよう。心臓がものすごくどきどきした。

夜の町は、しんと静まり返っていた。まるで声を出したらいけない罰ゲームみたいに、全てのものが息を殺しているように感じられた。自転車のタイヤが回る音が、ブレーキ音が、いつもよりもずっと大きく響く。自転車を漕ぎながら、崇たちは互いに家から持ち出した物や作戦について話し始めた。

優人は、誕生日に買ってもらったインスタントカメラを持ってきていた。子供向けの玩具（おもちゃ）だけれどちゃんと写真が撮れるらしいそのカメラで、怪人が現れたら証拠写真を撮るつもりだと云う。

「でもさ、怪人て、女の人とか子供を殺すんだぜ……？　もし襲ってきたらどうする？」

今さらながら怖くなって尋ねると、すかさず光太が口にした。

「大丈夫だって！　吸血鬼とか、狼男とか、どんな恐ろしい怪物にも必ず弱点があるじゃん。みどり町の怪人だって、絶対苦手なもんくらいあるはずだろ？」

色々調べて準備したんだぜ、と光太が得意げに続ける。

「怪人が目撃されるのは、暗くなってからだろ。つまりさ、怪人は光が苦手なんじゃないかな。もしくは熱に弱いから、日が沈んでからじゃないと活動できないとか」

そう云って自転車にまたがったまま一度停止し、街灯の下でリュックの中身を取り出してみせる。崇たちも自転車を停めて、光太の手元を覗き込んだ。

すげーだろ、と光太が披露したのは、いかにも重そうな大型の懐中電灯だった。顔の前でいきなり明かりを点けられ、反射的に顔をそむける。急に眩しい光を向けられたため目がちかちかして、しかめっ面になった。

「やめろよ」と怒った声を出してみせるも、光太は悪びれた様子もなく、興奮気味に喋り続ける。

「怪人の弱点が光だったら、こいつが武器になるだろ。あと、熱に弱い場合も考えて、熱湯を用意してこようかと思ったんだ。襲ってきたらぶっかけてやろうと思って。けど子供だけで台所の火を使っちゃ駄目だって、親から煩く云われててさ。うち、いつもお祖母ちゃんとママがいるじゃん。しょうがないからこっそり風呂場でシャワーの温度を一番熱いやつにしてみたりとか、色々実験してみたんだ。そしたら熱湯はなんとか作れそうだったんだけど、台所でゴソゴソしてたらバレそうだったから水筒を持ち出せなくてさあ。──あ、でも、こーゆーのもあるんだぜ」

云いながら、光太はなにやら銀色の小さな丸い物を取り出してみせた。顔を近づけてよく見ると、玩具のゴムボールだ。プラモデル用の塗装スプレーで銀色に塗ったのか、ところどころ色がまだらになっている。

乾かすのに時間かかってさ、と光太は誇らしげに口にした。

「怪物って、銀の銃弾で撃たれると死ぬんだってさ。さすがに本物は用意できなかったけど、怪人が襲ってきたら、これを思いきりぶつけてやるんだ」

キャッチボールの得意な光太が意気揚々とピッチングのフォームをしてみせる。その様子を見ていたら、ますます心配になってきた。こんなもので本当に大丈夫なのだろうか？

……しかし、今さらやめようと云うわけにもいかない。

興奮しているのか、湧き起こる不安を押し隠そうとしているのか、皆やけに饒舌（じょうぜつ）だった。

「今井（いまい）酒店の息子、いるじゃん。こないだ本屋で気持ち悪い本見て一人でにやにや笑ってたんだぜ。すげー不気味だった。アイツ絶対、イジョーシャだって」

「マジかよ。たまにうちに配達に来るんだけど、マンガの変なTシャツ着てたからじろじろ見ちゃって、おっかない目で睨まれた。歩きながらぶつぶつ独り言云ってるときもあるしさあ、変わってるっていうか、怪しいよな」

「ひょっとしたら、怪人の手下だったりして」

そんなことを口にしながら進むと、やがて目的地に着いた。

墓地の入口に自転車を停め、懐中電灯を点けて暗がりを歩き出す。ざわざわとうねるように揺れる木々の枝がひどく不気味だった。

昼間であれば、墓地を怖いと思ったことなどない。親や教師は眉をひそめるだろうが、そこは子供にとってちょっとした遊び場所になった。なのに、今は全然違う別の世界に迷い込んだみたいだ。

墓場は死者の眠る場所、という言葉が唐突に頭に浮かんだ。風の音が、まるで誰かの唸り声みたいに聞こえてくる。

そんな不安を感じているのは崇だけではないらしく、真っ暗な中、三人は尻込みしながらおずおずと足を踏み出した。夜の闇はねっとりと絡みついてくるようで、懐中電灯の照らす丸い光の他はほとんど何も見えない。視界がままならない状況が、正直、こんなにも心許ないものだとは思わなかった。

自然と無口になり、暗闇の中で互いの息遣いや足音がやけに生々しく聞こえた。さっきから心臓が痛いくらいに高鳴っている。

やっぱり帰ろうよ、と泣き言が喉元まで出かかったそのとき、少し離れた場所でガサッと物音がした。風が揺らしたのではない、何か生き物が蠢いたような不自然な音だった。

ひっ、と優人が声を漏らす。三人はとっさに身を寄せ合った。

「——今の、何？」

崇が上ずった声で尋ねると、光太が「空耳だろ」とぶっきらぼうに口にする。懸命に平静を装おうとしているようだが、こわばった声が、彼の緊張を如実に物語っていた。

光太は尚も虚勢を張るように云い放った。

「こんな時間に、オレたち以外の誰が墓地なんかに来るっていうんだよ」

そうだ、普通の人は、夜中にこんなうら寂しい場所に来たりしない。もし現れるとしたら、それは――。

再び近くで物音がした。ビクッと全員が動きを止める。

……暗がりに、何かがいるような気配がする。

怯えて息を殺していると、突然、闇の中に白い何かが浮かび上がった。鼓動が一気に跳ね上がる。

うわあっ、と三人が悲鳴を上げた瞬間、それは不気味な動きで翻った。恐怖する崇たちの目の前で、次の瞬間、まるで暗闇に溶けるかのようにぱっと消える。

逃げろ、と優人が震える声で叫ぶのが聞こえた。もつれそうになる足で、互いに肘や肩をぶつけながら墓地の入口へとひた走る。

どうにか自転車にまたがると、冗談みたいに震える足でペダルを踏んだ。

そのまま一度も後ろを振り向くことなく、崇たちは死に物狂いで逃げ出した。

◇

翌日、崇たちは学校で顔を合わせるなり、墓地で見たものについて興奮しながら口を開いた。

結局、昨夜はまともに言葉を交わすこともできずにおのおの自宅に逃げ帰った。幸い家を脱け出したことは家族に気づかれなかったものの、布団に入っても、恐怖と混乱でいつまでも眠れなかった。

「お前らだって、はっきり見たろ？　墓地で、みどり町の怪人をさ」

光太の言葉に、崇は戸惑いながら頷いた。……認めたくないけれど、あれは夢なんかじゃない。

闇の中からいきなり現れ、崇たちの目の前で一瞬にして消え失せた、得体の知れない何か。複数の人間が墓地で目撃したというのは、あれのことだったのだろうか？　町で噂されているように、あれは人ではない、恐ろしい存在なのか――？

「オレ、フツーに逃げちまった」と光太が悔しそうに唇を噛む。

昨夜はパニック状態に陥ってしまい、何ひとつできないまま、一目散に逃げ出してしままった。だって、殺されるかもしれないと本当に怖かったのだ。思い出してぶるっと身震いをする。

「どうする……？」と崇が探るように問うと、三人の間に沈黙が落ちた。

ややあって、光太が口を開く。

「……もう一回、墓地に行ってみようぜ」

崇は驚いて顔を上げた。だってさ、とむきになったように光太が続ける。

「オレらが見たって云ったたって、大人は信じないかもしんないじゃん。あれが本物の怪人だって確かめなきゃ。そんで、怪人は本当にいるって証拠、手に入れるんだ。じゃないと」

……じゃないと、友美子先生は、いなくなってしまう。光太がその後に呑み込んだ言葉を、崇も優人も的確に理解した。

「でもさ、親にバレたりとかしたら……」と抵抗しかけ、光太の強い視線に言葉が途切れる。それはすがるような、懸命な眼差しだった。——そうだ。これは、友美子先生のためなのだ。

しばらく迷い、それから思いきって口にする。

「……わかった、行こう」

光太が顔を輝かせた。その横で、優人も「しょうがないな」と大きく頷く。

よっしゃ、と光太が嬉しそうにガッツポーズを作り、崇たちの背中を叩いた。

「任せろ、怪人くらい、オレが余裕で撃退してやらあ。お前らのこと守ってやるから」

「声がでかいよ。あと、痛い」

顔をしかめて優人が返す。そんなやりとりを、守が自分の席から見つめているのに気がついた。同じく守の視線に気づいたらしい光太がわざとらしくそっぽを向く。お前は仲間じゃない、とあからさまに告げる態度だった。守の表情が瞬時にこわばる。

それを見ていたらしい由花が、「ちょっと」と怖い顔をして光太に話しかけた。

「男子、なんか感じ悪くない？　迷惑だから、クラスの雰囲気悪くするのやめてほしいんだけど」

光太は一瞬ムッとしたように眉を寄せたものの、すぐに意地の悪い顔つきになり、にやにや笑いを浮かべて云った。

「由花って守のこと好きなんじゃねーの？　いちいち反応して、なんか怪しいよな」

光太のからかいに、由花の頬がさっと紅潮した。それは羞恥のためというよりも、光太への怒りのせいらしかった。

「何それ、バカじゃないの？　最低。先生に云いつけるから」

優人が、それくらいにしておけ、というように光太の服の裾を引っ張った。騒ぎを起こして、計画に支障が出たら面倒だと思ったのだろう。

「わーかったよ。ワタクシが悪うございました、と」

おどけた態度で詫びの言葉を口にし、光太がさっさと自分の席に着く。崇は重苦しい気分で守から視線を外した。

チャイムが鳴り、授業が始まってからも、崇はずっと怪人のことを考え続けていた。

夜になり、約束の時間が近づくまで、崇は布団の中でじっと家族が寝静まるのを待っていた。
色々あって身体が疲れているせいか、つい何度もうとうとしてしまい、そのたびに慌てて目を開ける。うっかり眠ってしまったら大変だ。
ふと思いついて、CDラジカセを布団の中に引っ張り込み、イヤホンでラジオを聴いてみる。近所のラーメン屋のおじさんが、赤エンピツと競馬新聞を片手に真剣な表情でラジオを聴いている姿が思い浮かんだ。なんとなくラジオは大人が聴くもの、というイメージが崇の中にあったけれど、今はいい眠気覚ましになってくれるかもしれない。

適当にチャンネルを回してみて、音が一番鮮明に聞こえてくるところで手を止めた。水の滴(したた)り落ちるぴちょん、という音と、何やら怖そうな音楽が聞こえてくる。ひそめた男性の声が、白川(しらかわ)ポウの異界散歩、とおごそかに番組名を告げた。

(夜の帳が下りる頃、あなたの町の扉が開く。扉の向こうにあるのは、そう、異界——)

ラジオを聴きながら、鼓動が速くなってくる。洞窟の中で喋っているような、不気味な響きの声が囁きかける。

(闇夜に出会ったものと、ゆめゆめ目を合わせませぬよう。もし魅入られてしまったら、あなたは、二度と引き返せない場所に導かれるかもしれない——)

……目は覚めたが、同時にひどく緊張してきてしまった。まもなくして家族が眠ったらしいのを確かめてから、崇はそっと起き出した。

本音を云えば玄関を出るとき、やっぱり行きたくない、という思いが強く込み上げてきた。夜に出かけるのが怖い。昨夜のことを思い出すと、どうしても腰が引けてしまう。

……だけど、これは友美子先生のためだ。

勇気を振り絞り、崇は自転車を漕ぎだした。他の二人はもう公園の前に来ていた。互いに顔を見合わせ、「行こう」と頷く。緊張感に唾を呑んだ。

重いペダルを踏み、真っ暗な道を走る。闇の中でダイナモライトの音がきゅるきゅると響いた。昨日と違って、皆めっきり口数が少ない。そのせいか、目的地がひどく遠く感じられた。

このまま夜の中を永遠に走り続けるのではないか、などという不安を感じ始めた頃、ようやく墓地へと辿り着いた。

入口のなるべく近くに、スタンドを立てただけの状態で自転車を停める。何かあったときすぐ逃げ出せるようにそうした方がいい、と優人が云ったからだ。……何かというのが具体的に何を指すのかは、あえて考えないようにした。

それぞれ手にした懐中電灯で闇を照らしながら歩き出す。生ぬるい風が頬を撫でていく。

夜の墓地は、どこか異空間めいた空気を放っていた。そこから一段と闇が深くなるように感じられた。ふと、前に誰かがしていた話を思い出した。海で、ずっと浅瀬が続いていると思って不用意に進んでいくと、いきなり深くなって溺れてしまうことがある、と。

このまま進めば、自分たちも真っ暗な場所に落ちて戻ってこられないのではないかという考えが頭をよぎり、ぞっとした。――バカ、不吉なことを考えるのはやめろ。

掌が汗でぬるぬるする。怖くて、子供だけで来てしまったことを後悔しそうになった。自分一人だったら絶対にここには来ないだろう。百万円あげるから、と云われたって無理だ。

ふーふーと誰かの荒い息遣いが聞こえた。恐怖と緊張からか、自然と身を寄せ合うようにして歩く。

「くっつくなよ、気持ち悪い」と嫌そうに呟く優人に、「くっついてねーよ！」と光太がむきになった様子で云い返している。そんな会話をしている間も、闇の中から怪人の手が伸びてきて自分を捕まえるのではないか、というような恐れを全員が感じているに違いなかった。鼓動が激しくなってくる。

懐中電灯の小さな明かりを頼りに歩いていると、うっかり肘が何かにぶつかった。カラーン、という甲高（かんだか）い音が静寂の中で響き渡り、驚いた光太が「ぎゃあっ」と悲鳴を上げる。

どうやら、墓に供えられていた湯呑をひっくり返してしまったらしい。

「おどかすなよ」と動揺した光太に怒鳴られ、腕をパンチされた。ごめん、と謝りながら、地面に転がり落ちた湯呑を拾い上げる。仏様の前で騒ぐとバチが当たる、という祖父の言葉を思い出し、手探りで慌てて湯呑を元の場所に戻すと、そっと掌（て）を合わせた。

再び歩き出そうとしたとき、優人が何かに気づいたように、「ちょっと待って」と声を発した。……どうしたのだろう？

優人は懐中電灯の光を墓石に向け、そこに刻まれた「黒須家之墓」という文字をまじまじと見つめている。やがて、ぽつりと呟いた。

「……この町で起きたっていう殺人事件の被害者の名前、確か、黒須さんていうんじゃなかったっけ」

思わずぎょっとして優人の顔を見た。

怪人が自分の殺した人間の墓を暴きにやってくる、という光太の拙い仮説が急にリアルに感じられてきて、背中を冷たいものが走る。まさか、そんな。引き攣るように喉が上下した。

優人が墓石に彫られた文字を確認しようと顔を近づけたそのとき、突然、近くの暗がりにぼうっと白いものが浮かび上がった。

反射的にけたたましい悲鳴を上げる。

――出た、本当に現れた、やはりみどり町の怪人は存在したのだ。

足から力が抜け、その場にへたりこみそうになった。

混乱から真っ先に立ち直ったのは、光太だった。うろたえて変な声を発しながらも、持っていた懐中電灯の明かりを最大にして怪人の方に向ける。しかし大きくて重いのが仇になってしまったのか、あるいは動揺のせいか、ゴトッと地面に取り落としてしまった。運悪く足の甲に落ちたらしく、暗がりで「いてっ」という光太の悲鳴が聞こえた。

歯がカチカチと鳴っている。もう駄目だ、殺される——。

パニックを起こしかけたとき、優人が持っていたインスタントカメラのシャッターを切る音がした。雷光のように、闇の中でフラッシュが眩しく光る。

と、いきなり白い影が身を翻した。前回と同じく、目の前でふっと唐突に消え失せる。怪人が闇に溶けるのと、我に返った光太が「くらえ！」とゴムボールを投げつけるのがほぼ同時だった。小さな銀色の球が勢いよく飛んでいく。

直後、ぎゃっという奇声が上がった。なんと誰もいないはずの暗闇から、何かにぶつかったようにゴムボールが跳ね返ってきた。

崇たちが混乱して立ち尽くしていると、暗がりで何かが動くのが見えた。誰かが、そこにいる。

緊張しながら目を凝らし、その正体に気づいた途端、驚いてあっと叫んだ。

——地面に座り込み、いかにも痛そうに背中をさすっているのは、ヒロミだった。

とっさに、何が起きているのかわからなかった。慌てて懐中電灯で照らし、ヒロミの足元に一枚の大きな黒い布が落ちているのに気がついた。近づいてよく見ると、その裏側に、両面テープか何かでシーツのような白い布が貼りつけてある。

呆然としながらそれらを目にし、ようやく、事態が呑み込めた。

ヒロミは白い布を被って祟たちの前に姿を現し、おどかした後に素早く裏返して、今度は黒い布を表にした。それを頭からすっぽり被って暗がりにうずくまっていたのだろう。だから、一瞬にして消えたように見えたのだ。

知ってみれば呆れるほど単純な仕掛けだが、真っ暗な墓地で黒い布を被って身を潜められたら、確かにすぐには気づきにくい。そのうえ祟たちは、この場所には恐ろしい力を持った怪人が現れる、というイメージを持ってひどく緊張しながらやって来たのだ。得体の知れないものを目にしたとき、すぐさま怪人と結びつけてしまったのも無理はなかった。

ぽかんとしていた光太が、訝しげな表情で言葉を発した。

「なんで——なんでお前が、こんなところにいるんだよ」

その頬が、みるまに怒りで紅潮していく。光太は唸るような声を出した。

「……てめえ、オレらの計画、盗み聞きしてたんだろ？　シカトされたから仕返しのつもりで妨害しようとしたのかよ。答えろ、デブ」

光太の問いに、ヒロミは無言のままふいっと顔を背けた。逆上した光太が詰め寄ろうとしたとき、離れた場所で大きな音がした。次の瞬間、眩しい光が祟たちを照らす。ふいを衝かれ、全員がぎょっとして動きを止めた。

凍りついた崇たちの耳に、見つけた、という声が飛び込んできた。誰かが自分たちを呼んでいる。そちらに顔を向け、ハッと目を瞠った。――友美子先生だ。

懐中電灯を手にした友美子先生が、息をはずませてこちらに駆け寄ってくる。その隣には見覚えのある中年男性の姿もあった。おおい、と心配そうな表情で崇たちに呼びかける中肉中背の男性は、みどり町の防犯委員をしている須藤だ。

驚いて、目の前に現れた二人の顔を凝視した。どうして、彼らがここにいるんだろう？　困惑していると、いきなり「コラッ」と迫力のある声で怒鳴られてビクリと肩が跳ねた。反射的に、気をつけの姿勢になってしまう。児童が危ないことをしたときなど、友美子先生が本気で怒るときの声だった。

「子供だけでこんな時間に出かけるなんて、なに考えてるのっ」

……聞けば、夜中に手洗いに起きた光太の祖母が子供部屋のドアが半分開いているのを不思議に思い、室内を覗き込んだところ、光太の姿がないことに気がついたらしい。そこから崇たちや守の家にも連絡があり、自分たちがいないことを知って驚いたそれぞれの両親が慌てて先生に知らせたのだという。

あちゃー、と光太が頭を抱えた。きっと光太のことだから、興奮して家を出るときにうっかりドアを開けっ放しにしてしまったのに違いない。

友美子先生が血相を変えて捜しに出ようとしたとき、怪人、怪人、と崇たちが熱心に喋る様子を見ていた守が「もしかしたら……」とこっそり電話してきて、この場所のことを伝えたのだそうだ。途中、たまたま防犯活動の見回りをしていた須藤と遭遇し、彼も一緒になって崇たちを捜してくれていたらしい。

須藤が「ああ、よかった、急いでご家族に連絡してくるよ」と声をかけ、公衆電話のある道路の方へ小走りに去っていく。……後には、般若と化した友美子先生とうろたえる崇たちが残された。

友美子先生は厳しい口調で崇たちを叱った後、心底ホッとしたという顔になり、泣き笑いのような表情を浮かべて全員の顔を見回した。

「先生も、皆のお父さんもお母さんも、ものすごく心配したんだよ？　……無事で本当によかった。話はまた明日。さあ、帰ろう」

そのあったかい声を聞いた途端、崇の中で堪えていた何かが緩むのを感じた。

次の瞬間、うわあん、と泣き声がした。

とっさに自分が泣いてしまったのかと思った。しかし、大声で泣いているのはヒロミだった。

ヒロミは顔を真っ赤にし、ぼろぼろと大粒の涙をこぼしている。生まれたばかりの赤ん坊のようにためらいのない、全身から発せられる泣き声だった。あっけに取られてその姿を眺め、そこでようやく気がついた。

崇たちの計画を知ったヒロミは、もしかしたら、同じことを考えたのではないか？

みどり町の怪人が現れて騒ぎになれば、皆から頼られている友美子先生は学校を去らなくて済むかもしれない。だから、怪人に扮して、不気味な噂話を現実のものにしようとした――。

顔を歪めて泣き続けるヒロミを見て、悲しくて、苦しくて仕方ないという彼の感情が痛いほどに伝わってきた。自分のせいで友美子先生が学校を辞めてしまう、とヒロミは自分を責め続けていたのかもしれない。

ヒロミは、友美子先生のことが大好きなのだ。ずっと学校に居てほしいのだ。

つられたように、光太が派手に泣き出した。その隣で、とうとう堪えきれなくなった様子で優人が目元を拭う。崇は思わずハッとした。

頭が良くて、いつも皆をまとめる優人が頼りなくしゃくりあげる姿に、後頭部を殴られたような衝撃を覚える。

大人びた優人が、光太の拙い計画に同意したのを意外だと感じていた。……きっと優人は、初めからわかっていたのだ。こんなことをしても、友美子先生が学校に残る可能性はゼロに等しい。大人の事情を子供が変えることなどできない、と。理屈ではわかっていても、それでも、友美子先生のために何かせずにはいられなかったのだろう。

気がつくと祟の視界も滲んでいて、頬が濡れて冷たかった。

先生、学校を辞めないでよ。ここにいてみどり町の怪人をやっつけてよ。わああ泣いて支離滅裂（しりめつれつ）なことを口にする祟たちを、友美子先生は驚いた表情で見つめていた。

言葉を失ったようにそのまましばらく黙り込んでしまい、それから、ふうっと長く息を吐き出す。

「……そっか。そんなふうに思わせちゃったんだね。皆、先生のこと心配してくれてたんだね。ごめんね」

いつもにこにこしている先生の目がうるんだ。何かを必死で堪えているような眼差しだった。真顔になり、やがて意を決したように、一人一人の顔を見つめる。

「本当はね、皆に云わないで行くつもりだったの。だけど先生のことを真剣に思ってくれた皆に、先生も真剣に応えたいから、やっぱりちゃんと話をするね」

そう口にし、まっすぐな声で告げる。

「――先生、お母さんになるの。来年の春に、赤ちゃんが生まれるの」

え、と驚いて固まった。思いがけない言葉にまばたきをする。

友美子先生が、お母さん……？

動揺する崇たちに向かって、友美子先生は話を続けた。

学生時代から交際している大切な相手がいること。その人が仕事のために現在は秋田に住んでおり、互いに忙しく、なかなか会えないこと。

プロポーズは一年近く前に既にされており、遠からず結婚するつもりでいたという。しかし、距離が離れているためなかなか具体的に準備が進められず、式には二人がお世話になった人を出来る限りたくさん招待したいという意向などもあって、忙しさにずるずると先延ばしになってしまっていたらしい。その折に、思いがけず新しい命を授かったことがわかったのだそうだ。……なんというか、大雑把な友美子先生らしい。

友美子先生の話を聞きながら、いつかクラスの女子がしていた会話を唐突に思い出した。さみしそうな顔で携帯電話を見つめていた、という友美子先生。

それは隣のクラスの理恵先生と遠藤先生の仲が良いからではなく、ひょっとしたら、遠くにいる恋人を思っていたのかもしれない。秋田から転校してきた子の話にあんなに目を輝かせて楽しそうに質問していたのは、きっと、愛する人の住んでいる町でもあったからだ。

「けどさ、なんでこんな急に辞めなきゃいけないの……？」

不思議に思って洟をすすりながら尋ねると、友美子先生はどこか痛むような表情になり、崇たちに向かってぎこちなく微笑んでみせた。

「結婚してないのにお腹に赤ちゃんがいるっていうのは、順番が逆だからよくないって思う人も、世の中にはたくさんいるの」

教育者という立場上、児童らの保護者に知られれば問題になるかもしれない。学校に迷惑がかからないよう、妊娠の事実を告げずに辞めてほしい。……友美子先生ははっきりとは云わなかったけれど、背景にそんな学校側の都合があるらしいことは、幼いなりになんとなく察せられた。ヒロミが無言で唇を噛む。

友美子先生は短く息を吸い込んだ。

「本当は、最後まで皆の担任の先生でいたかったよ。悲しい思いをさせちゃって、ごめんね」

さみしそうに、けれど静かな決意を宿した眼差しでそう口にする。

それから、いとおしげな表情で崇たちの肩を抱きしめた。とても強い力だった。

「――頑張ってくれて、ありがとう。絶対、忘れない」

◇

「守は、知ってたのかよ？」

終業式が終わって教室に戻る途中、廊下を歩きながら尋ねてみた。

守は崇の問いに少しためらうような表情をしてから、うん、と小さく頷いた。

「友美子先生、〈サンドリヨン〉のパンが好きでいつも買いに来てくれてたから、うちのお母さんともよく喋ってたし。あ、でも、もちろん先生が云ったんじゃないよ」と慌てた様子で否定する。

「お母さんが腰を痛めて総合病院に通ってて、そこで友美子先生とバッタリ会ったんだって。そのとき友美子先生、すごく慌ててたらしくて、その反応ですぐにピンと来たって。友美子先生、わかりやすいから」

守の母は、突然辞めてしまう友美子先生のことを守が心配して「友美子先生、もしかしたら何か大変な病気だったりするのかな。それとも、僕らの先生をするのが嫌になっちゃったのかも」とひどく落ち込むのを見かねね、「友美子先生は病気とか不幸なことじゃなくて、おめでたいことで先生をお休みするんだと思うよ」と口を滑らせたらしい。その際、先生が困るから誰にも云っちゃ駄目よ、と守に口止めしたという。

　そっか、と崇は頷いた。裏切り者、と崇たちに責められても、守は友美子先生の事情を誰にも一言も喋らなかった。コイツは女の子みたいなかわいい顔をしているけれど、実はすごく男らしい、いいヤツだ。

　ヒロミだって、誰かのためにあんなふうに泣いたり、大胆な行動をするところがあって。あんなに強い友美子先生も、さみしくて不安になったり、不器用な恋愛をしていたりする。アイツは敵でコイツは味方。でも、本当はそんなんじゃないのかもしれない。たとえばオセロみたいに、白い石の裏側が黒かったり、その逆だったりするのかもしれなかった。物事は一つの面だけじゃなくて、いろんな顔が、色があって。

「おーい、何ちんたらしてんだよ」と先を歩いている光太たちが振り返って二人を呼んだ。それを見ていた由花が、「男子って、単純」と呆れたように嫌味を云う。しかしその口調には、どこか安堵の響きが感じられた。由花と光太はじゃれるように云い合いをしている。

　今日で友美子先生は学校からいなくなる。これから、クラスの皆が一本ずつ持ち寄った花で花束を作り、友美子先生にプレゼントするのだ。色も形もばらばらの花束は、きっとまとまりがなくて不格好だろう。だけど友美子先生はすごく喜んでくれるに違いない。いや、ひょっとしたら泣いてしまうかも。

……そうしたら、この前は驚いて云いそびれてしまった「おめでとう」を、こっそり耳元で伝えよう。

校舎の窓から差し込む夏の光が眩しいせいで、少しだけ涙が滲んだ。

廊下を歩きながら、明日からの夏休みのことを考える。「けどさあ、一人で夜の墓地に行ってオレらのこと待ち伏せるとか、ヒロミのヤツ、結構根性あるよなー」と複雑な表情でしみじみ呟いていた光太の顔が思い浮かんだ。

頭の中で夏休みに皆で遊ぶ計画を立てながら、ヒロミも誘ってみようか、と崇は思った。

第五話　こわい夕暮れ

「――なあ。オレたちで、〈みどり町の怪人〉の正体を追ってみないか？」


旧式の扇風機がカタカタと首を振って生ぬるい風を送り続ける、昼下がり。

夏休みに入った大学生の卓(すぐる)は、幼なじみの慎也(しんや)にそう持ちかけた。

窓の外から煩い蟬の鳴き声が聞こえてくる。部屋の主である慎也は、どこかあっけに取られた表情で卓を見た。


――みどり町の怪人とは、卓たちの住むこのみどり町に潜んでいるとされ、女性と子供を殺すと恐れられている都市伝説のような存在だ。

その噂がいつから囁かれているのかは知らない。二十年以上前にこの小さな田舎町で起こった未解決の母子殺人事件が噂話の元になっている、という説もあれば、戦時中に人体実験をされて大量殺人を犯した狂人らしい、などというものまで諸説ある。

数年前に全国で、人間の顔を持ち言葉を喋る人面犬、という都市伝説が広まり話題になったが、みどり町の怪人は町の住民にとってもっとリアルで、より身近な暗がりに潜む存在だった。夜道で恐ろしい怪人を見た、学校の友達がさらわれそうになったらしい、といった類の話は、よく町のどこかから聞こえてきた。

折しも地元で、塾帰りの女子中学生が数日前から行方不明になっているらしく、「みどり町の怪人の仕業ではないか」などと不穏な噂が一部で流れているようだ。

「大体、警察もだらしねえよなあ」

卓は強気に鼻を鳴らした。

「二十数年前の殺人事件の犯人は捕まえられないまま時効になっちまった。おまけにこんな小さな町で、女の子一人見つけられないってんだぜ？」

せせら笑い、あらためて慎也を誘う。

「なあ、やろうぜ。警察も足取りを掴めない、住民を恐怖に陥れてるみどり町の怪人をオレたちで追おう。それでそのネタをラジオ番組に投稿するんだ」

「ラジオ番組って……もしかして、〈異界散歩〉？」

卓の言葉に、慎也がわかりやすく反応する。高校卒業後は実家の酒屋で働いているこの友人は、少々風変わりなところがあり、大の怪談好きなのだ。

〈異界散歩〉とは、みどり町在住の怪談作家、白川ポウが自身の蒐集した実話怪談を披露したり、リスナーから寄せられた体験談を元にトークを展開したりする地元ラジオ局の番組だ。

この番組で取り上げられたことがきっかけで地元の小さな神社がパワースポットとして注目されたり、思いがけない名産品がヒットしたりと、深夜枠ながらも若い層を中心に熱心なリスナーがいるらしい。怪談マニアの慎也も、この番組を長年楽しみに聴いているのだ。彼の部屋には、ラジオを録音したテープやオカルト本の類が山と積まれている。『実録！　心霊写真特集』と書かれた雑誌のページが、扇風機の風を受けてひらひらと揺れた。

「けど、なんでみどり町の怪人にこだわるんだ？」

慎也が不思議そうに尋ねてくる。卓はにやっと笑って云った。

「巷で噂のみどり町の怪人の正体を摑んだら、オレらにもマスコミの取材が来たりするかも。うまくいけば、地元ラジオ局に就職とか出来るかもしれないぜ？」

「本当か？」

目を輝かせて話に乗ってくる慎也に、「すげえネタをものにしたらな」ともっともらしく頷いてみせる。

「怪人を追うって、具体的にどうするつもりだよ？」と問われ、おもむろに口を開いた。

「青葉山に行く。――ひょっとしたらあそこに、怪人がいるかもしれない」

卓たちも小学生の頃に遠足で行ったことがあるそのこぢんまりとした山は、町の端にあり、普段はほとんど人が立ち入らない。地盤が軟らかいために「落石注意」の看板が設置されて立ち入り禁止とされている区域が多く、洞窟のようになっているところもいくつかあった。かつて大人に内緒で秘密基地ごっこをして遊んだことを思い出す。あの山なら、怪人が身を隠せる場所は大いにありそうだ。

「みどり町の怪人がどこで目撃されてるか、お前、知ってるか？」

卓がそう問いかけると、慎也は心外そうな表情になり、「当たり前だ」と答えた。怪談マニアのプライドが刺激されたらしく、小鼻をふくらませて答える。

「みどり町の怪人の目撃証言は、夜に三丁目の裏通り付近で見たってものが多い。町はずれの、墓地に面した裏通りだ。だから、怪人は暗くなってから墓地に現れるって噂されてる。死者の魂を貪り食うとかなんとか。それがどうした？」

「青葉山から三丁目の裏通りまでは、人目につきにくい農道がつながってるんだよ。あの辺、畑が多いだろ。夜中にうろつくのはせいぜい野菜泥棒くらいのもんだから、人に見つからず移動できる」

話の意図が摑めない様子で戸惑う慎也に、卓は続けた。

「みどり町の怪人は、日が明るいうちは青葉山に潜んでいて、暗くなってから墓地に下りてくるんじゃないか？」

そこで、そう思ったもう一つの大きな理由を話す。

「実はさ、女子中学生が姿を消す数日前に、墓地と、青葉山の入口付近で彼女を目撃したって人がいるらしいんだよ」

卓の言葉に、マジか、と慎也が身を乗り出してきた。

「オレが耳にしたくらいだから、結構広まってる噂だと思う。見た人の話によれば、彼女は夕暮れに一人でぼうっと歩いてたらしいぜ。女子中学生がそんな時間に墓地だの、うら寂しい山だのを歩いてるなんて、どう考えても変だろ？」

卓は囁くように続けた。

「オレが思うに、ひょっとしたら、その子は怪人に呼ばれたのかもしれない」

「呼ばれた……？」

「そう。子供たちを連れて消えてしまったハーメルンの笛吹き男みたいに、怪人は何か不思議な力を使って、自分の元に少女を呼び寄せたのかもしれない」

慎也はすっかり話に引き込まれた様子で、ごくりと喉を上下させた。彼の頭の中では、恐ろしい怪人が今しも少女の生き血をすすろうとしている場面が展開されているのかもしれない。

「なあ、オレらでみどり町の怪人の正体を追おうぜ。それで、いなくなった女の子を捜すんだ」

卓がたたみかけると、慎也は興奮気味に頷いた。と、怪訝そうな声で尋ねてくる。

「でもお前、そんなことしてていいのか？　いつみちゃん、もうじき帰ってくるんだろ」

一瞬、反応が遅れた。いつみは卓と同い年の女性で、中学、高校とずっと一緒だった。高校一年のときに恋人になり、それから現在に至るまで二人の交際は続いている。

高校を卒業した後、卓は自宅から通える距離の大学に進学し、いつみは食器を主に扱う老舗メーカーに就職した。以前からそのメーカーのティーセットが大好きだったというつみは、採用が決まったとき、「嘘みたい。信じられない」と純粋に喜び、はりきっていた。そんないつみのやる気と頑張りが評価されたのか、京都の本社で働いてみないか、と会社から声がかかったのが一年前のことだ。

いつみは迷った末、「ずっと向こうにいるわけじゃないから。若いうちに色んなことを経験して、色んなことを学んでみたいから」と、京都に行くことを決めた。卓もそれに賛成した。

遠距離になるのはさみしかったけれど、いつみの云うことは正論だと思ったし、共に長い時間を過ごしてきた二人だから大丈夫だという自信のようなものがあった。何より、そうしたいと願う彼女の気持ちを理解し、尊重したかった。

毎日忙しくしているらしいいつみも休暇が取れて、明後日（あさって）には帰省する予定だ。

「ああ、別に気にすんなって」と軽い口調で応じてみせる。慎也は卓の返答を、長い付き合いによる余裕と受け取ったらしく、「あーあ、彼女いるヤツはいいよなー」と冗談まじりにぼやいた。

「とにかく、青葉山に行ってヤツを見つけよう」

卓は話を引き戻した。

「いいか？　怪人が目撃されるのは夜なんだ。オレが推測するに、怪人は明るいうちは活動できないんじゃないかな。夜以外は隠れてるか、眠ってるか。そこを見つけて、二人がかりでとっ捕まえるんだ」

「とっ捕まえるって……」

不穏な台詞に、慎也がさすがに顔を引き攣らせる。卓は力強い口調で云った。

「噂話じゃ、怪人は女子供を殺すんだろ。オレとお前は女じゃないし、子供でもない」

「いや、でもさ」

「なんだよ慎也。好き好んで怪談なんか聴いてるくせに、いざとなるとビビるのか」

尻込みする慎也に、挑発するように言葉を続ける。

「オレは怪人なんか怖くない。化け物だか殺人鬼だか知らないが、捕まえて、その正体を暴いてやる」

そう煽ると、卓の勢いに押されたように「……わかったよ」と慎也が頷いた。臆病者だと思われたくないという見栄もあるだろうが、やはりみどり町の怪人の正体を追う、という卓の言葉に少なからず興味を惹かれているのだろう。――この町を跋扈（ばっこ）していると噂され、住民の間で恐れられている、異形（いぎょう）の存在に。

「でさ、青葉山に行くときにお前んちの親父の車、借りれないかな？　バス走ってねえし、徒歩やチャリじゃちょい遠いし、足が必要だからさ」

卓が遠慮がちに提案すると、慎也は「なんだ、オレを誘ったのは親父の車目当てかよ」と茶化すように云って肩をすくめた。

「いいけど、昼間は仕事で使うから無理だと思う。夕方、店の配達が終わった後なら大丈夫だ。それなら日が沈む前にギリ着けるだろ？」

「ああ、助かる」

「念のため云っとくけど、怪人探しに青葉山に行くなんてうちの親にはぜってー云うなよ。ただでさえ、薄気味悪いもん処分しろとかしょっちゅう文句云われて、肩身狭い思いしてんだからさ」

情けない顔つきで室内のオカルトコレクションを見やり、念を押す慎也に「わかってるって」と返す。にやりと共犯者の笑みを交わし合ったとき、階下から「慎也あっ、配達行ってくるから店番頼んだわよー」と彼の母親のがなり声が聞こえてきた。卓はそそくさと頭を下げて退散する。

じりじりと日差しの照りつける中を帰宅すると、全身から汗が噴き出した。あっちー、と呻いて冷蔵庫のサイダーを取り出し、自室に向かう。机の上に乱雑に置いてある、企業の就職説明会の案内やエントリーシートを脇にどかした。冷たいサイダーを飲みながら、窓の外の青い空を見上げる。

晴れ渡った夏空を眺め、ふと中学三年の夏のことを思い出した。

あれは、夏休みに入る少し前だった。授業の間の短い休み時間、手洗いの帰りに、廊下の窓から外を眺めているいつみの姿を目にした。

いつもは教室で友人たちと明るくお喋りをしているいつみが、そんなふうに一人でぼんやりしているのは珍しいと思った。

やがて次の授業が始まるチャイムが鳴った。しかし、他の生徒たちが慌ただしく自分の席に戻り始めても、いつみはそこから動こうとしなかった。

怪訝に思いながらも他の生徒たちと同じく足早に教室に入ろうとし、それからもう一度、卓は廊下を振り返った。いつみは、まだそこに立っていた。窓の向こうは、眩しいくらいの青空だった。

考えるより先に、「授業、サボらないか？」といつみに声をかけていた。

卓の言葉に、いつみの目が驚いたように見開かれる。まじまじと卓の顔を見つめ、数秒の沈黙の後、意外なことに彼女はこくりと頷いた。

……決して下心だとか、明確な意図があって声をかけたわけではなかった。ただ、そのときのいつみがなんだか息苦しそうで、外に行きたがっているように見えて、ここから連れ出してあげたいと、単純にそう思ってしまったのだ。

後になっていつみから聞いたところによると、直前に受けた模試の成績が芳しくなく、どうしてこんなに頑張らなきゃいけないんだろう、と受験勉強に心が疲れて、ついぼうっとしてしまったのだという。

学校を出て、田んぼの畦道を歩いた。

授業をサボったことなど今まで一度もなかったし、こんな田舎町に、気軽に遊べるような所がそうあるはずもない。そもそも、お金もろくに持っていない制服姿の中学生が行ける場所など思いつかなかった。

二人は肩を並べて、澄んだ青空の下をただ歩き続けた。爽やかな風が吹き、特に言葉を交わすわけでもないのに、無性に気持ちがよかった。近づいてきた白い軽トラックから、小柄な年配の女性がひょっこりと顔を出し、並んで歩く二人を見て「あらー、アンタたち、こんな所で何やってるの」とすっとんきょうな声を上げる。

首にかけたタオルで日焼けした額の汗を拭ったのは、ずっとこの町で野菜の移動販売をしている川村瑞恵だった。子供の頃は軽トラックのスピーカーから流れる〈エーデルワイス〉が聞こえてくるたび、「野菜のおばちゃんが来た」と反応したものだ。気分屋なところがあったり、子供たちが悪さをしているところを見つけると遠くからでも大声で叱りつけたりするため、瑞恵のことを怖がる子供も一部にはいた。

悪戯を見つかってばつが悪い子供のような、それでいてなぜか誇らしいような不思議な気分になり、えへへ、と呑気な笑みを返すと、瑞恵はじろりと卓たちを見やり「しょうがないわねえ」と呆れ声で呟いた。

叱られるものと思いきや、瑞恵は車から降りると、新聞紙にくるんだ包丁を取り出し、荷台の大きなスイカを豪快に切り分けてくれた。割れて表面にひびが入ってしまったため、売り物にならないスイカだという。

「ほらっ、おあがんなさい。とびきり甘いよ」

瑞恵がぞんざいな口調で云い、真っ赤なスイカを手渡してくれる。砂埃を立てて去っていく軽トラックに「ありがとうございまーす」と声を揃えて叫び、二人は近くの公園の木陰でベンチに座って、スイカを食べた。

貰ったスイカは冷えてはいなかったけれど、瑞々しくて、信じられないほど美味しかった。最初は照れていた様子のいつみも、卓にならってスイカにかぶりつき、遠慮がちに足元へ種を飛ばす。卓と目が合い、八重歯を見せてはにかんだように笑う表情が愛くるしかった。——この子、こんなに可愛かったのか。

夏の入道雲と、心地いい風と、甘いスイカと、いま思い返しても全てが完璧に幸福な時間だった。隣にいるいつみも、自分と同じように感じているのが伝わってきた。頭上には作りものみたいな青い空が果てしなく広がっていた。この夏空がいつまでも続くと信じて疑わなかった。

たぶん、あのときをきっかけに、二人の距離は急速に縮まっていったのだと思う。

◇

夕方になると、慎也が自宅まで車で迎えにやってきた。

部屋の窓から、〈今井酒店〉という店名入りの年季が入ったワゴン車が見える。ドタバタと階段を駆け下りて外に出ようとしたとき、家の電話が鳴った。間の悪さに顔をしかめながら受話器を取ると、かけてきたのはいつみだった。

「卓？」といういつみの声に、焦りながら早口で応じる。

「悪い、今、ちょっと取り込んでて」

「……そっか、また電話するね」

呟くように云ういつみに「ごめん」と短く詫びて電話を切り、スニーカーをつっかけて家を出た。ワゴンに乗り込むと、運転席の慎也に「おう、お疲れ」と声をかける。

こう暑いといつもより早くバテちまう、などとこぼしながらも、慎也の表情はむしろ昼間より活き活きしているように見えた。これからみどり町の怪人を探しに行く、という状況に興奮しているのだろう。

「軽く食うもん買って行こうぜ。オレ、久しぶりに〈サンドリヨン〉のカツサンド食いたい」

「カツサンドって軽い食いもんか？」とまぜっかえしながら、慎也の要望通り、近所の商店街にあるパン屋に立ち寄ることにする。

「オレが買ってくるよ」と慎也を車に残し、卓はひらひらした赤い幌に〈パン工房　サンドリヨン〉と書かれた小さなパン屋に向かった。店に入ると、顔なじみのおかみさんが「あら、いらっしゃい」と朗らかに声をかけてくる。

夫と二人でこの店を経営している彼女は、昔から卓たちにもにこにこと話しかけてくれる気さくな人だ。高校時代は部活帰りに、ここのパン屋と駅前のラーメン屋に足しげく通っていた。十代の頃は炭水化物で出来ていたなあ、としみじみ思いながらパンをトレイに載せていると、店の奥から店員らしき別の若い女性が姿を現し、ふいを衝かれた。

エプロン姿の若い女性は、「いらっしゃいませ」と卓に会釈し、焼き上がったばかりらしいパンを、丁寧に木籠に並べていく。見慣れない顔だな、と思った。

買い物をする卓に、おかみさんが思い出したように「そうそう、彼女は元気？　いま京都で頑張ってるのよね」と笑顔で話しかけてきた。この店にはいつみとも何度も来たことがあり、そのたびに彼女たちは楽しそうに世間話をしていた。

はあ、元気みたいっす、と口の中でぼそぼそと返事をする。

「えらいわねえ。でも、お互い離れちゃってさみしいでしょう。彼女が不安にならないよう、まめに連絡して励ましたりしてあげなきゃね」

冗談めかしてアドバイスをするおかみさんに、卓は苦笑を浮かべた。

「別に、そんな大袈裟なもんじゃないですよ。一生あっちにいるってわけじゃないし、付き合いも長いから今さらでしょ」

会話が聞こえたのか、パンを並べていた若い女性が一瞬ちらりとこちらを見た。けれど、すぐに向こうを向き、黙々と作業を続けている。

やや気の強そうな目をしているけれど、形のいい額をした綺麗な女性だった。卓と同じくらいか、少し年上かもしれない。

調理場に入っていく彼女の姿をなんとなく目で追うと、卓の視線に気づいたおかみさんがいたずらっぽく笑って云った。

「奈緒ちゃんに見とれちゃって。云っておくけど、美人だからって気安く手ェ出しちゃ駄目よ」

彼女はナオ、という名前らしい。からかわれているだけだと知りつつも、「そんなんじゃないですよ」と慌てて否定する。

おかみさんは芝居がかった仕草で腰に手を当ててみせ、ため息をついた。

「恋人と一緒にこの町に引っ越してきたんだけど、別れちゃったらしいの。相手の男の人が奈緒ちゃんを置いて出ていったのよ。あんなにいい子なのにねえ。だから、次はちゃんと大切にしてくれるいい人を見つけなさい、って発破(はっぱ)かけてるの」

声をひそめるでもなくそんなことを口にするので、調理場にいる彼女に聞こえてしまうのではないかと卓はひやひやしたが、あっけらかんとした口調からすると、普段から本人の前でもこんな調子で話題にしているのだろう。それだけ距離の近い間柄なのだ。

調理場から楽しそうな笑い声が控えめに漏れ聞こえてきて、彼女が無口なタイプの主人とも打ち解けているらしいことがわかった。

おかみさんがレジ台の下から資材の入った段ボール箱を移動させようとしていると、再び出てきた奈緒が眉を吊り上げ、「そんな重い物、腰に来ちゃうでしょう」と云って手から奪い、さっさと運んでいってしまった。いやねえこれくらい平気よ、駄目ですってば、と会話する二人は仲の良い母子のようにも見える。

奈緒と目が合ったけれど、直後にそっけなく視線を外されたのは気のせいだろうか。女性をじろじろ見たりして失礼なヤツ、とでも思われたのかもしれない。

家を出てきた本来の目的を思い出し、会計を済ませて慌てて外に出ると、店の前で小柄な少年がなわとびをしていた。

優しげな面立ちをしている小学三年生の守は、パン屋の夫婦が遅くに授かった一人息子だ。なわとびを続けながら、こんにちは、と卓に挨拶をする。

「ねえ、交差跳びできる？　体育でテストやるんだ、教えて」

「悪い。いま出かけるところだから、またな」

日が沈む前に青葉山に行かなくてはと思い、軽く片手を上げてみせると、守は「どこ行くの？」と尋ねてきた。

悪戯心が頭をもたげ、にやっと笑って答える。

「みどり町の怪人を見つけに行くんだ」

そんな台詞を口にした自分も、無意識に高揚していたのかもしれない。

卓の台詞に、守が跳ぶのをやめた。不思議そうな表情になり、卓の顔をじっと見上げてくる。

「みどり町の怪人を探しに行くの？　本当に？」

守は女の子みたいに長いまつ毛を瞬(しばたた)かせて、好奇心に満ちた目で尋ねてきた。

「僕の友達も、怪人を探しに行ったことがあるんだよ」と云いながら、何かを探るようにズボンのポケットに手を入れる。

「じゃあ、特別にいいもの見せてあげる」

そう告げて守が取り出したのは、うずらの卵くらいの大きさのゴムボールだった。さも重要な物ででもあるかのようにそっと手渡されたそれは、プラモデル用の塗装スプレーででも塗ったのか、銀色にペイントされている。

守は顔を近づけ、秘密めかして卓に囁いた。

「勇気が出るお守り。なわとびのテストだから、友達が貸してくれたんだ」

微笑ましく思いながら、へえ、そいつはすごいな、と相槌を打ってみせると、守は真剣そのものの顔で頷いた。

「それがあったから助かったんだって。……お兄ちゃんも、気をつけて」

え、と卓が訊き返そうとしたとき、通りの向こうから守と同い年くらいの少年が「おーい、公園行くぜー」と呼ぶのが見えた。いま行く、と大声で返した守がなわとびを持ったまま「じゃあね」と走っていく。

あっという間に遠ざかる後ろ姿を見送り、卓もそのまま足早にワゴンに戻った。車が走り出してから少しして、何気なくいじっていた自分の手の中の物に気づき、「あ」と思わず声を漏らす。……しまった、ゴムボールを返すのを忘れてしまった。守が急に立ち去ったのと、自分も気が急いていたので、うっかり持ってきてしまったらしい。

引き返そうかと思ったものの、それでは山に着くのが遅くなってしまう。

「どうした？」

怪訝そうに尋ねてくる慎也に、少し考えてから、「いや、別に」と首を振った。仕方ない、帰りにでもパン屋に寄って返すことにしよう。

ヒットナンバーを流し続けるカーステレオから、ユニコーンの〈すばらしい日々〉の軽快なメロディが聞こえてきた。

前方を睨むように見つめ、きゅっと唇を噛む。大丈夫。怖くなんかない。

――必ず、怪人を、見つけてやる。

夏でまだ日が長いとはいえ、鬱蒼とした山はなんだか不気味だった。

ワゴン車で山道を走りながら、さっきからすれ違う車がほとんどないことに、いっそう不安を煽られていく。

「……なんか、マジ出そうな雰囲気」と慎也がぼそりと呟いた。

道路が広くなっているところに車を停め、ひとまず周辺を探索してみよう、と外に出た。

頭上の木々から、蟬や鳥の鳴く声が降ってくる。焼けた舗道のアスファルトに、何かの虫の干からびた死骸がこびりついていた。

昼間の熱の残滓をまとった空気はねっとりと蒸し暑く、歩くとすぐに汗が滲んでくる。足元に伸びた自分の影が、気味悪く思えるほどに濃く、長く見えて、肩に力がこもった。

生臭い緑の臭いがする。

自分は今、緊張しているのだろうか？

道に迷わないよう気をつけろ、あまり道路から外れないようにしよう、などと互いに声を掛け合いながら、次第に暮れゆく夏の山を歩き回った。記憶を頼りに、地図を見てあたりをつけてきた、それらしい場所を中心に確認していく。歩きながら、ざわめく木々や岩陰の窪みから何かが息を潜めてこちらを見つめているような気がして、ひどく落ち着かなかった。

隣を歩く慎也は、緊張と興奮の入り交じった表情でずっと喋り続けていた。もしかしたら彼も、会話が途切れて静まり返るのがなんとなく怖いのかもしれない。

「近所のガキどもがさあ、俺の顔見てこそこそ噂したり、悲鳴上げて逃げてったりするんだぜ。ったく、オレは犯罪者かっての。くっそ」

情けない口調でぼやく慎也に、適当に相槌を打ちながら進む。日頃のささやかな鬱憤(うっぷん)をまくしたてていた慎也が、ふいに懐かしそうに目を細めた。

「しかしガキの頃に遠足で来て以来だけど、この辺ってあんま変わんないよなー」

慎也が口にした何気ない言葉に、心のどこかが反応した。——変わらない。

そうだ、この町も自分も、変わらない。けれど今いつみが居るのはここことは全然違う町で、彼女が見ているのは全然違う風景なんだろう。ふと、そんなことを思った。

歩き回るうち、青かった空が橙色に変わり、少しずつ明度を落としていく。疲労を感じて足を止めたそのとき、卓の視界に思いがけないものが映った。

道路脇の少し離れた木々の間に、何か赤いものがちらついた。

驚いて目を凝らすと、中学校のセーラー服に身を包んだ少女らしき人物が、緑の中に立っているのが見えた。卓が息を呑むと同時に、少女が身を翻す。薄暗い木々の向こうで一瞬、制服の赤いスカーフが揺れた。鼓動が大きく跳ね上がる。

今のは、まさか、行方不明だという女子中学生――？

卓は慌てて、少女が立っていた辺りに向かって駆け出した。いきなり道路を外れて林の中に向かう卓に、慎也が「え、おい⁉」と焦った声を上げる。

木々の間を進み、少女が走っていった方を凝視してみたけれど、その姿は影も形もなかった。

……そんなバカな。一体、どこに消えたのだろう？

混乱して立ち尽くしていると、慎也が息せき切って追いかけてきた。

「急にどうしたんだよ？」

「今、ここに中学生の女の子が立ってたんだ」

そう説明すると、慎也は「女の子ぉ？　それ、ホントか？」とすっとんきょうな声を発した。

「その子はどこに行ったんだよ？」

「いや、わかんないけど……」

狐につままれたような思いで呆然と呟くと、ふいに慎也が何かに気づいた表情になり、

「あそこ、見てみろ」と近くの木を指差した。つられて視線を向けると、近くの木の枝から、丸まった赤い布のようなものが垂れ下がっている。近づいてよく見れば、それは赤い布に白抜きで「山火事注意」と書かれた旗だった。市が注意喚起のために設置したその旗が、風に飛ばされて引っかかったか、あるいは誰かが悪戯したのかもしれない。やや褪色している布が風に揺れるのを眺め、慎也がからかうように云う。

「あれを人だと見間違えたんだろ」

「違うって、確かに――」

卓がむきになって反論しようとしたとき、プップー、と道路の方から軽くクラクションが鳴らされた。同時に顔を向けると、見知った白い軽トラックが停まっており、運転席から瑞恵がひょこっと顔を出す。

「アンタたち、そんなところで何してるの」

詰問するように呼びかけられ、二人は顔を見合わせた。慌ててとっさに云い繕う。

「その、気晴らしにドライブっていうか、森林浴っていうか」

「そうそう」

水飲み鳥のように何度も頷く慎也に、やり過ぎだ、と小さく脇腹をこづく。瑞恵はやや訝しげな顔をしたが、特に追及するでもなく、「そうなの」とあっさり頷き返した。

「おばちゃんはなんでここに？」

卓が尋ねると、瑞恵は愛想のない口調で答えた。

「畑の草むしりの帰りよ。最近、この辺りでゴミの不法投棄が増えてるらしくてねえ。車でやってきて、粗大ゴミやら何やら捨てていくんですって。私の知り合いにも困ってる人がいるから、ついでにちょっと見回って帰ろうかと思って。アンタたち、そんな悪さしてないでしょうね？」

「まさか。わざわざ店の名前入りの車で不法行為なんてしませんよ」

そう返した慎也がおかしかったらしく、瑞恵は少し離れた場所に停めてある酒屋のワゴン車を見て「それもそうよねえ」とけらけらと笑った。

卓に向かって、「そういえば、あの可愛らしいお嬢さんは元気？」と無遠慮に尋ねてくる。自分といつみはつくづく一セットのイメージを持たれているのだな、と思いつつ「はい」と愛想笑いをしながら返事をすると、瑞恵は茶化すような声で云った。

「そう、若いっていいわねえ。仲良くやんなさいね」

それから真顔になり、諭す。

「山は暗くなったら危ないわよ。アンタたちも早めに帰んなさい」

走り去る軽トラックを見送り、なんとなく気をそがれた二人は、その日は怪人の探索を諦めて大人しく帰ることにした。いずれにせよ、もう薄闇が覆い始めている。

帰りの車中、山で少女らしき姿を見たのだと尚も主張すると、あからさまに疑いの目を向けられた。

「オレは見てない。ただの見間違いじゃないのか？」

「あそこにいたんだって。見たのは、一瞬だったけど」

卓は肩をすくめ、やけっぱちのようにつけ加えた。

「本当に見たんだ。足はあったし、まだ夜じゃないし、幽霊じゃないと思うぜ」

「わかってねーなあ」と慎也が呆れ顔でかぶりを振る。

「足がない幽霊は江戸時代の画家、円山応挙（まるやまおうきょ）の創作だって云われてる。あるべきものがない、そんな不気味さが買われて幽霊画の定番になったって話。足があったからといって、幽霊じゃない証拠にはなんねーよ」

「そうなのか」

「ああ。さらに云えば、夜以外に幽霊が出てくる怪談も山ほどあって……」

熱心に語り始めた慎也のうんちくを聞いているうちに、車は商店街の近くまでやって来た。ここでいい、と慎也に告げて車から降りる。

辺りはもう、すっかり暗くなっていた。

「――仕切り直しだ。また明日、怪人探しに山へ行こうぜ」

「おう」

慎也と別れ、昼間とはうって変わって静まり返った商店街を歩く。地方の個人商店は店じまいも早い。シャッターの下りた店が立ち並ぶ通りを歩いていたとき、守から手渡されたままのゴムボールのことを思い出した。

パン屋に寄ってみようかと思ったものの、この時間では既に店は閉まっているだろう。それに、夜にわざわざ訪ねるのも気が引けた。

さてどうしたものか、と迷っていると、通りの向こうからスーパーのビニール袋を手に歩いてくる女性の姿が目に入った。街灯の下でその顔が見えて、あ、とお互いにほぼ同時に気がつく。……パン屋で会った、奈緒だ。

店で見たときはきっちりと束ねられていた髪が、今は自然に下ろされている。そのせいか、さっきよりも少しあどけなく見えた。仕事を終えて、晩御飯の買い物でもしてきた帰りだろうか。

どうも、と卓が挨拶すると、向こうも小さく会釈を返した。そのまますれ違って行こうとした奈緒を、「あの、すみません」と慌てて呼び止める。

ポケットからゴムボールを取り出しながら、不思議そうに立ち止まった奈緒に早口で説明した。

「これ、お守りだって守君が見せてくれたんだけど、うっかり返し忘れちゃって。もし迷惑じゃなかったら、守君に返しておいてくれませんか」

奈緒は、差し出された銀色のゴムボールをじっと見つめていたが、「わかりました」と小さく頷いた。卓の手からそれを受け取るとき、長い髪の毛がさらりと彼女の頰にかかって印象的な影を作る。思わずどきりとし、落ち着かない気分になった。

なぜだろう、彼女を見ていると、無性に胸がざわつく気がする。

もう一度軽く会釈し、歩き去ろうとする奈緒の背中に向かって、「――あのさ」と卓は声を放った。

「恋人と一緒にこの町に来たけど別れたって、それ、ほんと？」

卓の言葉に足を止めた奈緒が、不審げに眉をひそめて振り返る。

「……それがあなたに、何か関係あるの？」

「本当に好きじゃ、なかったんじゃないの」

自分でもよくわからない衝動に突き動かされるまま、そう口にしていた。

「好きだったら、大抵のことはなんでも耐えられるっていうか、二人で乗り越えられるっていうか。そういうもんじゃん。本当に相手のこと好きだったら、簡単に別れたりしないっていうか。オレは、そう思うけど」

口にしてから、ハッと我に返ってうろたえる。自分は何を云っているのだろう。よく知りもしない相手に、やぶからぼうに。

むきになってしまったことに急にばつの悪さが込み上げてきて、苦い気分で目を逸らした。

「いや……ごめん。忘れてください」

短く詫びてそそくさと立ち去ろうとしたとき、黙って立っていた奈緒が、ふいに口を開いた。

「好きだったわ」

大声を張り上げるでもなく、感情的になるでもなく、けれど凛とした響きの声だった。

卓は足を止めて奈緒を見た。

奈緒が静かな、けれどまっすぐな瞳で、口にする。

「大好きだった。ずっと二人で居られたら何もいらないって本気でそう思った。だけど、その気持ちよりも、大事なことがあるの」

夜風が奈緒の髪をさらった。淡々としながらも力強いその言葉は、風の音に遮られることなく、卓の耳に届いた。

「――彼に、幸せになってほしかったから」

卓は反射的に息を詰めた。奈緒の言葉には、そうさせるだけの何かがあった。

浅く会釈し、今度こそ逃げるようにその場を離れる。理由もわからず、苛立ちにも似た落ち着かなさを感じていた。

帰宅すると、居間から母の声が飛んできた。

「いま帰ったの？　いつみちゃんから電話あったわよ」

非難がましい口調で母が云う。

「出かけてるみたい、ごめんなさいねって謝っておいたから。まったく、夏休みに入った途端ふらついてばっかりで。自分の電話くらい自分で出なさいよ」

「わかってるって」と小言を聞き流して自室に戻る。身体が重くて、何もかもが億劫だった。山を歩き回ったせいだろうか。

そのままうたた寝してしまったらしく、目を覚ますと、もう深夜だった。

……遅い時間になってしまったので、その日はいつみに折り返し電話をしなかった。

◇

翌日。「やべーよ、なるべく早くうちに来い」という慎也からの電話で彼の家に向かうと、慎也は店の外でせっせとビールケースを運んでいる最中だった。

忙しそうなのに、なぜ呼んだのだろうと不思議に思う。もしや昨日、山に行ったときに車に傷でもつけて彼の父親に叱られたのか――と心配になり、そう口にすると、「そんな御大層なもんかよ。あんなボロ車」と呆れたように返された。

「じゃなくて。昨日、うちの親が須藤さんからたまたま聞いたんだけど」

須藤さんというのは、自治会で長年防犯委員を務めている中年男性だ。白髪交じりで穏和な面立ちをしており、通学路の見守りに立ってくれていたため、卓たちも子供の頃からよく知っている。

「行方不明の女子中学生がいなくなる前、墓地や青葉山で目撃されてたって例の話。――卓が云ってた通り、その噂、地元でわりと広まってるっぽい。なんでもみどり町の怪人が青葉山にいるんじゃないかって、オレたちと同じこと考えるヤツらもいるみたいで、若い連中が面白半分に夜の山に入って事故にでも遭わないかって心配してたんだとさ」

そう云い、慎也が焦った様子で眉を寄せる。

「早くネタをものにしないと、ひょっとしたら他のヤツに先を越されちまうかも」

「それはまずいな」と卓も真顔で同意した。

「よし、気合い入れて探そうぜ。今日こそ絶対、怪人につながる手がかりを見つけるんだ」

卓の言葉を予想していたように、慎也は力強く頷いた。うって変わって子供みたいにはしゃいだ声で云う。

「仕事が上がったらすぐ出かけよう。オレの部屋に、みどり町の怪人絡みの資料まとめておいた。一応、参考までに目を通しておいてくれよ」

どうやら、それを伝えたくて早く来いと云ったらしい。最初に怪人探しをたきつけたのは卓だが、慎也もすっかりその気になっている。普段はおおっぴらに語りにくい趣味について話せるのが単純に嬉しいのかもしれない。……慎也が日頃からこの狭い町で窮屈な鬱屈めいたものを感じていることに、薄々気がついていた。

了解、と苦笑して卓は慎也の部屋に向かった。慎也がはりきってセレクトしたらしい、ご丁寧に付箋が貼られた雑誌の類を手に取る。

卓はみどり町の怪人に関する噂話や目撃談が取り上げられた回のラジオ番組の録音を聴いたり、オカルト本に熱心に目を通したりした。女性と子供を殺す化け物。真夜中に墓地に現れ、死者を貪る。怪人に狙われたら絶対に逃げられない。そのおぞましい姿は、この世のものではないという――。

リアルなものから現実離れしたものまで、怪人についての噂はさまざまだった。みどり町の怪人をこの手で捕まえたい、という思いがますます強まっていく。

夕方になり、慎也が店の仕事を終えると、二人は再び青葉山に向かった。カーステレオから流れてくるブルーハーツの〈夕暮れ〉を聴きながら車で山道を登っていると、昨日見た少女がそこにいるような気がして、木々の間に注意が向いた。

車を降りると、まずは昨日行けなかった、怪人がいそうな場所を主に探索することにした。熱を孕んだ夕日に照らされ、人気のない山の中をひたすらさ迷う。頰が、鼻の頭がじりじりと熱かった。頭皮を流れる汗の感触が不快だ。見上げると、水に血液を垂らしたような不気味な色の空が広がっていた。

しばらく歩き回ってみたけれど、怪人どころか、犬の子一匹見つかりそうな気配はない。重く、だるい息を吐く。恨みがましい呟きが漏れた。……クソ、どこにいるんだ。

すっかり日が落ちた頃、二人は疲弊しながら車に戻ってきた。諦めたのではない。山の入口付近で動向を見張るためだ。

卓の推測通り、夜中に青葉山から墓地へ下りてくるのなら、怪人はきっとこの道を通るはずだ。農道に続く道路の端に車を停め、怪人が現れるのをひたすら待ち伏せることにする。もっとも、昨日のように誰かに怪しまれても困るので、なるべく人目につかないよう、農機具などがしまわれているらしい古い小屋の側に駐車した。道路から見たときにちょうど車が建物の陰になるし、小屋の周りは背の高い叢(くさむら)に覆われているので、ちょっとした目隠しになってくれるだろう。

自分の身体からむっと汗の臭いがして、虫に刺された箇所が熱を持ってむず痒かった。卓は後部座席に積んだクーラーボックスから冷えた缶ビールを取り出し、サラミやさきイカをつまみに飲み始めた。いずれも慎也の実家で調達してきたものだ。

「マイペースに飲みやがって。少しは運転手様に気を遣えよな」

ぼやく慎也に「売り上げに貢献してるんだから、文句云うなよ」と軽口で返す。

口ではそんなふうにぼやいてみせるけれど、慎也はほとんど酒を飲まない。どちらかといえばコーラやファンタにスナック菓子といった、子供の喜びそうなものばかり好む傾向があるようだ。

慎也のそんな変わらないところに、自分がどこかホッとしているのを感じていた。取り留めのない話をしながら、自然とアルコールが進む。

カーステレオからラジオ番組の〈異界散歩〉が流れてきた。水の滴り落ちるくぐもった音と共に、不安を掻き立てるような音楽が聞こえてくる。それに被せて、お決まりの恐ろしげな口上が始まった。

(夜の帳が下りる頃、あなたの町の扉が開く。扉の向こうにあるのは、そう、異界――)

MCの怪談作家の、エコーがかかった語りが続く。

(この番組を、真っ暗な部屋で一人で聴くもよし。ご家族や友人と賑やかに聴くもよし。――けれど番組が終わった後、決して、後ろを振り向きませんように)

ラジオを聴きながら、なんとはなしに問いかけた。

「なあ、みどり町の怪人って何だと思う？」

暑い中を歩き回ってよほど疲れたのか、運転席のシートを倒してうとうとしていた慎也は、目をつぶったままぼそりと答えた。

「――きっと、人間じゃない。恐ろしいものだ」

窓の外では、暗い木々が微かに風に揺れていた。ぼんやりラジオを聴いているうち、アルコールが回ったのか、卓も次第に瞼が重くなってきた。ゆるやかな重力に抗えず、目を閉じる。

ハッと気がつくと、いつのまにか助手席で居眠りをしていたらしい。時計を見ると、寝ていたのはわずかな時間のようだ。慎也は隣で軽いイビキをかいていた。

目をこすり、ぼうっと外に視線を向けたとき、農道の方から音が聞こえてきた。……車のエンジン音だ。

暗闇の中、音はこちらに近づいてくる。こんな時間に、誰かが山に来た……？　酔いのせいもあり、まだ半分寝ぼけたような頭で外を眺めていると、卓の視界を車のライトが横切った。黒っぽいワゴン車が、真っ暗な山道を走っていく。

ぎくりとして一気に目が覚めた。——ひょっとして、あの車も怪人を探しに来たんじゃないか？

若い連中が面白半分に夜の山に入って事故にでも遭わなければいい、と須藤が心配していたという話を思い出し、とっさに焦った。

きっとそうだ、それ以外にこんな夜中にわざわざ山に入る物好きがいるだろうか？

慎也、と慌てて眠っている友人の肩を揺すった。「ん、うん？」と間の抜けた声を漏らしながら目を開ける慎也に、早口に告げる。

「いま車が一台、山ん中入っていった。怪人探しのお仲間かも」

「マジかよ！」

慎也が大声を上げて勢いよく身を起こした。唾を飛ばしてがなる。

「ふっざけんな、オレたちのが先だっつうの。やべえ、待ち伏せなんて悠長なことしてらんねーよ、オレらも行こうぜ」

興奮している人間を見ると、逆に自分は冷静さを取り戻すものだ。卓は一応、なだめてみた。

「いや待てって、夜の山は危ないって、昨日おばちゃんにも云われたろ。それに向こうが危ないヤツで、もし喧嘩とか売ってきたらどうすんだよ」

「けどさあ」

気弱な慎也が珍しく退かず、不満そうに唇を歪める。それから同意を求めるように卓の顔を見た。

「……じゃあさ、ちょっとだけ偵察してみねえ？」

「偵察？」と怪訝に眉をひそめると、慎也は熱心な口調で提案した。

「気づかれないように遠くからそっと様子を見るんだよ。そんくらいなら別に危なくないだろ？」

「まあ、な……」と半ば慎也の勢いに押されるようにして、卓はやむなく頷いた。慎也はいったん夢中になると、昔から周りが見えなくなる傾向がある。それに卓自身も、こんな夜中に青葉山にやってきた人物に少しも興味がないといえば嘘になる。

車で追いかけたら向こうに気づかれてしまうので、二人は懐中電灯を手に外に出て、さっきの車が走っていった道を歩き出した。暗い中、周りを見回して小声で喋りながら進む。

「……いないな、どこら辺まで行ったんだろ」

「向こうもオレらに気づいて隠れたんじゃねえ？」

「いや、暗かったし、目立たない場所に車を停めてたから、たぶんオレたちには気がついてないと思う」

山道を十分ばかり歩いたとき、「おい、あれ」と慎也が前方を指した。道路の端に、一台のワゴン車が停まっている。さっきの車だ。

とっさに慌てて懐中電灯の光を消したが、真っ暗な車内には誰もいないようだ。周りに気を配りながら車に近づき、窓から覗くと、後部座席に大きな段ボールの空箱らしきものが転がっているのが見えた。

そのとき、道路に面している林の奥で、何かが小さく光った。思わずぎょっとし、すぐに懐中電灯か何かの明かりらしいと気がつく。誰かが林に入っていったのだ。おそらく、この車の持ち主だろう。

行ってみようぜ、と慎也が興奮気味に囁いた。一瞬ためらってから頷き、光の主を追って林に入っていく。足元の茂みが予想以上にガサガサと音を立てるので、なるべく注意しながら歩いていった。

近づくと、暗い木々の隙間から人影らしきものが見えた。木の陰に身を潜めながら目を凝らすと、頭に小型のカンテラのようなものをつけたTシャツ姿の男が、重そうな何かを抱えて歩いている。

「なんか、デカいもん持ってるぜ……？」

遠目にもまだ若そうなその男が運んでいるのは、白い四角形の物だった。……よくある1ドアの、小型の冷蔵庫のように見える。隣で慎也が怪訝そうに呟いた。

「怪人を捕まえるための道具か何かか？」

男はさらに林の奥へと進んでいき、木立に囲まれているある場所で立ち止まった。暗くてよく見えないが、なだらかな斜面になっている男の足元には、何かの物体がいくつも転がっているようだ。次の瞬間、男が手にしていた物を木の根元に向かって無造作に捨てた。放り投げられた小型の冷蔵庫が鈍い音を立てて地面を転がる。それを目にし、ようやくある可能性に思い当たってぎょっと息を吞んだ。

コイツ、まさか――ゴミの不法投棄の、犯人？

同じことを考えたらしく、瞬時に緊張した様子の慎也と視線がぶつかる。動揺して身じろぎしたとき、地面に落ちていた小枝をどちらかが踏んだらしく、足元で乾いた音がした。闇の中で、その音はやけに大きく響いた。

男がハッとしたように動きを止め、直後にこちらを振り返る。自分の他に人がいることに気がついたらしい。

ヤバい、と思考が停止しかけた。やむなく覚悟を決め、できるだけ平静な声で男に向かって呼びかける。

「おい、そこで何してるんだ」

卓が言葉を発するや否や、突然、ものすごい勢いで男が体当たりしてきた。あまりのことにふいを衝かれ、思いきり地面に転がってしまう。倒れた拍子に背中に鈍い衝撃を覚え、うっ、と一瞬息が詰まった。その隙に男が逃げようとするのが見えて、とっさに手を伸ばして相手の足を摑む。バランスを崩した男はそのまま前のめりに倒れた。

「てめえっ」

先制攻撃をくらったことで、卓の闘争本能に火が点いた。逃げようとする男と、そうはさせまいとする卓とでもつれ合って攻防になる。争う二人の側で慎也がおろおろしている気配がする。

全身の力を込めて卓が男の腰にしがみついたとき、男の手が、地面に落ちている拳くらいの大きさの石を摑むのが視界の端に映った。瞬時に顔から血の気が引く。がむしゃらにもがく男が、卓に向かってその手を大きく振り上げる。

嘘だろ、と頭の中で叫んだ次の瞬間、うおーっと雄叫び声をあげて慎也がのしかかってきた。プロレスのボディ・プレスのごとく、己の身体で勢いよく男を押し潰す。急に押し倒されて驚いた男が、はずみで石を取り落とした。あやうく卓まで潰されそうになり、慌てて男から距離を取る。

傍目には互いにじたばたしているようにしか見えないだろう不格好な格闘の末、慎也は男の腕を背中に捩じり上げ、どうにか地面に押さえ込むことに成功した。

「お……おとなしくしろ！」と怒鳴りつける慎也の声が完全に上ずっている　まるでさまにはなっていないが、なんとか危機は脱したらしいと察し、ホッと胸を撫で下ろした。大丈夫か、と慎也に尋ねると、「おうっ」と興奮しきった声が返ってくる。

「待ってろ、いま、警察を――」

呼んでくる、と云いかけて、直後に言葉を失った。視界に映った光景に、驚きのあまり動きを止める。

――暗い木々の間に、制服を着た少女らしき人物が立っている。その胸の赤いスカーフが、夜の中で怪しげに揺れた。

思わず固まってしまった卓の前で、少女は先日のように素早く身を翻した。木立の間を走っていく後ろ姿に、考えるより先に足が動いていた。とっさに少女を追って、走り出す。

「えっ、おい、卓ぅ⁉」と慎也が動転した声で呼ぶのが聞こえたけれど、少女を見失う恐れの方が強かった。──昨日の少女だ。やはり、見間違いではなかったのだ。

焦りに足がもつれそうになりながら、後を追う。

「待って」

走りながら呼ぶも、少女は振り向かない。気を抜くとあっという間に足を取られそうな暗い山を、奥へ、奥へと、信じられない速さで駆けていく。思うように走れず、もどかしかった。

「待ってくれ」

息が切れて苦しい。懸命に少女に追いつこうと走っていると、いつのまにか、はあはあと乱れた呼吸の音が背後から聞こえてきた。それに気づいた瞬間、ぞくっと背すじに寒気が走る。

慎也が追いかけてきた？　いや、そんなはずがない。真後ろから聞こえてくる、はあはあと不規則な息遣い。これは自分の呼吸なのか、それとも、他の誰かのものなのか。自分のすぐ後ろに、誰かがいるのか？

混乱し、膝から力が抜けそうになった。決して、後ろを振り向きませんように。さっきのラジオの音声がよみがえる。怖くて後ろを振り返れない。もはや自分が追っているのか、追われているのかわからなくなった。心臓が破れそうな恐怖に駆られる。——怪人だ。みどり町の怪人が、そこにいるのだ。

無我夢中で走り続けるうち、いつしか少女の背中が近づいていた。必死で手を伸ばし、目の前の肩を摑む。

振り返った少女の顔を目にした次の瞬間、頭の中が真っ白になった。八重歯ののぞく愛らしい笑顔。——その顔は、中学生のいつみだった。

ひっ、と喉の奥から悲鳴が漏れる。

……どれくらい、その場に凍りついていたのだろう。

気がつくと、卓は暗がりに一人きりで立っていた。少女の姿はどこにもない。

呆然と立ち尽くしたまま、汗で濡れた肌が冷えていく感覚だけがひどく生々しかった。

今のは、夢だったのだろうか。それとも、ありもしない幻を見たのか……？

放心状態で夜の中に佇みながら、ふいに、突き刺されたような胸の痛みを覚えた。それは今まで、必死で気づかないふりをしてきた痛みだった。

――いつみが社会に出て、離れた町で暮らすようになってから、彼女の話に知らない言葉が交じるようになった。

ちょっとした仕事の愚痴や、共通の知り合いではない誰かの話題や、今までのいつみにはなかった選択肢。職場の人間関係や仕事の仕方について、「それって、こうなんじゃないかな」と卓が返しても、いつみは今ひとつピンと来ない様子で困ったように黙り込んでしまうことが多くなった。

いつも側に居た頃は、相手に上手く言葉が伝わらなくてもどかしい思いをすることなど、お互いになかったはずなのに。

会話の中で、いつみが「学生のうちはわからなかったけど」といった言葉を何気なく口にするたび、密かに胸の内がざわついた。

互いに見ているものが異なり、すれ違っていく感覚。思っていることを、感じていることを共有し、理解してあげられないという不安。

二人で学校を脱け出したあの夏の日、特別な言葉を交わさなくても、隣で相手が自分と同じように感じていることが伝わってきた。この夏空は永遠に続くと信じて疑わなかった。

青い空が、夕闇に変わりゆくのが、恐ろしかった。

周りに心配されるたび、長い付き合いだから、と大したことではないように繰り返し、わざと気づかないふりをした。十代の多くを共に過ごした二人だから、互いの環境が変わってもどうってことはないのだ、と。

——本当は、電話の向こうで沈黙した後に何度もいつみが何かを伝えようとしていることに、薄々気がついていた。優しい彼女が卓を傷つけたくないとためらい、それでも大きな決断をしようとしていることを知っていた。それが怖くて、いつみに連絡するのを避けていた。

怖がってなんかいない、と無理やり自分に云い聞かせようとした。自分が怯えている事実を無いものにしたかった。わかりやすい恐怖の対象に挑むことで、自分は強い男なのだと思いたかった。

……だから、この手で、みどり町の怪人を捕まえたかった。

現実には、別れを切り出されるのが怖くて、ただ逃げ回っていただけだ。

ふと、暗がりに何かの気配を感じた気がして卓は振り返った。

——しかしそこには、茫漠(ぼうばく)とした闇が広がっているだけだった。

◇

翌朝、早い時間に卓は家を出た。今日は、いつみが京都から戻ってくる日だ。

……昨夜はあの後、ゴミの不法投棄犯を警察に引き渡したりとひと騒動だった。卓も慎也も、現場に居合わせた理由について警察から尋ねられたが、ドライブ中に山に入っていく不審な車を見かけ、青葉山で不法投棄が相次いでいるという話を聞いていたためなんとなく気になって後を追ってみたのだ、と説明したところ納得してもらえたようだ。

警察署で聞いた話によると、あの男は処理業者を名乗って一般家庭から粗大ゴミなどを回収して回っていたという。処分費用として料金を受け取り、大量に集めたゴミをそのまま青葉山に捨てていたらしい。

いやあ、お手柄だったね、と最後は笑顔で肩を叩かれて二人は警察署を後にした。特に、警察が来るまで犯人を取り押さえていた慎也は「大したもんだ、何か格闘技でもやってるの？」などと本人が恐縮するほど周りからしきりに感心されていた。冗談ではなく、感謝状でも贈られるのではないかという雰囲気だ。

慎也がゴミの不法投棄の犯人を捕まえたという事実は、ちょっとしたニュースとなってすぐに住民の間に広まるに違いなかった。不気味、犯罪者っぽい、などと近所の子供たちから噂されているらしい慎也がヒーローよろしく犯罪者を捕まえたと知ったら、彼らはどんな顔をするだろう。

そもそも自分たちは単に怪人探しをしていただけなのだが……まあ、余計なことは云わぬが花だろう。不審な車を追いかけて様子を窺おうと提案したのも、結果として犯人を取り押さえたのも、間違いなく慎也なのだから。

まだ日差しがきつくなる前の商店街を歩き、〈パン工房　サンドリヨン〉の扉を開ける。焼き立てのパンの匂いに包まれた店内で、奈緒がせっせと作業をしていた。店に入ってきた卓の顔を見て、いらっしゃいませ、と儀礼的に口にする。

卓はぎこちなく会釈を返した。先日のやりとりを思い出し、気まずい思いで視線を外す。

トレイを手にパンを選んでいると、ふいに奈緒が「あれ、ちゃんと守君に返しておきましたから」とぼそりと告げてきた。彼女に預けた銀色のゴムボールのことだ。

そっけない態度だけれど、律儀に報告してくれる彼女はきっと誠実な人だ。

彼女を見ていて胸がざわついた理由も、今はもう自分で理解していた。大切な存在を失って一人で立とうとしている彼女を見ていると、自分の恐れているものを眼前に突きつけられたような気がして、平静ではいられなかったのだ。

子供じみた、くだらない八つ当たりだ。

「……ありがとう」

素直に礼を口にすると、奈緒はおや、という顔をした。卓は、静かに息を吸い込んだ。

……怪人を倒すための、勇気が出るお守りは、今は手の中にはない。けれど。

レジで袋詰めしてもらったパンを奈緒から受け取り、おもむろに彼女に向き合う。

「あのさ」

発した声は、緊張に微かにこわばっていた。奈緒が怪訝そうにこちらを見上げる。その顔に、彼に幸せになって欲しかったから、と夜の中で告げた奈緒が重なった。そうだ、自分も同じだ。間違えない。——だから。

精一杯の笑みを作り、「オレ」と卓は口を開いた。

「——これから、フラれてくる」

卓の言葉に、奈緒が驚いた表情になる。それは今まで彼女が見せた中で一番、素(す)の表情のような気がした。

奈緒が何か云いかけ、ためらうように口を閉じる。それから、生真面目な顔でまっすぐ卓を見つめ、子供みたいに大きく頷いた。

「……うん、頑張って」

不器用な、けれど真摯な彼女の声を聞いて、さっきよりも自然な微笑が口元に浮かんだ。朝の光がきらきらと彼女を照らしていた。

振り向かず、そのまま店を出る。心が挫けてしまわないように、意識して力強い足取りで歩き出す。

——ふと見上げると、いつかの夏空とよく似た青い空が頭上に広がっていた。

第六話　ときぐすり

……教室内の空気が、なんだかおかしい。

いつもと同じように〈明央塾〉の塾校舎に入り、教室のドアを開けた途端、ゆりはそう感じた。

普段はこれから始まる授業に備えてワークブックを開いたり、席で静かに休憩していたりする生徒が多いのだが、今日は妙に落ち着かない、ざわついた空気が漂っている。教室の片隅で、固まってひそひそ喋っている子たちもいた。

ひょっとして抜き打ちテストでもあるのだろうか、と不思議に思いながらゆりが席に着くと、友人の麻衣が興奮した面持ちで「ねえ、聞いた?」と話しかけてきた。「何を?」と怪訝に思って尋ね返す。

麻衣は周りを窺い、おもむろに声を潜めて、ゆりの耳元で囁いた。

「――日高さん、昨日から家に帰ってないんだって」

それを耳にした直後、どくん、と大きく鼓動が跳ねた。驚きと共にゆりの胸に湧き起こったのは、やっぱり、という思いだった。……ああ。

やっぱり、あの子は、〈みどり町の怪人〉にさらわれたんだ——。

◇

橘ゆりが住んでいるみどり町は、埼玉の片隅にある小さな田舎町だ。

駅前の大通りを中心に繁華街が広がっており、その範囲を出ると途端に自然が多くなる。特筆すべき名所や特産品はこれといってなく、探せば似たような町並みが全国のあちこちに見受けられるだろう。

ゆりが明央塾に通い始めたのは、中学三年に進級するのとほぼ同時だった。明央塾は主に地元の子たちが通う進学塾で、いわゆる〝できる〟生徒が多いことで知られている。実際、ゆりの周りの塾生たちが志望校として挙げているのは、偏差値が高い学校ばかりだ。

正直に云えば、積極的に望んでここに通い始めたわけではない。かといって親から無理強いされたわけでもなく、云うならば、姉の影響、という言葉が一番妥当かもしれなかった。

二つ上の姉の美鈴は、勉強も運動もできる活発な少女だ。地元で名門とされる高校に進学し、強豪のテニス部で活躍している。目立つのが好きで、はきはきとした性格の美鈴を、両親が誇らしく思っているのを知っていた。

そんな美鈴を間近で見ていたため、高校受験を前にしたゆりが塾に通うというのは、家の中でごく自然な選択肢になっていた。ゆり自身もなんとなく行かなければ、という気持ちになり、絶対に嫌だと拒否するだけの理由も特になかったので、空気に流されるまま通い始めた。

しかし、姉の真似をするたびに、自分の中にひどく居心地の悪いような、もやもやしたものが密かに蓄積していくのをゆりは感じていた。違和感、とでも云えばいいのだろうか？

……姉のように成績が上がらない。そもそも、どうしてもこの学校に行きたい、といった強いモチベーションが、自分にはない。

同じ父と母から生まれた人間でも、きっと自分と姉は搭載エンジンの馬力が違うのだ。あるいは、エネルギーを出力する方向が違うのかもしれない。そんなふうに考えてしまう。

姉と自分は、違う。そう思うのに、では自分がどうしたいのか、どんな人間になりたいのかと問われれば、自分の中にはっきりとした答えが見つからなかった。姉と比べられることは窮屈で、常に焦りのようなものを感じさせられて、けれど、自分はこうありたいのだと叫べる確固たるもの、特別なものが自分の中にあるのかわからない。

こんなふうに感じてしまうのは、目の前の受験が嫌だから、逃避しているのだろうか。もやもやするこの気持ちは、ただのわがままなのか。

——漫然とした不安と苛立ちを覚えていたゆりが、同じ塾に通う日高薫（かおる）と言葉を交わすことになったのは、些細な偶然からだった。

ある日の塾帰り、校舎の前で麻衣たちと別れたゆりは一人で自転車を漕ぎだした。苦手な数学の問題集を買うために、書店に寄ろうと思ったのだ。いつもの帰り道を外れ、反対方向へと走り出す。

目的は塾から少し離れた場所にある、個人経営の書店だ。こぢんまりとした店の佇まいはなんとなく落ち着く感じがして気に入っており、昔から時々通っていた。駅前の通りにもチェーンの書店があるけれど、その日は返ってきた模試の結果があまり良くなくて気分が沈んでしまい、他の生徒たちも立ち寄っているかもしれない賑やかな場所に行くのは嫌だった。

車も人もほとんど通らない、ぽつぽつと街灯が立つ道を、星空を睨みながら自転車で進む。橋を渡るとき、小さな川の流れる音が暗がりの中から聞こえた。見飽きている、つまらない風景。きっと明日も、明後日も、なんら変わることはないのだろう。まるで見えない檻に閉じ込められているみたいだ。

暗い道を走りながら、こんなところを親が見たら眉をひそめるに違いない、と思った。個人書店は、繁華街を外れた三丁目の裏通りにほど近い場所にあるため、遅い時間帯に行ってはいけないと注意されている。そもそも暗くなってからその付近をうろつく物好きはいない。……というのも、この町で、不穏な噂が囁かれているからだ。

――みどり町の怪人。住民の間では、そう呼ばれていた。

この町には恐ろしい存在が潜んでいて、女性と子供を殺すという。みどり町の怪人は真夜中の墓地や、人気のない暗がりに現れる。怪人に狙われたら最後、決して逃げることはできない。そんな噂だ。

ゆりが聞いたところによれば、今から二十数年前、この町で白昼に母子が殺害されるという事件があったらしい。十五年ほど前にも、廃墟で女性と子供の不審死体が発見されて新聞を騒がせたと聞く。いずれも真相が明らかになっていないため、平和な田舎町で起こった物騒な事件に対する不安や恐れが生んだ都市伝説ではないか、という説もある。しかしゆりたちにとって、みどり町の怪人とは、テレビでこぞって取り上げられた口裂け女や人面犬などといった怪談とは全く違うものだった。上手く云えないけれど――もっと身近で、生々しいものだ。

その怪人が現れると噂されている郊外の墓地が、三丁目の裏通り沿いにあるのだ。ただでさえうら寂しい通りなのに、暗くなってから好き好んでやって来る人間がそういるはずもない。いつもならゆりもそうなのだが、今日はなんだか、暗がりが自分の身を隠してくれるようで落ち着いた。

静まり返った道を行くと、書店のガラス戸越しに小さな明かりが見えてきた。まだシャッターが閉まっていないのを確認し、中に入る。目当ての問題集を手にしてレジに向かうと、狭い店内で先に会計をしている客がいた。同い年くらいと思われるその少女の横顔を目にし、あ、と驚いて声を漏らす。

——同じ塾に通っている、日高薫だ。大人びた綺麗な顔立ちをしており、いつもトップクラスの成績で、塾でも有名な才女だ。

立ち止まったゆりに気づいて、レジの前の薫がこちらを見た。ゆりに向かって、「こんばんは」と微笑みかける。

「橘さんも、お買い物？」

そう話しかけられ、戸惑った。目立つ薫と違い、ぱっとしない自分のことを向こうも認識していたことに、少し驚く。

「特進クラスで一緒だよね」とごく当たり前の口調で云われ、ゆりは慌てて頷いた。

「日高さん……も、買い物に寄ったの？」

「そう。単語帳を切らしちゃって」

おずおずと尋ねたゆりに、レジ前の場所を空けてくれた薫が気さくに答える。彼女の家は、この近くなのだろうか。そんなことを思いながらゆりが本の代金を支払うと、店主がレジ台の上に置かれた小さなカゴの中を指し、「よかったらそれ、持っていって」と二人に声をかけてくれた。見ると、手作りのものらしい紙製マッチが入っている。数本のマッチをくるんだ紙の表面には、版画とおぼしき猫が描かれていた。『長靴をはいた猫』だろうか。店主の趣味が物作りのためか、この店のレジ台には時々こうしたささやかなおまけが置かれている。

普段マッチを使う機会はないけれど、愛嬌のある猫の絵がかわいかった。「ありがとうございます」と薫が礼儀正しく口にして一つ手に取るのを見やり、ゆりもぎこちなくそれにならう。

眼鏡の奥でいつも微笑んでいる印象の年配の店主は、穏やかな口ぶりで云った。

「最近の子は遅くまで大変だねえ。気をつけて帰りなさいよ」

はあい、と揃って返事をし、外に出る。店の前に停めた自転車のスタンドを外し、帰り道の方向に向きを変えると、「あ、同じ道だね。一緒に帰らない？」と薫が気軽な口調で誘ってくれた。思いがけない状況に少しどきどきしながら、「うん」と首を縦に振る。

　街灯の下、並んで自転車を押しながら、隣を歩く薫をちらりと横目で窺った。シンプルなデザインの鞄やTシャツは、薫が身に着けていると大人っぽく、上品に見える。すっと通った鼻筋や切れ長の目も、高校生のお姉さんみたいだ。その整った横顔に、一瞬、姉の美鈴が重なった。

　自分のピンク色の自転車や、貼っている色褪(あ)せたキャラクターシールが急に子供っぽく感じられて、気後(きおく)れするような思いで足元を見つめる。

「……日高さんて、すごいよね」

　気詰まりな沈黙を避けるように、緊張しながら口にした。薫が怪訝そうにこちらを見る、気配。

「塾のテストも、全国模試もいつも上位だよね。日高さんならN女子でもK高でも絶対受かるって、皆云ってるもん。羨ましい、私なんて志望校の判定、DかEばっかりだから」

　作り笑いを浮かべて早口に云いながら、思った以上に卑屈っぽい声になってしまったかもしれないと恥ずかしくなった。バカみたいな子だと呆れられたろうか、と自己嫌悪を覚えて黙り込むと、隣で薫が「うーん」と困ったように呟く。

「それって、別にすごくはないんじゃないかなあ」

自慢でも嫌味でもない、こちらが拍子抜けするほどあっさりした云い方だった。

薫は肩をすくめ、苦笑しながら続けた。

「まあ、学歴に自分の価値を見出さなきゃならないって空しいけど、かといって何もしないでレベル低いのはもっとダサいしね」

冷静な物云いに、ゆりはふいを衝かれて薫を見た。

美人で頭が良くて、塾でも目立つ存在の薫のことを、姉と同じ種類の人間だと思い、正直なところやや苦手意識を抱いていた。もっと自信たっぷりで、自分に満足している人かと思っていたのだ。

けれど、いざ会話してみると、薫はゆりが勝手にイメージしていた人物像とは違っていた。……言葉が通じる感じ、がした。

夜道を並んで歩きながら、気がつくと、ゆりは自分のことをぽつりぽつりと話していた。

「思うように成績が伸びなくて、嫌になるの。かといって、模試の順位が上がるのが本当に心から望んでることなのかって訊かれたら、違う気もするし」

なぜ薫にこんなことを話しているのだろう、と思った。たぶん、しんとした夜の空気や、薫の妙に淡泊な口調のせいかもしれない。砂のいっぱい詰まった袋の底に小さな穴が開いたみたいに、少しずつ、内側に溜めたものがこぼれ落ちていく。

ゆりは自嘲ぎみに笑ってみせた。

「親にこんなこと話したら、絶対、逃げとか甘えだって云われるに決まってる。目の前の、今やるべきことをやらなきゃいけないっていうのはすごくわかるの。わかってるんだけど」

冗談めかして愚痴りながら、静かに息が苦しくなった。――遠くに行きたい。ここじゃない、どこかずっと遠い場所へ。けれど、それがどこにあるのかわからない。

半ば無意識に、暗がりの向こうに視線を向けた。ひゅう、と夜風が吹き抜けていく。

黙ってゆりの話を聞いていた薫が、そっか、と小さく呟いた。

「橘さんは今、辛いんだね」

ごく自然な口調でそう云われ、思わず息を呑んだ。薫の発した言葉が、すっと胸に落ちてくる。

……そうか。私は、いま、辛いんだ。

自覚すると同時に、自分の本音をすんなりと肯定してもらえたことに、驚きにも似た感慨が湧いた。自分でも理由がわからないのに、急に涙が出そうになった。

夜風に髪をなびかせ、薫が静かに口を開く。

「……ときぐすり」

「え？」

ゆりが訊き返すと、薫は記憶を辿るように目を眇めて云った。

「去年、ちっちゃい頃から飼ってたサリーって犬が死んだの。可愛がってて、家族同然だったから、すごく悲しかった。サリーが死んだ後にね、親が話してるのを偶然聞いちゃったの。サリーが死んだのが薫の受験の年じゃなくてよかった、って」

闇の中で、薫がふっと苦い笑みを漏らす。

「サリーの死や、悲しんでる自分の気持ちを軽んじられた気がしてショックだったし、傷ついた。もちろん親には悪気なんてなくて、私のことを心配して口にした言葉だってわかってる。誰かに話しても、絶対そういう答えが返ってくるだろうことも知ってる。でも理屈ではわかってても、気持ちが上手く処理できなくて、辛いことってあるよね」

どこか優しい声になり、薫は口にした。

「――ときぐすり。その言葉、知り合いが教えてくれたの。時間の経過が、傷を癒す薬の代わりになるんだって。いま辛いことも、悲しいことも、たいていのことは時が経てば辛くなくなるって」

利発そうな眼差しが柔らかい色を帯び、ゆりに向けられる。

「橘さんも、近い将来、当たり前に笑っていられるといいね」

ゆりは、まじまじと薫を見返した。皆が一目置いている薫と、こんなふうに話ができることに感動のようなものすら覚えていた。

静まり返った道を並んで歩いていると、ふいに薫が、あ、と小さく声を発した。足を止め、肩越しに振り返って、そのまま遠くに視線を向けている。

「どうかしたの？」

忘れ物でもしたのかと思い、ゆりが尋ねると、薫はどこかを見つめるような表情をしたままぼんやりと答えた。

「……ううん。誰かに、呼ばれたような気がしただけ」

行こう、とゆりが促すと、薫は再び歩き出した。その横顔は、心なしか何かに注意を奪われているようにも見えた。

しばらくして薫が「私、こっちだから」と分かれ道の片方を指し、自転車に乗った。おやすみ、とゆりに小さく片手を振り、夜の向こうに消えていく。薫の背中を見送り、自分も自転車で走り出しながら、あれ、と微かな疑問を抱いた。

ゆりと帰り道が途中まで一緒だったということは、薫の家はあの個人書店の近所というわけではないのだろう。それなら薫はなぜ、わざわざうら寂しい通りの店に行ったのだろう……？

なんとなく気になって、自転車を停めた。振り返り、さっき薫が見つめていた方角に視線を向ける。目を凝らすも、辺りにはただ暗がりが広がっているだけで、変わったものは見つからない。

諦めて再び走り出そうとし、ふいにあることに気がついて、ハッとした。そうだ。

薫が見ていた、真っ暗な闇。

——それは、夜になると怪人が現れると噂されている、墓地の方向だった。

◇

「わたし、怪人を、見たことがある」

薫が家に帰っていない、という話題でざわつく塾の教室内で不安そうに口にしたのは、同級生の安藤典子(のりこ)だ。

典子は長年この塾に通っており、どちらかといえば目立つことが苦手で大人しい性格をしている。だから、決して悪ふざけをするタイプではない彼女の口から発せられたそのショッキングな言葉に、麻衣の机の周りに集まって喋っていた女子たちが一斉に注目した。

「何それ、本当？」と麻衣に急かされ、五、六人の女子の視線を浴びて落ち着かなげにしながら、典子はおどおどした口調で話し出した。

「……塾の帰りに、一度だけ。暗かったし、遠くから目撃しただけだけど、不気味な影が墓地の方に向かっていくのを見たの」

墓地、という単語に思わずどきりとした。

「ぎい、ぎい、って音を立てながら自転車を漕いで、暗がりに消えていったの。雨も降ってないのにレインコートを着てて、すごく異様な感じだった。何かわからないけど、細長い物がカゴに入ってた気がする。こっちに来たらどうしようって怖くて、足が震えちゃった」

典子の話に、きゃあっ、と麻衣たちが抱き合って怯えたようなリアクションをする。いきなりぶつかるように肩に抱きつかれ、反射的にビクッとした。

「こわーい」「怪人って、マジでいるのかな」「その細長い物ってさ、もしかしたら、殺人に使う凶器だったりして」と麻衣たちが興奮気味に喋っている。

女子の一人が、声をひそめて云った。

「知ってる？　いなくなる数日前に、墓地の近くで日高さんのこと見かけたって子がいるらしいよ。日高さん、まさか本当に、みどり町の怪人に連れ去られちゃったんじゃ……」

やだーっ、と甲高い声を発して麻衣が口元を覆う。近くにいた生徒が顔をしかめて、ちらりとこちらを見た。それを気に留める様子もなく、麻衣は尚も物騒な話題を続ける。

「日高さんて、他の子たちとどっか違うもん。それで怪人に狙われちゃったのかも」

「美少女だから、フツーに変質者に目をつけられたって可能性もあるよね」

熱っぽく続く彼女たちの会話に、無意識に肩に力がこもった。ぎゅ、と掌を握りしめる。

「……そういう、無責任なこと云うの、よくないと思う」

ゆりが遠慮がちにたしなめると、会話が止まった。麻衣が鼻白んだ表情になり、「何よ、うちら心配してるんじゃん」と口にする。黙ってしまったゆりに、麻衣はわざとらしくため息を吐いた。

「ゆりってそういうとこ、変わってるよね」

その言葉は、さっき薫を指して「どっか違う」と云ったのとは別の種類の、明らかな嫌味だとわかった。気まずいような、苦い気持ちで下を向く。

日高薫がいなくなったらしい、というのは、塾生の間で既に噂となり始めていた。

授業を受けながら、どうしても頭に彼女のことが浮かんできてしまう。二人で帰ったあの日、誰かに呼ばれた気がした、と墓地の方を見つめていた薫の姿を思い出し、密かに鼓動が速くなった。

——怪人だ。薫はきっと、みどり町の怪人に連れていかれてしまったのだ。そう直感した。

薫は今どこにいるのだろう？　まさか、既に怪人の手にかかってしまったのでは……。

そんなことを想像して悶々としてしまい、上の空で授業を終えて帰宅する。

その晩、風呂から上がると、「ゆり、ちょっと」とリビングから母に呼ばれた。思わず身を硬くする。母がこのトーンで「ちょっと」と口にするときは、たいてい小言を云うときだ。……そうされる心当たりが、ゆりにはあった。

憂鬱な気分でリビングに入り、両親の向かいのソファに腰掛ける。「何？」と尋ねると、案の定、母から「受験勉強のこと」という答えが返ってきた。テーブルの上に、前回受けた模試の成績表が置かれている。ゆりの成績が芳しくなかったことを気にしているのだ。

「……たまたま苦手なところばっかり、問題に出たの」

億劫に感じながらそう釈明すると、母が眉根を寄せてため息をついた。父が何か云おうとするより先に、「あのね、ゆり」とささくれ立った声を発する。

「お父さんもお母さんも、単にテストの点数が悪いからお説教してるんじゃないの。ちゃんと頑張った上で、それでその結果なら、何も云わない。でも普段のあなたを見てると、人から云われて嫌々やってるだけっていうか、真剣に努力してるように見えないの。ゆりは受験生で、周りのお友達だって、一生懸命頑張ってるでしょう？　そういうやる気が感じられないから、心配して云ってるの」

胸の真ん中に、小さな棘が突き刺さった。努力してやわらかな話し方を心掛けているであろう母の口調は、かえって母の抱いている苛立ちやもどかしさを伝えてくる。

話し声が聞こえたらしく、「どうかした？」と美鈴がリビングに顔を出した。テーブルの上の成績表を手に取って眺め、「ええー、ありえないんだけど！」と大袈裟に目を瞠る。成績表をひらひら振ってみせ、眉をひそめてゆりの方を見た。

「ゆりっていつもぼーっとしてるよね。今の時期でこれって、大丈夫？」

その瞬間、カッと頬が熱くなった。美鈴の口調は、あからさまにゆりを下に見ているように感じられた。あたしは大丈夫だけど、アンタは大丈夫じゃない人間なの。そんな優越を含んでいるように聞こえた。

激しい感情が、どうしようもなく胸に込み上げてくる。とっさに、「うるさいな」と云い返していた。うるさい。皆、うるさい。

「放っておいてよ」

衝動のまま口にし、立ち上がってリビングのドアへと歩き出した。どこに行くの、という母の声に、振り向かないまま「勉強！」と投げつけるように返事をする。背後で「あたし、受験のときあんなだっけ？」と美鈴が不機嫌な声で聞こえよがしに云うのが耳に入った。

　自分の部屋に戻り、鍵を掛ける。勢いに任せて乱雑に広げた参考書の内容は、ちっとも頭に入ってこない。やらなきゃ、勉強をしなくちゃいけないのに。

　そのうちしゃくりあげるように息が震えてきて、我慢できなくなり、ゆりは机につっぷした。両親の険しい表情や、余裕のないゆりをバカにするみたいな美鈴の態度に、心が波立つ。

　血がつながっているのに、わかり合えない。全然言葉が通じない。ありえないって何？　自分はここにいるし、存在する以上、なかったことにはしてしまえない。

　無性に苦しくて、胸を掻きむしりたくなった。思うように上がらない成績も、何をしたいのかわからない中途半端な自分も、何もかも全部が嫌だ。

　ふと薫が口にしていた、ときぐすり、という単語が頭をよぎった。近い将来、当たり前に笑っていられるといいね、という彼女の言葉。

　現状に満足して笑っていられる、そんな日はいつか来るのだろうか。自分の中からこの息苦しさが消えるところが想像できない。

……このまま、世界がぱっと消えちゃえばいいのに。

考えれば考えるほど悲観的になってきてしまい、ゆりは勉強に集中するのを諦めた。電気を消し、ベッドに横たわってラジオを点ける。最近、夜中に勉強していて気持ちが滅入りそうになると、自分の部屋でよくラジオを流していた。

テレビを観ているとサボっているみたいでなんとなく後ろめたさを感じるけれど、ラジオなら勉強しながらでも聴ける。地元のコミュニティラジオにチャンネルを合わせると、地元在住の怪談作家がMCを務めているラジオ番組が聞こえてきた。クラスの男子がこの番組の話題で盛り上がっていたっけ、と頭の片隅でぼんやり思う。扉の開くようなギィ……ッという軋んだ効果音の後、人の囁き声にも聞こえる不気味なBGMが流れてくる。聴き手の緊張を煽るように巧みにひそめられた声が、リスナーからの葉書を読み上げる。

(『怪人は、人を意のままに操ることができるのです』)

二十代後半の会社員だという女性の投稿内容は、自分はみどり町の怪人に支配されたのだ、と訴えるものだった。

(『その人は職場に後から入ってきたはずなのに、あっさり周りと打ち解け、すぐに私よりも重用されました。懸命に積み上げてきた自分の居場所を奪われるような、そんな不安と嫉妬を覚えました』)

ＭＣの男性が淡々と、しかし投稿者の追い詰められた心情を掬い上げるように読み続ける。

（『その頃から、私の頭の中に、怪人が直接囁きかけてくるようになったのです。それは一人のときもありましたし、誰かと一緒のときにふいに聞こえてくることもありました。怪人は身の毛もよだつような恐ろしい考えを、繰り返し私に囁くのです。おぞましい声を聞いてはいけない、私は耳を塞いで、必死に抵抗し続けました』）

（『あの日、階段の上に立つその人の背中を見たとき、頭の中で怪人が私に強く命令しました。次の瞬間、自分の意思に反して身体が動いていました。目の前の背中に向かって、私の手が伸ばされ、そして――』）

（『私は怖くなり、逃げ出しました。自分のしてしまった行為が信じられませんでした。いいえ、あれは明らかに私ではない、別の何かでした』）

（『あのとき確かに、怪人が私の身体を乗っ取ったのです』）

（『怪人に抗うことなど、決して、不可能なのです』）

リスナーからの体験談や、彼自身が蒐集したという怪談をいくつか紹介して、番組は終わった。

暗い部屋でそのままじっとしていると、みどり町の怪人のことが否応なく頭に浮かんできてしまった。薫は怪人に操られているのだろうか？　薫を連れ去ったかもしれない怪人とは、どんな姿形をしているのだろう。薫は、怪人は、この町のどこにいるのだろう——。

そんなことに思いを巡らせているうちに、ゆりの意識は、いつしか闇に沈んでいった。

◇

翌日、塾に行くと、薫が消えたらしいという話は昨日よりも広まっている様子だった。未成年の女性、しかも受験生という立場を配慮してか今のところ表沙汰にはされていないようだが、少なくとも塾の生徒の間ではその話題で持ちきりだった。麻衣たちは額を寄せ合うようにして熱心に喋っている。

「怖いよねー、うちの親が心配して、帰り迎えに来るって」

そんな声が、ゆりの耳に届いた。

「ねえ、怪人が出現するのには実は法則があるらしいって話、知ってる？」と麻衣が秘密めかして口にする。

麻衣はもともと占いだとか、おまじないといった迷信めいたものが大好きなのだ。今も、人気があるらしいサッカー選手を真似して、自然に紐が切れたら願いが叶うというミサンガを手首に巻いている。思いがけず身近で起こった非日常に、興奮を隠せない様子だった。

「嵐が来ると現れるとか、あと、名前にか行の字が入ってる人が狙われるって。そう云われればこの町で殺人事件が起きた年って大きな台風が来たらしいし、殺された人って確か、黒須っていう苗字なんだって」

「うわー、本当？　日高薫、って二つもか行が入ってるじゃん！　私、セーフだ」

エスカレートしていく噂話に、聞くまいと思っても、つい耳を傾けてしまう。麻衣は友人たちに向かって、得意げに自説を披露した。

「ほら、昔、神隠しとかってあったらしいじゃない？　あれって神童って呼ばれるような、特別な子が狙われることが多かったんだって。日高さんて美人だし、頭いいから、それで怪人に連れていかれちゃったのかも」

「神隠しと怪人は違うでしょ。まさか、もう殺されちゃってたりして……」

動揺を堪えて下唇を噛む。消えた薫のことが気になって仕方なかった。日高さん、一体、どこに行っちゃったの……？

塾の帰り、足早に駐輪場に向かいながら、ゆりは密かに胸の内で決意した。

──墓地に、行ってみよう。

郊外の墓地に、思いきって薫を捜しに行くのだ。

もちろん不安だけれど、家族と揉めたこともあり、まっすぐ家には帰りたくなかった。何より、あんな噂を聞いてしまってはじっとしてなどいられない。

墓地の近くで薫を見かけた人がいる、と麻衣たちが話していたのを思い出す。あの日、「誰かに呼ばれた気がした」と墓地の方を気にしていた薫がひょっとしたらそこにいるかもしれないと、わずかな希望を抱いた。

自転車に乗り、暗闇に沈む町を走る。メインストリートを外れると、犬の散歩をしているおじさんや、仕事帰りらしいスーツ姿の男の人と時折すれ違ったくらいで、周りから一気に喧騒が消えた。

人の気配がほとんど感じられない夜の風景は、まるで死者の町みたいだ。何もかもが息を殺しているような静けさの中、三丁目の裏通りを進み、例の墓地に向かう。

はやる思いで自転車を漕いでいたとき、ふと、電柱の陰で何かが動くのが見えた。とっさに自転車を停め、視線を向けると、道の端に小柄な老女が立っている。暗くて表情はよく見えないが、老女が一人きりで突っ立っている様子は、なんだか異様だった。こんな時間に、何をしているのだろう……？

声をかけるべきかと逡巡していると、背中を丸めて暗がりに佇む老女は、ゆりの方を見てふいにぼそりと呟いた。

「――怪人が来るよ」

思いがけない言葉に、反射的に固まった。自分がいま耳にした言葉が信じられなかった。混乱しながら、訊き返す。

「今、なんて……？」

老女はじっとゆりを見つめたまま、感情のこもらない声で、もう一度同じ言葉を吐いた。

「怪人が来る。私は、知ってる」

ふいを衝かれ、ゆりは呆然と老女の顔を見返した。怪人が、来る……？

と、何かに操られてでもいるかのように虚ろだった老女の目が、大きく見開かれた。ハッと我に返ったように、老女が独白めいた呟きを発する。

「ああ、ああ、行かなきゃ」

そう云うなり、老女はふらふらと歩き出した。もはやゆりの姿など見えていない様子で、こちらを振り向くことなく去っていく。

まだ動揺から抜け出せないまま、ゆりは夜の中に消えていく老女の後ろ姿を見送った。

……今のは、何だったんだろう？　寒気のようなものを覚え、立ち尽くす。気を取り直し、ゆりは再び自転車を漕ぎだした。

墓地の入口に自転車を停めると、闖入者に反応するかのごとく、頭上で木々がざわめいた。得体の知れない生き物がその身を揺らしているみたいに見えて、ぞくっとする。どこまでも広がる暗闇に怯み、足を踏み出すのをためらった。視界が不自由になっただけで人はこんなにも心許ない気分になってしまうものなのか、と思った。

暗くなってから一人で墓地に来るなど初めてで、恐る恐る、暗がりを歩き出す。突然近くの叢から奇妙な音が聞こえ、驚いて飛び上がりそうになった。鼓動が激しく打つのを感じながら、懸命に自身に云い聞かせる。……落ち着いて、ただの虫の声じゃない。

怯えつつ、墓地の敷地内へ進んでいく。肩から掛けた鞄のショルダー部分を強く握りしめたとき、ふいに防犯ブザーの存在を思い出した。塾で帰宅が遅くなるときの用心のため、と親から持たされたそれには、確か小指の爪ほどの大きさのライトもついていたはずだ。鞄のサイドポケットから防犯ブザーを取り出し、手探りで小さなスイッチを押す。手元のささやかな明かりを頼りに、ゆりは奥へと進んだ。

辺りは真っ暗で、すぐ近くのものしか見えない。墓地に立ち並ぶ墓石が黒いのか、灰色っぽいのかがかろうじて判別できる程度だ。緊張に思わず唾を呑んだ。

大きい声を出すのがためらわれて、おずおずと小声で呼んでみる。

「日高、さん」

頼りない自分の声が静寂に吸い込まれた。闇の中から、返事は戻ってこない。

「日高さん」ともう一度呼びかけてみたけれど、墓地からは沈黙が返ってきただけだった。

次第に迷いと不安が募ってくる。本当に、こんなところに薫はいるのだろうか……？

周囲に視線を走らせながら、尚も奥に進んでいく。お盆はまだ少し先なので、花や菓子が供えられている墓は少ないようだ。けれど中には、まだ萎（しお）れていない花が飾られているところもあったりして、いつも人の気配がない印象のこの場所にも訪れる人がいるんだな、と当たり前のことを思う。

ふと暗がりの中で白っぽいものがぼんやりと浮き上がって見えて、自然とそちらに視線が向いた。敷地の片隅にある墓に、種類も大きさもばらばらの白い花が何本か供えられている。何気なくライトで照らすと、それなりに古いものらしい墓石に、〈黒須家之墓〉と文字が刻まれているのが読み取れた。

ぼんやりと眺め、直後、あることに思い当たってぎょっとする。

黒須——確か、二十数年前にこの町で起きたらしい殺人事件の被害者も、同じ苗字ではなかったろうか？

まさか、ここに眠っているのは、みどり町の怪人に殺された人物では——。

ごう、と強い夜風が吹いた。異質な存在がすぐ側でこちらを窺っているような気がして、急に恐ろしくなり、ゆりは身を翻した。何度も躓きそうになりながら、息を切らせて墓地を出る。慌てて自転車に飛び乗り、漕ぎ出した。懸命にペダルを踏み続け、三丁目の裏通りの途中まで引き返したところで、いったん自転車を停める。息が上がり、額を汗が流れ落ちた。心臓がどきどきと鳴っている。

それでも墓地を離れたことで、少しだけ落ち着きが戻ってきた。ややあって、深呼吸をする。

……もう、帰ろう。あまり遅くなると、家族にまた何か云われてしまう。痴漢や変質者に遭遇しないとも限らないし、ガラの悪い相手に声をかけられたりしたら大変だ。

そう思って再び自転車を漕ぎ出そうとしたとき、闇の中で、ぎい、ぎい、と錆びついたような音がした。軋んだ音は、徐々にこちらへ近づいてくる。

ゆりが固まっていると、真っ暗な中で小さな光が揺れるのが見えた。自転車のライトのようだ。静まり返った通りを、誰かが自転車で横切っていく。月明かりで一瞬見えたその姿に、ひっ、と反射的に息を呑んだ。

——その人物は、雨も降っていないのに、レインコートで全身を覆っていた。フードに隠れて顔はほとんど見えないが、何か細長い形のものがカゴに積まれているのがシルエットでわかった。あれはまさか——凶器？

思わず鼓動が大きく跳ねた。塾で聞いた、典子の言葉が頭をよぎる。

(わたし、怪人を、見たことがある)

凍りつくゆりには気がつかなかったのか、不気味な何者かはそのまま暗闇の中へと消えていった。それは、墓地の方向だった。

頭が真っ白になり、自転車にまたがったまましばらく動けなかった。我に返った途端、あらためて冷たい恐怖が込み上げてくる。急いでこの場から離れようとするも、足が震えてうまく力が入らなかった。

必死に自転車を漕ぎ出しながら、今にも漏れそうな悲鳴を呑み込む。……怪人だ。典子の話は、嘘や見間違いなんかじゃなかった。

やっぱり、みどり町の怪人は、存在したんだ——。

◇

翌日はさわやかな日曜だったけれど、朝になっても、ゆりの頭にはあの不気味な光景がこびりついて離れなかった。

……昨夜のことは、誰にも話せなかった。遅い時間帯に一人であんな場所に行ったことを知られたら叱られるから、という理由もあるが、それ以前に、公にされていない薫の失踪について誰に相談すればよいのかわからなかった。

　そもそも、一体なんと云って説明する？　薫をさらったのは都市伝説の怪人で、そいつは自分たちのすぐ近くに潜んでいるのだ、と――？

　そんな荒唐無稽な話、大人に信じてもらえるはずがない。

　すっかり食欲が失せ、喉に引っかかりそうになりながら無理やりトーストを飲み下す。食器を流し台に運ぼうと立ち上がると、テーブルに着いていた母がゆりの足元を見て「あら、虫刺され」と指摘した。云われて自分の足を見下ろすと、くるぶしのあたりが二ヶ所ほどぽつりと腫れて赤みを帯びており、ぎくっとする。なんとなくむず痒いと思っていたが、墓地に行ったとき藪蚊にでも刺されてしまったのかもしれない。

「換気したときにでも窓から入ってきちゃったかしら。やあねえ」

　母が顔をしかめて呟いた。昨夜の自分の行動を気取られるはずもないのに、妙に落ち着かない気分になり、家族と視線を合わせないようにしてそそくさと玄関に向かう。母は一瞬何か云いたげにしたけれど、家を出るゆりに向かって、いってらっしゃい、とだけ口にした。

　今日は、塾で模試が行われる日だ。塾校舎に入り、教室の席に座ると、近くの席から生徒同士のお喋りが聞こえてきた。試験の話題にまじって、「日高さんが……」という言葉が耳に入り、自然と意識が会話の内容に向いてしまう。

薫が姿を消したらしいという噂は、塾の外でも徐々に広まり始めているようだった。女子中学生がみどり町の怪人に連れ去られたらしい。そんな噂は、一体どこまで本当なのかわからない尾ひれがついて囁かれ出していた。

「いなくなる前にね、墓地とか青葉山とか、そういう人気のない場所で日高さんを見かけたって人がいるんだって」

そんな会話が耳に飛び込んできた。なんでも、噂への好奇心から、一部の若者が暗くなってからそうした場所に立ち入ろうとする向きもあるらしい。

「事故やトラブルが起きるといけないから、自治会で見回りの強化を検討してるって須藤さんが云ってた」

須藤さん、というのは長年にわたって自治会の防犯委員を務めている、穏やかな物腰の中年男性だ。小学校の通学時に見守りに立ったりしてくれているため、ゆりたちも皆、彼の顔を知っている。事態が徐々に大きくなっていくのを感じて身を硬くした。机の下で握った掌が、じっとりと汗で湿る。

まもなく試験が開始された。教室内が静まり返り、答案用紙に鉛筆を走らせる音だけが響く。しかし、どうしても薫のことや怪人のことが気になってしまい、うまく頭が働かなかった。いけない、今は試験中だ。集中しなくちゃ、と何度も自分に云い聞かせる。いま受けているのは、ゆりの得意な国語だ。英語や数学が苦手で総合成績が伸び悩んでいるため、この科目で少しでも点数を稼いでおかなければならない。先日の両親とのやりとりがよみがえり、口の中が苦くなった。

焦りながらもどうにか思考を切り替え、目の前の設問を解くことに集中する。最後の設問を解き終えた直後、ふいにあることに気づいて眉をひそめた。

……問題に全て回答したはずなのに、マークシートの最後の一つが、塗り潰されないまま残っている。

次の瞬間、さあっと顔から血の気が引いていくのがわかった。――間違えた。どこかの設問で、回答を一つマークし忘れ、解答欄がずれたまま記入してしまったのだ。

慌てて見直し、修正しようとしたとき、無情にも試験終了の合図がかかった。頰が引き攣るのを感じながら、マークシートが回収されるのを呆然と見つめる。嘘、でしょ……?

短い休憩を挟んで、すぐに数学の試験が始まった。駄目、落ち着いて、早く気持ちを切り替えなきゃ。ショックに痺れたようになった頭の片隅でそう思うも、図形の証明問題などまるで頭に入ってこない。

動揺を引きずってしまい、結局、その後の科目も散々だった。試験終了後、「どうだった?」「ねえ、英語の最後のあれってさ……」などと話しかけてくる麻衣たちの言葉も、ゆりの耳にはろくに聞こえなかった。……どうしよう、失敗した、どうしよう。

泣きそうな思いで爪を嚙む。どうしてあんなつまらないミスをしちゃったんだろう。この前、成績のことで両親から叱られたばかりなのに、また何か云われてしまう。美鈴に見下されてバカにされる。家族に失望されるに違いない。

考えるほど心が乱れ、じわりと涙が滲んだ。

帰宅すると、夕食の支度をしていた母が、「テスト、お疲れ様。手応えはどうだった?」と意識して作ったと思われるさりげない口調で尋ねてきた。表情がこわばるのを自覚しながら、慌ててうつむき、「……別に、普通」と小声で返す。模試で疲れていると思ったのか、あるいは勉強のことを話題にされて不機嫌になったと解釈したのか、母はそれ以上何も云わなかった。

自分の部屋に戻った途端、立っていられなくなり、そのまま座り込んでしまう。動揺や混乱が入り交じって、頭の中がぐちゃぐちゃだった。誰か、とすがるように思う。お願い、誰か、助けて。

……その夜、家族が寝静まった後、ゆりは気づかれないよう部屋を出た。足音を忍ばせて玄関のドアを開け、そっと家を後にする。

鼓動が痛いほどに鳴っていた。自転車にまたがり、走り出す。静寂の中、追い詰められるような思いで塾へと向かった。誰にも見つからないよう祈りながら、勢いよくペダルを踏む。こんな時間に中学生が出歩いているのを見咎められたら面倒だという懸念も勿論（もちろん）あったが、それ以上に、今の自分を他人に見られたくなかった。このひどい顔を誰かに見られたら、悟られてしまうかもしれない。自分がいま抱いている不穏な感情を。……これからやろうとしている、恐ろしい犯罪を。

塾校舎の前に着くと自転車を停め、ゆりは緊張しながら歩き出した。ほのかな街灯の明かりにたくさんの羽虫が舞っている。校舎の裏側に回り、既に人気のない建物を見上げる。気持ちを落ち着かせるべく、深く息を吐き出した。

おもむろにポケットを探り、紙マッチを取り出す。包み紙に愛嬌のある猫が描かれたそれは、個人書店で店主がくれた手作りのマッチだった。

こわばった指で、マッチを一本、つまみ出す。口の中がカラカラに渇いている。自分が今しようとしていることが、信じられなかった。けれど、こうするしかないという強い衝動のようなものが胸の中で渦巻（うずま）いていた。——もう、嫌。

塾で小火騒ぎでも起これば、きっと試験の結果どころではなくなるに違いない。無人の建物に火を点けるのだから、人的な被害は出ないはず。大丈夫、絶対バレない。心の中でそう云い訳を重ね、震える指で、思いきってマッチを擦る。シュッ、と摩擦音がしたものの、使い慣れていないせいか火は点かなかった。再びトライするも、夜風が強く吹いていることもあってか、なかなか上手くいかない。ぎこちない動作を繰り返しながら、次第に焦りが生じてきた。こめかみを汗が流れ落ちてくる。お願い、お願いだから、早く点いて。

何度目かに強く擦ったとき、唐突にマッチの先端にオレンジ色の火が灯った。闇の中でゆらりと小さな火が揺れるのを目にした瞬間、心の中に、ふいに何かが立ち上る。それは、自分でも驚くほど苛烈な衝動だった。

——全部、消えてなくなればいい。この世界も、何もかも。

消えてしまえ、と言葉にならない声が叫んだ。暗がりの中、校舎の壁に掛けられた垂れ幕にマッチの火を近づける。志望校の合格者数を謳う宣伝文句が書かれた垂れ幕が、風にはためいていた。布端に火を点けようとした、そのとき。

「誰かいるのかい？」

少し離れた場所から、男の声がした。思わずビクッとした拍子に、握っていたマッチを取り落としてしまう。小さな火は地面に落ち、一瞬で消えた。

暗がりから眩しい光を向けられ、立ちすくんだゆりは反射的に目を眇めた。懐中電灯を手にした白髪まじりの男性が、こちらを見ている。

声の主に、見覚えがあった。……防犯委員の須藤だ。防犯のために自治会で見回りの強化を検討しているらしい、と誰かが話していたのを唐突に思い出す。

「そこで、何をしているんだ？」

須藤が不審げな声を発して近づいてきた。予想外の出来事に頭が真っ白になり、「あ、あ……」と呻き声が漏れた。冷水を浴びせられたように、すうっと心が冷えていく。

――自分は今、何をしようとしたのだろう？

急に怖くなり、ゆりは後退ると、感情のままにその場から走り出した。背後で呼び止めるような声が聞こえたが、振り向かずに自転車に飛び乗る。全力でペダルを漕ぐとたちまち全身から汗が噴き出し、心臓が破裂しそうな勢いで脈打った。それでもペダルを踏む足を止めず、夜の中をひたすら走り続ける。

泣きそうな思いで暗闇を走りながら、ああ、と思った。

……心のどこかで、自分は、みどり町の怪人に連れ去られた薫を羨んでいたのだ。

さらわれたい。誰かに、何かに必要とされて求められたい。それがどんな理由でもいい。息苦しい現実から逃げたかった。お願い、わたしも、連れていって。

川の土手の細い道を走りながら狂おしくそう叫んだとき、暗がりで前輪が小石のようなものを撥ね上げた。

あっ、と思った直後、車体がバランスを失って道を外れ、斜面を勢いよく滑り下りていく。とっさにブレーキを握りしめるも、一度ついた勢いは止まらず、身体が宙に投げ出された。

次の瞬間、思考が停止するほどの冷たさが衝撃と共に全身を襲う。一瞬遅れて、川に落ちたのだ、と気がついた。水の流れに引きずられそうになり、慌てて手足をばたつかせる。

真っ暗な流れは、昼間目にするのどかな川とはまるで違っていた。それほど大きい川ではないはずなのに、まるで岸に上がれない。腕が、足が、痺れたようになって思うように動かせない。がむしゃらにもがけばもがくほど身体が沈み、ごぼりと水を呑んで激しくむせた。今まで感じたことのない、純粋な恐怖が込み上げる。苦しい、息ができない。必死で水を掻きながら顔を上げると、闇の中に一つのシルエットが浮かび上がって見えた。信じられない思いで、目を瞠る。

――土手の上の道に佇むのは、昨夜見た、怪人だった。レインコートで身を覆い、自転車にまたがったままこちらを見下ろしている。

ひっ、と心臓が凍りついた。みどり町の怪人だ。自分は、ここで死ぬのだ――。

絶望がよぎり、生々しい死を意識した。

ついに力尽き、沈みそうになったとき、突然近くでざぶんと大きな音がした。数秒後、いきなり強い力で腕を引っ張られる。顔がわずかに水面に出て、苦しさにげほげほと咳き込んだ。その間も、誰かが必死でゆりを川から押し上げようとしている。

無我夢中でどうにか岸に這い上がり、呑んでしまった水を吐き出して尚も咳をした。ずぶ濡れの衣服が重く、鼻の奥がずきずきと痛んだけれど、意識ははっきりしていた。耳の中から水が流れ出る生温かい感覚があり、こもったように聞こえていた音が元に戻る。荒い呼吸を繰り返していると、暗がりで肩を掴まれた。すぐ側で誰かが咳き込みながら、動揺にかすれた声で「大丈夫か、大丈夫か」と譫言のように尋ねてくる。混乱しながら涙を拭い、滲む視界でそちらを見た。直後、驚きのあまり言葉を失う。

──そこにいたのは、あの怪人だった。思わず固まったゆりの目に、岸辺に横倒しになった自転車と、くしゃくしゃに丸まって落ちているレインコートが映った。

そこで初めて、何が起こったのか気づく。彼はゆりが溺れているのを見つけてそのまま斜面を下り、邪魔なレインコートを脱ぎ捨てて川に飛び込んだのだろう。目の前にいるのは、ひどく痩せた印象の中年男だった。

切羽詰まった勢いで揺さぶられ、放心していたゆりは慌てて大きく頷いた。その途端、男が安堵したように動きを止める。

身を折った男の口から、獣じみた呻き声が発せられた。嗚咽を漏らし、暗闇の中で泣き声を上げている。ゆりの肩を摑む男の指が、ぶるぶると激しく震えていた。まるでゆりではなく、男自身が溺れて死にかけたみたいだった。

状況が理解できずに呆然としていたそのとき、地面に白いものが散らばっているのが見えた。横倒しになった自転車のカゴから落ちたらしい、古新聞にくるまれていたそれは、白い花だった。店で買った、綺麗に包装されたものではなく、庭に咲いている花を摘んできたという感じだった。長さも種類もばらばらの白い花を目にした途端、息を吞む。

それは昨夜墓地で見かけた、殺人事件の被害者のものと思しき墓石に供えられていた花と同じに見えた。まさか――まさか。

ゆりは緊張しながら、口を開いた。

「もしかして、殺された女の人と、子供の……」

記憶を探り、その名前を思い起こして、口にする。

「黒須、さん……？」

暗闇の中でもわかる、涙に濡れた目がゆりの顔を見つめた。男の手が、吐く息が、怯えたようにわななき続けている。男の頰は川底の泥で汚れていた。

うう――っ、と男が手負いの動物のような泣き声を発した。それから間違いなく生きていることを確かめるかのように、ぎこちなく、ゆりの身体を抱きしめた。

壊れてしまった自転車を引いて、夜の道を歩く。

ずぶ濡れになった服の裾から、ぽたり、ぽたり、とひっきりなしに水が滴り落ちていた。靴が流されなかったのは不幸中の幸いだが、水を含んだ靴は重く、歩くたびに湿った感覚が不快だった。

隣を歩く男に、おずおずと尋ねる。

「どうして、そんな格好で夜中に出かけるんですか……？」

レインコートで身を覆い、自転車を引いて歩いている黒須はしばらく沈黙した後、ゆりの問いにぽつりと答えた。

「……人の目が怖いんだ」

その低い呟きは、ゆりをハッとさせるだけの重い響きを持っていた。

――何者かが愛する家族に目をつけ、残酷に奪ってしまう悲劇。犯人は見つからないまま、狭い地方の町で噂は噂を呼んだ。実は第一発見者である夫が妻子を殺した犯人なのではないか、などという心ない噂が面白半分に口にされているのを、ゆりも知っていた。どれほどの嵐が渦中の彼を襲ったのか、今のゆりには、想像もできない。

白髪だらけの不揃いな髪が、濡れて彼の額に張りついていた。

「私は、大切な妻と娘を守れなかった男だからね」

隠しがたい痛みを伴った声に、胸を締めつけられるような思いに駆られた。人目に怯え、自分を責め続けて、暗闇に身を潜めるように生きているであろう男の日々を思って苦しくなる。

「……妻は、白い花が好きだったんだ」

黒須は静かに呟いた。

「華やかな色の花がたくさんあるのに白なんてつまらないんじゃないか、って云う私に、これがいいの、っていつも笑っていた。可憐で、明るくて清潔な感じがして、とても好きだって。白い花を見ると、洗いざらしのシーツや花嫁さんや、夏の空に浮かぶ雲や、まだ何も描かれてないキャンバスや、そういった素敵なものをたくさん連想するから、って

――」

言葉が不自然にかすれ、そこで途切れる。いきなり断ち切られた彼女の時間を思ってい

るのかもしれなかった。

「あの」とゆりはとっさに口を開いた。どう云えばいいのかわからず、けれど彼を見上げて、精一杯告げる。

「助けてくれて、ありがとう、ございます」

ゆりがそう口にした瞬間、彼が大きく目を見開いた。その顔が、再び泣き出しそうに歪む。髪はざんばらに乱れ、レインコートのフードを目深に被った異様な風体をして、けれど近くで見る男は優しげな眼差しをしていた。

ゆりの家の近くまで来たところで、「ここで大丈夫かい」と確認し、彼は再び自転車にまたがった。カゴの中で、さっき地面に散らばっていた白い花が小さく揺れる。

「親御さんが心配する。……気をつけて帰るんだよ」

そう云って、自転車を漕ぎ始める。ぎい、ぎい、と軋んだ音を立てて闇の中に消えていく後ろ姿を、ゆりはその場に立ち尽くしたまま見送った。濡れた身体が、震え出しそうに冷たい。

――未解決の殺人事件が起きた夏、この町に大きな台風が来たという。

彼の中で、きっと嵐は、まだやまないのだ。

◇

翌日。塾校舎に火を点けようとしたことが騒ぎになっているかもしれないと思い、びくびくしながら家を出たゆりだったが、意外なことに学校でその話題が出ることは一度もなかった。ゆりがしようとした行為は、噂にすらなっていない様子だ。

どうして、あのとき確かに現場を目撃されたはずなのに、と混乱する。暗かったから、もしかしてゆりのしようとしていることがわからなかったのだろうか？　それとも……。

困惑しながら塾に行くと、今度は驚くべきニュースが飛び込んできた。

——消えた薫が、戻ってきたのだ。

周りの噂するところによれば、どうやら薫は家族から交際を反対され、大学生の恋人と共に家出を決行したらしい。二人は早い段階で見つかって既に保護されており、その後は、互いの家族も含めて数日間にわたる話し合いを行っていたらしかった。初めこそひどく揉めたものの、愛する人と別れるくらいなら家を出る、という薫の強い意思表示に、彼女の厳格な両親もやむなく折れざるをえなかったそうだ。事件として公にならず、警察が動く様子がなかったのも納得だ。

……薫は、怪人に連れ去られたのではなかった。ホッとする反面、身勝手にも、ほんの少しだけ拍子抜けしたような気分になる。

ふと、ときぐすり、という言葉を口にしたときの薫の柔らかい眼差しが思い浮かんだ。知り合いが教えてくれたの、という彼女の言葉がよみがえる。辛かった時期に薫を支えたその言葉は、大切な人が教えてくれたものだったのかもしれない、という気がした。塾帰りに偶然出会ったとき、墓地の方を気にするように視線を向けていた薫。郊外の墓地で、青葉山で、人目につかない場所を選んで、彼らはひっそりと逢瀬を重ねていたのだろうか。

教室内で、生徒たちはちらちらと薫の方を盗み見ながら何か囁き合っている。

優等生としての薫の評判は、地に落ちた。以前よりもだいぶ痩せてしまったように見える薫が背負ったのがどれほど重いものなのかは、詳しい事情を知らないゆりにも推測できた。

狭い町で、彼女の失踪に関する興味本位な噂は当面囁かれ続けるだろう。けれど、いつか彼らが結婚し、子供が生まれて、今の状況が笑い話になる——もしかしたら、そんな未来が来ることもあるのかもしれない。

背筋をぴんと伸ばし、まっすぐに顔を上げて授業を受けている薫の姿を遠目に眺め、ゆりはそんなことを想像してみた。

近くの席で、麻衣たちはみどり町の怪人の話題で尚も盛り上がっている。

「帰り道に気をつけなきゃ。墓地の近くは特に危険だから、絶対通っちゃ駄目。怪人に遭遇したら、殺されちゃうかも」

「すっごい不気味で、見るからにヤバい感じなんだって！」

「……でも、悪い人じゃ、ないかもよ」

小声で呟いたゆりに、何それ、と彼女たちが怪訝そうな視線を向けてきた。麻衣が呆れ顔で苦笑する。

「ゆりって本当、変わってるよね」

世間の目から身を隠すようにして生きる彼の姿を思い、ゆりは静かに口をつぐんだ。

珍しく予定のない休日、ゆりが自分の部屋の片付けをしていると、美鈴がやってきて「あげる」と自分の使っていた参考書をくれた。先日返ってきた模試の結果が散々だったゆりをさすがに見かねたのか、両親から何か云われたのかもしれない。クローゼットの奥から引っ張り出してきたらしいそれを、放るようにゆりに寄越す。

「大体さあ、基礎が出来てないのに応用問題ばっかりやっても駄目なんだってば」

部活で既に焼けた肌に日焼け止めを塗りながら、美鈴はぶつくさと文句を云った。

「ほんとアンタは要領悪いんだから。もっと、しっかりしなさいよね」

渡された参考書を何気なく開くと、何度もめくった跡があり、各ページにびっしりと書き込みがされていたり、マーカーが引かれたりしていた。器用に見える姉の自信は、いつだって愚直なほどの努力に裏打ちされている。

うん、とゆりが素直に頷くと、美鈴は一瞬意外そうな顔をし、黙って部屋から出て行った。

部屋の窓から、緑の匂いの風が吹き込んでくる。

——見えているものが全てではないのだ。誰もが羨む優等生の薫も、都市伝説の怪人ではないか、と恐れられる彼も。

お姉ちゃんなんか消えちゃえ、パパもママも消えちゃえ、全部、消えてなくなればいい。本気でそう願い、火を点けようとした、あの夜の自分のように。

……あの瞬間、もしかしたら自分こそが、恐ろしい怪人だったのかもしれない。

見えている世界は、時にたやすくその形を変える。

ならばこんなにも息苦しく、不器用にもがいている今を、いつか懐かしくいとおしく思い出す日が来るのだろうか？

窓の外のいつもと同じ風景を見つめながら、ゆりはそんなことを思った。

……ときぐすり。薫が教えてくれた言葉を、そっと心の中で呟いてみる。あの夜、一人きりで夜の闇に消えていった男の後ろ姿が、よみがえる。

どうか、優しい時間が降り積もりますように。そうして、彼の心にぽっかりと開いたままの深い墓穴に、少しずつ土をかけてくれればいい。

そう、願った。

第七話　嵐の、おわり

まもなく大きな台風が来る、と朝のニュースが告げている。

天気予報によれば、接近している台風は今夜から明日にかけて本土に上陸し、猛威を振るうと予測されているらしい。

外出を控えて、戸締りを厳重にするように、というアナウンサーの注意喚起を耳にしながら、須藤正弘はちゃぶ台の前からのそりと立ち上がった。

自分の茶碗と、それから母親の仏壇に供えていた、白飯を盛った小皿を持ってきて流し台で洗う。母が亡くなってから二十年以上ずっと一人で暮らしている須藤にとって、一連の動作はもはや固定化した儀式のようなものだった。

洗い物といっても、漬け物を白飯に載せてお湯をかけただけの質素な朝飯を胃に流し込んだだけなので、すぐに洗い終わってしまう。最近は少し食べただけでも吐き気がしたりするので、かなり食が細くなっていた。昔に比べるとずいぶん体力は落ちたが、それでも、どうにか仕事はやれている。

　口臭が強くなっているのではないかと気になり、洗面所に行って洗口液で口をゆすいだ。ペパーミントの刺激臭で込み上げてきた胃の不快感をどうにかやり過ごし、顔を上げる。

白髪まじりの、くたびれた中年男の顔が鏡に映っていた。

　鈍痛を訴える腹の辺りをさすりながら、安普請のアパートを出た。長年勤めている、川沿いの物流会社へと向かう。倉庫管理の仕事は、早番の日はとにかく朝が早い。まだ薄暗い早朝の町を自転車で走っていると、橋の上で、小柄な老女の姿が視界に映った。

　ふらふらとおぼつかない足取りで歩くパジャマ姿の老女は、ずっと昔からここ、みどり町に住んでいる鈴木八重子だ。

　この小さな地方の町で、長く自治会の防犯活動をしている須藤にとって、見知った人物だった。

　近づいて自転車を降り、「ヤエさん」と声をかけると、八重子はぼんやりした表情で須藤を見やり、ああ、とも、うう、ともつかない呟きを漏らした。

「こんな朝早くに、お一人でどこへ行くんですか？」

　須藤が尋ねると、八重子は「畑をね、見に行かなきゃ」と独り言のように口にした。

「ちゃんとしておかないとお、豊さんがね、不機嫌になる」

もごもごした発音で云う八重子に、須藤が再び口を開こうとしたとき、ふいに背後から「お母さん！」と声が飛んできた。

振り向くと、駆け寄ってきたのは八重子の娘、智美だ。四十代半ばの智美は、夫と、大学生の息子と共に八重子と暮らしている。

須藤に気づき、慌てた様子で会釈した智美が、「また急にいなくなって」と八重子の腕を強く引っ張る。

数年前に夫を亡くしてから認知症の症状が見られるようになった八重子は、時々ふらりと家を出ていっては、道に迷って帰れなくなることがあった。よそのお宅の敷地に入り込んで迷惑をかけたり、交通事故に遭ったりするのではないか、などと、家族はそのたびに気を揉んで捜し回っているらしかった。

そんな娘の様子などお構いなしで、畑をね、とさっきの言葉を繰り返す八重子に、智美が云い聞かせるように口にする。

「畑仕事なんか、とっくの昔にやめたでしょう。うちの畑はもう手放したの」

それでも大人しく従う気配のない八重子に、「いい加減にしてよ。ただでさえ朝は忙しいっていうのに」と智美の声に苛立たしげな色が交じった。

「まったく、いくつになっても、家族に迷惑ばっかりかけて」

そう云って智美が顔を歪める。

若い頃の八重子は、かなり酒癖が悪かったらしい。古くから続く農家に嫁いだストレスが八重子を飲酒に走らせた原因だと、人づてに聞いたことがある。当時は夫婦間の喧嘩も絶えなかったそうだ。須藤はそのあたりの事情には明るくないが、きっと家族には、他人にはわからない苦労があったに違いない。

「恥をかかせないで。あたしを困らせるためにやってるんでしょう」

強い言葉を発する智美に、須藤はやんわりと申し出た。

「よかったら、私がお母さんをおうちまでお送りしますよ」

須藤の提案に、え、と智美がふいを衝かれた顔になる。

「でも……」

「私ならまだ出勤まで時間があるから大丈夫です。ね、そうしましょう」

尚も穏やかな口調で云うと、智美は感情的になったことを一瞬恥じるような顔つきになり、すみません、お願いします、と何度も須藤に頭を下げて先に戻っていった。

須藤は屈み込んで八重子の顔を覗き込み、にっこりと微笑んでみせた。

「ヤエさん、ほら、帰りましょう。ご家族が待ってますよ」

◇

その日の午後、仕事を終えて手拭いで汗を拭うと、須藤は休憩もそこそこに町内の見回りに出た。

自転車を漕ぎながら疼くような痛みを腹に覚えたが、なるべく意識をよそに向けて走り続ける。まもなく大きな台風が来るという予報を受けて、被害が出ないように出来る限り警戒しておかなければ、と思ったのだ。

空が徐々に曇り始め、生ぬるい風が強くなってくる。須藤は見知った住民と会うたびに「鉢植えを外に出しておかない方がいいですよ」などと伝えたり、「風で飛ばされると危険だから、看板を片付けておいてもらえますか」と商店街に声をかけて回ったりした。

ふと、近所の小学校の通学路にある古いアパートの大家が、屋根がだいぶ傷んできた、とこぼしていたのを思い出す。強風で瓦が剥がれたりしたら危ないかもしれないな、と気になって足を運んでみると、大家の金子はアパートの外で側溝にたまった落葉を掃除していた。大雨になったとき、どぶが詰まって溢れてしまわないようにだろう。

手伝いましょうか、という須藤の申し出に、「いやいや、大丈夫」と首を横に振る。聞けば、ちょうど数日前に屋根の修理を済ませたところだという。

「うちの前の道路は子供たちもよく通るからね。何かあってからじゃあ遅いし」

金子は人の好さそうなえびす顔で云い、須藤相手に立ち話を始めた。もともと話し好きな好々爺なのだ。

「いやあ、しかし、さっそく台風が来るとは思わなかった。天気予報じゃ、かなり大きいやつが来るっていうじゃないか」

強まる風に、金子が空を見上げて目を眇め、低く呟く。

「――まるで、あの夏みたいだ」

つられて須藤も頭上を仰いだ。薄墨色の分厚い雲が空を覆っている。腹の奥から、嫌な痛みが込み上げてくるのを感じた。

……二十年以上前、大きな台風が来た夏、この町で殺人事件が起こった。アパートで若い母親と、生後間もない女の赤ちゃんが首を絞められて殺害されたのだ。

静かな田舎町で起きた痛ましい事件は、住民の間に大きな衝撃をもたらした。

被害者の黒須という女性は、夫と子供の三人でつつましい生活を送っていた。夫婦仲は良く、他人から特別に恨まれるような動機も利害関係も見当たらなかったという。被害者が性的暴行を受けていたり、室内から物が盗まれたりした痕跡もなく、犯行動機は不明。

有力な目撃証言はなく、鍵の掛かった現場から犯人は煙のように消えてしまったと噂されている。警察の捜査も空しく、不穏な事件は現在も未解決のままだ。

ぎゅ、と拳を握りしめ、須藤は荒れていく空を見つめた。

金子と別れて再び自転車を走らせる途中、進学塾の前を通りかかる。志望校の合格者数を謳う宣伝文句と共に、〈明央塾〉と書かれた垂れ幕が校舎の壁にはためいているのが視界に映り、ふと、いつか見た夜の光景が脳裏をよぎった。

防犯活動の一環として見回りをしていたとき、偶然、塾校舎の側でしゃがみこむ少女を目撃したことがあった。不審に思い、須藤が近づいて声を掛けると、中学生と思しきその少女はこわばった表情でこちらを見た。おそらく、須藤が昔から行っている登下校の見守り活動の際に見たことがある子だった。名前は知らないけれど、何年か前まで、姉妹で仲良く登校していた姿がなんとなく記憶にあった。

少女が逃げるように走り去った後、微かに硫黄(いおう)の臭いを感じた気がして地面を見た。すると、ちょうど少女がしゃがんでいたあたりに、先端のわずかに焦げたマッチが一本落ちていた。……まさか、と嫌な想像が須藤の頭をよぎった。

ひどく追い詰められているような少女の様子が、気になった。けれど、暗かったためはっきりと確信が持てなかったし、いきなり少女の自宅や学校を訪ねて問い詰めるような真似も憚られた。

気に留めながら、後日さりげなく声を掛けようかと密かに機会を窺っていたところ、その少女を道で見かけた。向こうは須藤に気づいた様子はなく、姉らしき少女と一緒に通りを歩いていた。そのとき、何かを吹っ切ったようなすがしい笑顔で姉と並んで歩く彼女を目にし、根拠もなく、ああ、もう大丈夫だ、と須藤は安堵した。あの子はもう、大丈夫だ。そう確信し、自分の見たものはそっと胸にしまっておこうと決めた。彼女は、境界を越えずに済んだのだ――。

商店街の近くの公園に向かうと、見知った子供たちの姿があった。小学生の子らが数人集まり、何やら熱心に喋っている。こちらに気づき、「須藤さんだ」と何人かが親しげに駆け寄ってきた。

仕事が遅番の日は必ず通学路に立ち、近所の小学校に登校する子供たちの見守り活動を続けているため、ここらの子供たちの多くが須藤の顔を知っている。見守りのおじさん、と呼ばれることもしばしばだ。須藤の方も彼らの名前や、どこのうちの子か、だいたい把握している。

子供たちは口々に話しかけてきた。

「ねえ、すごい嵐が来るって本当？」

「台風が来るからパトロールしてるんでしょ」

かわいらしい顔に心配そうな表情を浮かべているのはパン屋の息子の守で、興奮に目を輝かせているのは光太だ。小学三年生の彼らと、その同級生たちが須藤の元に集まってくる。

「皆で何を話してたんだい？」という須藤の問いに、子供たちは顔を見合わせた後、真顔で答えた。

「——もうすぐ、〈みどり町の怪人〉が来るんだって」

びゅう、と強い風が吹き抜けた。頭上で木々が不穏にざわめく。

みどり町の怪人というのは、この町の住民の間で囁かれている奇妙な噂話だ。この町には恐ろしい怪人が潜んでいる、怪人は暗がりから現れ、女性と子供を殺しにくる——そんな不気味な都市伝説だ。

過去に起こった未解決の殺人事件に端を発しているのではないかと思われるその噂は、特に一部の子供たちの間で熱心に語られているようだった。

予想外の言葉に思わず固まっていると、自分たちの言葉を疑われたと思ったのか、「本当だよ」と光太は尚も云い募った。光太の隣で、別の男の子も大きく頷く。

「でかい台風が来るから。前にサツジンが起きたときもそうだったんだって。そのときみたいに、女の人と子供が狙われるかもって、みんな云ってるよ」

「きっとまた誰か殺されちゃうんだ」

興奮気味に喋り出す彼らに水を差すように、一人の女の子が、「そんなことあるわけないじゃない」と口にした。

しっかりとした口調の大人びた女の子は、由花だ。須藤と道で顔を合わせるたびに礼儀正しく挨拶をしてくれる、優しい子だ。

光太たちに向かって、由花が呆れ顔で云う。

「そんな話、すぐ信じて騒いじゃって。男子ってほんとバカみたい」

すました由花の態度にむっとした表情で、光太が「うるせー」と云い返した。由花に指を突きつけ、「大体さ」とむきになった様子で叫ぶ。

「女と子供を殺すっていうなら、女で子供が一番狙われる可能性高いじゃん！」

光太の発した言葉に、由花の顔が瞬時にこわばった。こら、と須藤は光太をたしなめた。

「そんなことを、お友達に云っちゃいけないよ」

ふてくされた顔で口を閉じる光太を、由花がやや青ざめたような面持ちで睨む。大丈夫だよ、と守が慌てた様子で由花に話しかけている。

「もし怪人が来たって、皆で協力してやっつければいいじゃん。それに、絶対見つからない秘密の隠れ家だってあるんだし」

話している間も、いっそう風が強まってきた。気をつけて帰りなさい、という須藤の声に、「はあい」と素直に返事をして子供たちが去っていく。

風にさらわれた街路樹の葉が、くるくると回りながらどこかへ飛んでいった。

でかい台風が来るから、前にサツジンが起きたときもそうだったんだって、というさっきの彼らの言葉が脳内で再生される。胃の辺りが鈍く痛んだ。

大きな台風が来た、あの年の夏——須藤にとって生涯忘れられない夏だった。

あの夏、胃の痛みや身体の不調を訴えて病院に行った母が、癌だと診断された。須藤は父親を早くに亡くし、ずっと母と二人暮らしで育った。須藤の父は見合い結婚をして家業を継ぐようにと命じられていたらしいが、家族の反対を押し切って母と結婚し、半ば縁を切られるような形で実家を出たという。

父が友人に誘われて共に始めた事業は、初めこそ上手くいっているように見えたものの、不況の波に煽られて経営不振に陥り、倒産した。要領よく逃げた友人とは対照的に、人の好い父に残されたのは少なくない額の借金だった。

必死で働いて借金の返済をし続けた父が、仕事帰りの深夜に車に轢かれて亡くなったのは、須藤がまだ七歳の頃だった。

経済力のない母方の親戚にも、母と結婚したことが不幸の始まりだと母に全ての責を押しつけて忌み嫌う父方の親類にも頼れなかった。母はパートを掛け持ちし、昼も夜も働きながら、女手一つで懸命に須藤を育ててくれた。

子供の頃から成績が良く、将来は医者になりたいという密かな夢を抱いていた須藤だったが、そんな学費を捻出できるはずがないとわかっていたため、口には出さなかった。父の保険金は借金の返済に充てられて手元にはほとんど残らず、当時は翌月の家賃さえもままならない状況だった。

高校を出るとすぐに電力会社で働き始めた須藤は、母に楽をさせてやりたい気持ちと、学費を貯めていつか医学の道に進みたいという思いから、汗水流して仕事に打ち込んだ。母が癌だと診断されたのは、そんなときだった。医者から勧められた治療には高額な費用が必要で、当然、パートの仕事も辞めなければならない。

須藤に負担をかけたくなかったのだろう、母は病をおして生活のために無理を続けた。どうにか説得して入院させたときには、母の身体は既にぼろぼろだった。癌は遠隔転移を起こしており、他の臓器にも深刻な影響を及ぼしていた。

仕事のかたわら懸命に介護を続けた須藤だったが、入院して三ヶ月後、母は帰らぬ人となった。

……お金の心配などかけずにもっと早く入院させていたら。早い段階で適切な手術を受けさせていれば、もしかしたら母の命は助けられたかもしれない。

何も出来ないまま、肉親を死なせた。深い悲しみと同時に、そんな思いが須藤を苛んだ。

母が他界した後、かつて悪しざまに母を罵った親戚たちがお悔やみにやってきた。病に倒れた母の面倒を献身的に看ていた須藤に涙を流し、「こんなに立派ないい息子さんを育てて、幸代さんは何も間違っていなかったわねえ」としんみり呟いた。彼らは、大学に行って勉強したいという希望があるなら学費を工面する、とまで須藤に申し出てくれた。

そうした言葉を、母が生きているうちに聞けたならどれほど良かっただろう。

けれどもう、何もかもが遅かった。

母の死後、自分の中からごっそりと何かが抜け落ちてしまったような気がした。こんな自分がどうして人の命に関わる仕事になど就けるだろう、と思った。

それでも誰かの、何かの役に立たなくてはならないという、むしろ強迫観念にも似た思いに駆られて須藤はみどり町の地域安全活動に従事した。

この町の、人々の平穏のために尽くし続ける。自分にはそうしなくてはならない義務と責任があるのだ、と。

須藤は公園の付近に落ちている木の枝や、折れたビニール傘など、暴風で飛んでしまったら危険だと思われるゴミを拾い出した。持参した袋に黙々とゴミを放り込んでいると、公園の前を白い軽トラックが通りかかった。運転席から見知った年配の女性が顔を出し、

「相変わらずせいが出るわねえ」と気さくに声を掛けてくる。長年この町内で野菜の移動販売をしている、瑞恵だ。

スピーカーから〈エーデルワイス〉のメロディが流れていないところを見ると、本日の営業は既に終わったのだろう。

「風が強くなってきたから、あまり出歩かない方がいいですよ。早く帰った方がいい」

須藤がそう忠告すると、瑞恵は呆れた様子で下唇を突き出した。

「うちの口やかましい娘とおんなじことを云うのねえ。アンタだって、外に居たら危ないのは一緒でしょうが」

「私にはやかましく心配してくれる家族なんかいませんから」

同じように冗談めかして返したつもりだったが、須藤の言葉に瑞恵が複雑な表情になった。いいからさっさと帰んなさい、とぶっきらぼうに云い、それから須藤の顔をまじまじ

と見つめて、顔をしかめる。

「アンタ、顔色が悪いわよ。働き過ぎじゃない？」

「大丈夫ですよ、心配してくれてありがとうございます。ここを片付けたら、もう帰ります」

やれやれ、というように軽く手を振って、瑞恵の軽トラックが走り去っていく。そのまま屈み込んでしばらく作業を続けていると、しくしくと腹部が痛み、軽い吐き気がしてきた。

怠（だる）くなってきた腕を止め、須藤はいつしか小雨が降り出してきた空を見上げた。

◇

夜になると、台風の接近で本格的に天候が荒れ出した。

大雨注意報や暴風警報が出て、外で雨風が唸っている。河川の増水や山間部での土砂災害などが懸念されるため、危険な場所には近づかないように、とテレビのニュースが繰り返した。

翌日の昼過ぎ、いよいよ避難指示が出た。最寄りの避難所は東乃小学校の体育館だ。レインコートを身に着け、リュックを背負って外に出ると、雨雲がすごい速さで空を流れていくのが見えた。

役場の職員らと手分けし、一人暮らしの高齢者の住まいを安全確認に回ってから、体育館へ向かう。体育館には老人や子供たちを中心に、既に多くの住民が集まっている様子だった。

避難してきた住民たちは窓辺に集まって外の雨を眺めたり、熱心にラジオを聴いていたりと、不安そうに過ごしている。雷が鳴るたびに、きゃあっと小さな女の子たちが顔を隠した。今のところ停電はしていないため、大きな混乱は起きていないようだ。雨音に交じって、自治体が流す放送とサイレンの音が聞こえてくる。

すっかり濡れてしまった衣服を隅の方で拭いていたとき、須藤さん、とふいに声をかけられた。振り返ると、緊張した表情の子供たちが立っている。……昨日、公園で会った子たちだ。

そわそわと落ち着かない様子の彼らを怪訝に思い、どうしたの、と尋ねると、守が思いきったように口を開いた。

「由花を見なかった？　一緒にここに避難してるはずなのに、いないんだ」

「何だって？」

須藤は驚いて訊き返した。

守の話によれば、避難指示が出てすぐに母親と東乃小学校に向かった由花は、混雑していた学校の玄関口で母親がちょっと目を離した間に姿が見えなくなったらしい。母親は最初、手洗いにでも行ったのだろうと思ったそうだが、どこにも見当たらないという。自宅にも戻った形跡がないそうだ。

ざわりと胸騒ぎがした。普段ならともかく、今はこんな非常事態だ。

「由花のヤツ、どこにいるんだろう」

子供たちが一様に不安げな表情を浮かべる中、守がハッとしたように云った。

「まさか——秘密の隠れ家に行ったんじゃ」

守の発言に、他の子たちも急に動揺した面持ちになる。

「一人で隠れ家に？　嘘だろ、こんな台風の中をかよ？」

「光太が悪いんだよ、みどり町の怪人に狙われるなんて云って由花をおどかすから！」

ざわつく空気に、光太が意固地になったように視線を逸らし、小声で云う。

「だって——アイツがオレらのこと、バカにするからじゃん」

「隠れ家っていうのはどこにあるんだい？」

須藤が慌てて尋ねると、光太は唇を尖らせた。

「隠れ家は隠れ家だよ。仲間以外には絶対知られちゃいけない、秘密の場所なんだ。だって誰かにバレたら、怪人に見つかっちゃうかもしれないだろ」

須藤は彼らの顔を覗き込み、真剣な声で云った。

「教えてくれ、非常事態なんだ。皆、由花ちゃんを無事で見つけたいだろう？」

須藤の訴えに、子供たちは心配げに顔を見合わせるとすぐに頷き、隠れ家の場所を話してくれた。ありがとう、と安心させるように微笑んでみせる。

「わかった、おじさんが由花ちゃんを捜して必ず連れて帰ってくる。だから台風が過ぎるまで、君たちはここで大人しく待ってるんだ。いいね？」

守たちは泣き出しそうな顔で須藤を見上げ、こくん、と大きく頷いた。

須藤が再び外に出ると、吹き荒れる風雨にたちまち全身がずぶ濡れになった。気を抜くと強風に煽られそうだ。不快な痛みを訴え続ける腹部に思わず顔をしかめたとき、近くでクラクションが鋭く鳴った。雨の中で顔を上げると、見慣れた軽トラックが停まっている。

――瑞恵だ。畑の様子を見てきた帰りに、慌てた様子で建物から飛び出してくる須藤を見つけて声をかけたらしい。

「ちょっと、どうしたのよ、血相変えてどこ行くつもり？」

須藤が手短（てみじか）に事情を説明すると、瑞恵は力強く申し出た。

「いや、しかし、外は危ないですから」

「アタシも行くわ。乗っていきなさい」

一度は遠慮した須藤だったが、「危ないから行くんでしょうが。いいから、早く」と急かされ、ためらった後に急いで助手席に乗り込んだ。

強い風が吹き、雨粒がひっきりなしにフロントガラスを叩く中、守たちから聞いた秘密の隠れ家へと向かう。道路は水浸しで、さながら小さな川のようになっていた。遠くの工場の煙突から吐き出される煙が、風に勢いよく流されていくのが見える。須藤は焦る思いを抑えながら、痛む腹をさすった。

舗道の両脇で、連なる田んぼの緑の稲穂が激しく身をくねらせている。

まもなくして、車が目的地に到着した。

子供たちが隠れ家と呼ぶ場所は、青葉山の麓近くの農道沿いにある、こぢんまりとした小屋だった。

忘れ去られてしまったような古びた小屋は、子供の背丈ほども伸びた叢に覆われるようにしてそこにあった。おそらく使われていない農機具や、農作業の道具などが置かれているのだろう。いかにも子供が好んで秘密基地にしたがりそうな場所だった。

ここで待っていてください、と瑞恵に告げて車を降りた。外に出た途端、雨が須藤の全身を打つ。滑って転んでしまわないよう、足元に気をつけながら小屋に駆け寄り、戸を開けた。

換気用の小さな窓が付いているだけの薄暗い小屋の中に入ると、わずかにこもった臭いがする。戸口に、逆さまにひっくり返ったピンク色の傘が落ちているのに気づいてハッとした。

……小屋の奥に視線を向けると、埃っぽい農機具の隙間に身を押し込めるようにうずくまる由花の姿があった。目を見開き、こちらを凝視している。

レインコートを着た由花の髪から、ぽたぽたと滴が滴り落ちる。その姿は、ずぶ濡れの子猫を連想させた。

まるで銃撃戦でも行われているかのように、トタン屋根を打つ雨の音が頭上でけたたましく鳴っている。雨音にかき消されないよう、須藤は大きな声で、「由花ちゃん」と呼びかけた。

「秘密の場所に隠れようと思ったんだね」

由花は突然現れた須藤に驚いた様子を見せながらも、ホッとしたような表情になった。どうにかここまでやって来たものの、ひどい嵐に身動きが取れなくなって、一人で不安な思いをしていたのかもしれない。由花がばつの悪そうな、少し恥ずかしそうな口調でぼそりと呟く。

「……外に出たら、怪人に捕まっちゃうもん」

須藤は一瞬沈黙し、なだめるように、優しく話しかけた。

「捕まらないよ」

半信半疑といった面持ちの由花に、真顔で云い切ってみせる。

「大丈夫、由花ちゃんは絶対に怪人に狙われたりしない。おじさんが保証するよ」

そう云って微笑み、由花に向かって手を差し出す。

「無事でよかった。——さあ、ここに居たら危ないから、一緒に帰ろう。みんな心配してるよ」

由花は大きな瞳でじっと須藤を見上げていたが、やがて「うん」と素直に頷いた。須藤の手を摑み、立ち上がる。

由花の身体を雨風から庇うようにして外に出ると、小屋の前に停まっているはずの瑞恵の車がなかった。

思わず動揺しかけたが、すぐに降りしきる雨の中をやってくる軽トラックが見えた。瑞恵は待っている間、近くの公衆電話から、自分たちがここにいることを学校に連絡してくれたらしい。

「避難所まで送ってあげてください」と伝え、由花を助手席に押し込んだ。

「アンタはどうするのさ」と訝る瑞恵に、「農業用水路が溢れていないか、確認してきます。私もすぐ避難所に戻りますから」と告げる。どのみち軽トラックには二人しか乗れない。

何か云おうとする瑞恵を遮り、車のドアを閉めようとしたそのとき、遠くで何かが動くのが視界に映った。

一瞬見間違いかと思ったが、違う。豪雨の中、誰かがふらふらと山道を登っていく。

驚きに目を凝らし、直後に気がついた。――八重子だ。きっとまた家を抜け出し、徘徊しているのに違いない。

この台風の中を一人で山に行くなど、危険過ぎる。顔から血の気が引くのを感じると同時に、身体が動いていた。

「この子を頼みます！」と瑞恵に声をかけ、須藤は走り出した。横殴りの雨の中、急いで八重子の後を追う。荒れ狂う風雨はさらに勢いを増し、もはやほとんど視界が利かなくなっていた。冷たい雨粒が全身を叩く。

ごうごうと唸る音は、まるで怪物の咆哮だ。

走りながら腹部にひときわ重い痛みを覚え、ぐうっと呻いてよろめいた。吐き気がせり上がってきて、不快な痛みが背中まで広がっていく。苦しくて、思わず地面にうずくまりそうだった。歯を食いしばり、摺り足で歩くような格好になりながら、前に進む。

嵐は、全てを呑み込もうとするように吹き荒れていた。

(——もうすぐ、〈みどり町の怪人〉が来るんだって)

(きっとまた誰か殺されちゃうんだ)

子供たちの声が頭をよぎる。——そう、知っていた。本当はわかっていた。

もしそんな怪物が現れるとしたら、初めから狙いはこの、、、、自分なのだ、と。

目の前の景色が雨で霞み、生涯忘れられない光景がよみがえる。あの夏——須藤にとって、世界が、全てが変わってしまった夏の日。

一人きりの家族である母が癌だと病院で宣告され、目の前が真っ暗になった。十分な治療を受けさせるには高額な費用が必要で、けれど当時の自分たちには、それを工面する手立てがなかった。

須藤の重荷になるまいとして頑なに無理を重ね、命をすり減らしていく母の姿を見ているのが辛かった。どうにかして、母を助けたかった。

……あの年、大きな台風が町を襲った翌日。嵐が通過した後で、ひどく暑かったのを覚えている。

担当地区にあるアパートの電気メーターの検針を終えて須藤が帰ろうとしたとき、一階の一番奥の部屋のドアが、わずかに開いているのに気がついた。

何気なく視線を向けると、ドアの隙間から、食卓と居間を兼ねているらしい部屋が覗いた。中央にちゃぶ台が置いてあり、その上に、給与袋と思われる封筒が載っているのが見えた。室内はしんとしていて、人のいる気配はない。

それを目にした途端、ふいに、自分でも驚くほどの昏い衝動が胸の内に湧き起こった。魔が差す、というのは、まさにあのような瞬間を指すのかもしれない。

耳元で何かが囁いた。

――お金さえあれば、母に適切な治療を、受けさせられる。

古いアパートの廊下は静まり返り、人の姿は見当たらなかった。息を呑み、心臓が壊れそうなほど緊張しながら、少し開いたドアのドアノブを引いた。

足音を潜めて中に入ると、玄関で靴を脱ぎ、恐る恐る室内に足を踏み入れる。部屋の奥には小さな台所があり、窓辺の一輪挿しに飾られている白い花が目についた。

ちゃぶ台の上の封筒に手を伸ばそうとしたそのとき、背後で物音がした。

ぎょっとして須藤が振り返ると、玄関に若い女性が立っていた。女性は、ぽかんとした表情でこちらを見つめたまま固まっている。

優しげな面立ちをした女性は、化粧をしていないせいか、どこかあどけない雰囲気さえ感じさせた。Tシャツにジーンズにサンダル履きというラフな格好の女性の足元に、洗濯カゴが落ちており、中から衣服が床にこぼれている。

直後、須藤は状況を理解した。この部屋の住人である彼女は、アパートの屋上に干していた洗濯物をちょっと取り込んできたのに違いなかった。少しの間だからと、すぐ戻るつもりで、鍵を掛けずにそのまま部屋を出たのだろう。

須藤を見る女性の目に、みるみるうちに驚きと恐怖の色が浮かんだ。

彼女が悲鳴を上げようとするのとほぼ同時に飛びつき、とっさに口を塞いだ。大声を上げられて人を呼ばれたら何もかも終わりだ、という思いが頭を支配した。激しくもがく彼女ともつれ合って床に倒れたとき、須藤の手が偶然、相手の喉元に触れた。声を出させまいと、そのまま無我夢中で押さえつける。必死で両手に力を込め続けた。馬乗りになる形で首を絞め、気がつくと、いつのまにか女性は動かなくなっていた。

ひっ、と声を発して飛び退き、その場に凍りつく。自分のしたことが信じられなかった。発作のように、指先がカタカタと震え出す。頭が真っ白になって呆然と座り込んでいると、ふいに近くでけたたましい音がした。――泣き声だ。

驚いて見ると、部屋の片隅にタオルケットが敷いてあり、そこに赤ん坊が寝かされていた。すやすやと眠っていたために、部屋に侵入したときはその存在に気がつかなかったのだろう。

騒ぎで目覚めたのか、赤ん坊がぎゃあんと泣き出した。ちいさな身体から発せられているとは信じられないほど大きな声だった。サイレンのような泣き声に、今にも人が駆けつけてくるのではないかと動揺する。ただならぬこの状況に、もはや完全にパニック状態に陥っていた。——黙れ、黙れ、頼むから静かにしてくれ。

泣きわめく赤ん坊の頭まですっぽりとタオルケットを覆い被せたが、甲高い泣き声はいっそう激しくなるばかりだった。タオルケットを顔に押しつけ、必死の思いでその上から押さえ込んでいると、赤ん坊の泣き声は弱まり、やがて途絶えた。

須藤は、荒い息を吐きながら後退った。仰向けに倒れたまま動かない女性が、子供の形に盛り上がったタオルケットのふくらみが、ただただ恐ろしかった。

ちゃぶ台の封筒には目もくれずにその場から逃げ出そうとして、玄関脇の靴箱の上に、小さな鈴の付いた鍵が置かれているのに気がついた。もしかしたら彼女は一度は鍵を掛けようとしたが、赤ん坊が心配でなるべく早く部屋に戻りたかったため、あえて施錠せずに出たのかもしれない。——まさかこんなことになるとは、夢にも思わずに。

そんな思考の流れを想像してしまい、ぐらりと目まいがした。動悸が激しく鳴っている。

とっさに鍵を摑み、震える手で施錠すると、慌ててその場から逃げ出した。鍵を掛けたのは何ら深い意図があったわけではなく、自分のしたことを人に見つかるのが恐ろしいという、純粋な恐怖からだった。

さっきまでは青空だったのに、いつのまにか小雨のぱらつき出した路地をひた走った。半ば無意識に強く握り締めたままだった鍵に気づいて、橋の上から、川に向かって力いっぱい投げ捨てる。前日の台風で川の水かさが増しており、小さな鍵は一瞬で濁流に吞み込まれた。普段と違う激しい流れは、川底の泥ごと遠くまで押し流すような勢いだった。

……警察が自分の元にやってくる夢を見て、夜中に何度も飛び起きた。掌に残るあのときの生々しい感覚が消えず、頭がどうにかなってしまいそうだった。きっと自分は、すぐに捕まる。疑いなくそう思った。

しかし、事態は意外な方向に向かった。予想に反し、殺人事件の捜査が須藤の元に及んでくる気配がなかったのだ。意図せず、いくつかの要素が、事件の真相を警察の目から遠ざけてしまったらしかった。

一つは、あくまで突発的な犯行であり、被害者と須藤の間に個人的な接点が何もなかったこと。そして須藤が検針作業中だったために軍手をしており、現場に指紋の類が一切残っていなかったこと。

また、事件当日は大きな台風が通過した直後で、折しも町のあちこちで修理業者や清掃、点検のための作業員などが忙しなく動き回っていた。アンテナが倒れたり、屋根や雨樋が破損した家も多く、修復作業のために、市内の業者のみならず近隣の町からも見知らぬ人人間が多く出入りしていた。

須藤の姿は特別に誰かの記憶に残ることなく、そんな非日常の風景の中に紛れてしまったらしい。身に着けていた作業服が、図らずも匿名の記号と化し、個人の顔を隠してしまったのだ。台風の爪痕が、人々の混乱が、犯罪の痕跡を消し去った。

須藤が自分のした行為に怯える日々を送るうちに、母の容体が悪化した。須藤は仕事のかたわら、懸命に母の看病を続けた。

病の苦痛に耐えながらも須藤の今後を案じ、死に向かう母の姿を見るのは辛かった。せめて母が生きているうちは少しでも側に居て支えたいと、そんな願いを抱いた。母が亡くなったらすぐに自首しよう、けれどそれまではどうか待って欲しい、と身勝手に祈った。

母が亡くなったとき、疎遠になっていた親戚たちがやってきて、涙ながらに須藤に云った。

「こんなに立派ないい息子さんを育てて、幸代さんは何も間違っていなかったわねえ」

「私らが意固地になっちょった。ほんまに、アンタのお母さんには、気の毒なことをした」

口々に詫びる彼らの言葉を聞いた瞬間、全身の血が凍りついた。

──もし、自分が犯罪者だと知られたら。おぞましい殺人犯だと世間に露呈したら。

それは自分の母が生きてきた、懸命に努力してきた事実を穢し、全て否定してしまうことになるのではないか。絶望する心の片隅で、そう思った。

親戚らの発したその言葉は、須藤の中で重い呪縛となった。もう、自らの意思で世間に罪を懺悔することはできなかった。

母の葬式で須藤は涙を流した。たった一人の家族の喪失を悲しんだのは事実だが、同時に、自分のした行為がどれだけ愚かで罪深いものだったかをあらためて思い、おいおい泣いた。

けれど、もう取り返しがつかない。

医学の道は諦めた。人を殺めてしまった自分には、人の命を預かる医師になる資格などないと思った。出来る限り人目につかない、他人と関わらないで済む仕事を黙々と続け、仕事以外の時間の大半を防犯委員の活動に費やした。

犯罪者が町の治安と人々の平穏のために奔走するなど、さぞ滑稽な話だろう。

自分の犯してしまった過ちをほんのわずかでも正し、陰ながら償いたかった。それが身勝手な自己満足だということも、十分わかっていた。

夜になると墓地に現れると噂されている不審な人物について、確信は持てないながらも、その正体に気がついた。彼にまつわる不穏な噂を耳にするたび、罪悪感から胸が張り裂けそうだった。何度、彼の前に姿を現して土下座したい衝動に駆られたことだろう。

せめて密かに彼の行動を見守り、サポートしたいという思いも、須藤が防犯委員を続ける理由の一つとなっていた。常に率先して夜回りを務め、少女の放火未遂を大事にしなかった行動の裏に、黒須の存在を人目に晒したり、騒ぎにしたくないという気持ちがあったのは否定できない。

母が亡くなった後は独り身を通し、ずっと一人きりで暮らし続けた。他人の大切な家族を奪ってしまった自分が、温かな家庭を持つことなど、決して許されないと思った。

……自分の肉体が母と同じ病に侵されたと知ったとき、これは天罰なのだと思った。病気が何かの罰であるはずがないとわかっていたけれど、それでも、そう思わずにいられなかった。

いつのまにか〈みどり町の怪人〉なる異形の存在が生み出され、まるで身に覚えのない事件まで全てがその怪人の仕業だと噂されるのを耳にしながら、いっそ自分の犯した罪を架空の怪人になすりつけてしまえたらどれほどいいだろう、と思った。けれど、残酷に彼らを殺めてしまったあのときの手の感触は、自分が一生忘れてはいけないものだ。忘れられないものだ。

山道を登っていると、腹部の痛みはもはや耐えがたいほどになってきた。呻きながら雨の中で顔を上げたとき、少し先に、よろよろと歩いていく八重子の後ろ姿が見えた。

病に侵された若くない女の、小さな背中が視界に映る。

雨に霞むその後ろ姿に、懐かしい背中が重なった。かすれた声が、口から漏れる。

「母さん」

視界が歪んだ。苦労して自分を育ててくれた母を、激しい嵐から救いたかった。風雨から守りたかった。ただ、それだけだったのに。

どこで何を間違えてしまったのだろう。

そのとき、雨と風の音に交じって、ずずずず、と不気味な低い音がした。大きな何かが地を這いずるような音。重いものが転がる音。身をこわばらせた直後、震動が地面を揺らした。異様な音と地響きが、物凄い速さで近づいてくる。——来る。アイツが。

次の瞬間、山の斜面の一部が崩れ落ちてきた。土砂が、勢いよく山道になだれ込んでくる。

「かあさん！」

苦痛を堪えて八重子に駆け寄り、自身も流されそうになりながら手を伸ばす。痩せた身体をどうにか捕まえ、そのまま抱き込むような格好で、とっさにガードレールにしがみついた。息が出来ないほどの激しさで押し寄せてくる土や石くれから、身を挺して八重子を庇おうとする。少しでも気を抜いたら、たちまち土砂に呑まれそうだった。口や鼻に土が入り、苦しさに思わずむせる。ほとんど目を開けていられず、腕がちぎれるようだ。今にも流されていきそうな八重子の身体を、死に物狂いで守り続ける。

大きな力に翻弄されながら、やめてくれ、と心の中で叫んだ。やめろ、頼むからやめてくれ。

――オレを連れていけ。他の誰でもなく、このオレを。

そのとき、遠くから誰かが呼ぶ声がした。かろうじて薄目を開けると、道路の向こうに年季の入ったワゴン車が見える。

今井酒店と書かれたワゴン車から、二人の青年が降りてきた。流れる土砂のぎりぎり近くまで駆け寄ってくると、こちらに向かって何かを叫びながら懸命に手を伸ばしている。周囲の音が煩くて言葉は聞き取れないが、須藤たちを助けようとしているらしい。だが、あとわずかに距離が届かない。

押し流されそうになりながら、全身の力を振り絞り、八重子の身体を突き飛ばすようにして必死で彼らの方に押し出した。

「頼む！」

大きく体勢を崩した八重子の頭が土砂に埋まりかけ、一瞬ひやっとしたが、彼らの腕がどうにか八重子を捕まえた。直後、額のあたりに大きな衝撃を覚え、目の前で火花が散る。岩か何かが当たったのだと気がつくとほぼ同時に、限界を訴えていた手から力が抜けた。

押し寄せてくる土砂と共に、須藤の身体がガードレールの向こう側に流される。身体のあちこちに硬い物や尖った物がぶつかる感覚があり、一気に視界が塗り潰されて、呼吸が出来なくなった。

全身を襲う痛みと息苦しさに、須藤の意識はやがて途切れた。

◇

ようやく土砂の流れが収まると、連れの慎也に八重子を任せ、卓は慌てて道路下の斜面に下りていった。須藤さーん、と名前を呼びながら彼を捜す。

須藤と一緒に青葉山の麓近くへ由花を捜しに来ている、と瑞恵から小学校に電話があったものの、消防署や市役所の関係者らは忙しなく動き回っていてすぐにこちらに向かえる状況ではなかったため、たまたま避難所で水を配る手伝いをしていた卓たちがその役割を買って出たのだ。

半ば土に埋もれる形で倒れている須藤を見つけて駆け寄り、「大丈夫ですか！」と血相を変えて呼びかける。

須藤は頭から血を流しており、死人のようにぐったりとしていた。

しっかり、と声をかけると、けいれんするように瞼が震えて、微かに須藤が目を開けた。

泥で汚れたその顔に、水路のように涙がひとすじ光った。

「申し訳、ありませんでした」

かすれた声で、須藤が言葉を発した。懸命に伝えようとしている様子の弱々しいそれは、もはや声というよりもささやかな空気の震えでしかなかった。

「もうしわけ……」

それでも尚、残る全ての力を振り絞るようにして、唇を動かしている。

「わた、し、が……」

卓はとっさに須藤の口元に耳を寄せた。けれど、何を云おうとしているのか聞き取れない。須藤の呼吸が急速に力を失っていく。

救急車を呼ぶため、卓は急いで立ち上がった。

◇

台風は明け方に太平洋へと抜けて温帯低気圧に変わり、多くの物的被害と、一名の犠牲者を出して去っていった。

八重子の娘夫婦は須藤の死に大きな責任を感じているらしく、葬儀中、目を赤くして終始うなだれていた。八重子を保護した卓と慎也も、彼らから何度も頭を下げられた。

台風の日、慌ただしく避難準備をしていて彼らがほんの少し目を離した隙に、八重子が外に出ていってしまったのだそうだ。

「昔、大きな台風が来たとき——この町で例の殺人事件があった年ですけど、父が病気で倒れて、畑仕事を辞めざるをえなくなったんです。そのときのことが母にとってはよっぽど強く印象に残ってるみたいで、認知症を患ってからは、怪人が来たら悪いことが起こる、って思い込みに取り憑かれて徘徊するようになってしまって。たぶんあの日も、荒れる天気を見て、じっとしていられずに出て行ったんだと思います」

もちろん云い訳にはならないですけど、と智美が声を震わせて目元を拭う。

八重子は最近、青葉山の中腹にある畑にゴミが不法投棄されるという出来事があったせいか、畑の様子をしきりと気にしていたらしい。台風の日も、畑が心配になり様子を見に行こうとしたのではないか、という。

「亡くなった父がとても畑仕事に熱心な人だったから。あそこはもう、うちの畑じゃないのに。……喧嘩ばっかりしてたけど、お母さんなりにお父さんのこと、大切に思ってたんだね」

智美は、どこかしょんぼりとした様子で呟いた。

以前より地盤の脆さや落石の危険性が指摘され、安全面で問題視されていた青葉山の一部区域は、今回の事故がきっかけとなり、行政の下で補強工事が施されることになった。

……須藤が亡くなった後、周囲は初めて彼が胃癌だったという事実を知った。

須藤には、病院で治療を受けた痕跡がなかった。まるで自分自身を痛めつけるかのように、亡くなる直前まで、ただ仕事と地域の安全活動を続けていた。その間、どれほどの痛みと苦しみが彼を襲ったのかはわからない。

須藤の給与は、最低限の生活費以外、全て手つかずのまま貯金してあった。自分が死んだら残された金はある人に送って欲しい、と記した手紙が自宅に残されていた。

現金の送り先は、黒須氏——二十年以上前の殺人事件で亡くなった親子の、遺族だった。

「きっと、お気の毒な人の力になりたかったのねえ」

瑞恵はしんみりと云い、雨の日も風の日もひたすら町のために尽くし続けた須藤の姿を思い出して、洟をすすった。

その申し出を伝えられた黒須は、知り合いでもない相手から金銭を受け取る謂れがないと困惑して一度は拒否したものの、須藤の遺志を継がねばという使命感に駆られた瑞恵に説得され、最終的には受け取ることに同意したそうだ。

瑞恵はその後も、何くれとなく黒須を心配して例の調子でお節介を焼いているらしかった。時には娘夫婦や孫も引き連れ、せっせと黒須の元を訪れているという。

譲渡された金銭で、黒須は墓地の側にある病院に入院して心身の治療を受けることになった。

病院からは、彼の妻子が安らかに眠る場所が見える。

◇

夏の終わりの台風が過ぎると、秋になり、やがて冷たい冬が去っていった。

春めいたうららかな日差しの下、卓は公園のベンチに座って一人でにやついている慎也にそっと近づき、おもむろにその頭へと空手チョップを落とした。「てっ」と驚きの声を上げた慎也が、ウォークマンのイヤホンを耳から外す。

「いきなり、何すんだよ」と唇を尖らせる慎也に、卓は呆れ声で云った。

「まーた気持ちの悪い笑い方してたぞ。何、聴いてたんだよ？」

「先週放送の〈異界散歩〉録音したやつ。オレの投稿が読まれたから嬉しくってさあ、すげえだろ？」

「はいはい、知ってるって」

苦笑しながらおざなりに返事をすると、慎也が不服そうに卓をねめつける。

「なんだよ、その雑な相槌。お前ももっかい、ちゃんと聴けって！」

慎也はウォークマンからイヤホンを引き抜き、音声をオープンにした。エコーがかかったおなじみの口上が流れ出す。

(夜の帳が下りる頃、あなたの町の扉が開く。扉の向こうにあるのは、そう、異界——)

卓はにやりと笑ってみせた。

「……そろそろ行こうぜ。続きは、車ん中でゆっくりな」

おう、と慎也が頷いて、へたくそな鼻歌を口ずさみながらベンチから立ち上がった。車に向かってふたり並んで歩き出し、ラジオ番組の語りに耳を傾ける。

（この番組を、真っ暗な部屋で一人で聴くもよし。ご家族や友人と賑やかに聴くもよし。

——けれど番組が終わった後、決して、後ろを振り向きませんように）

……卓はふと立ち止まり、振り返った。

公園で遊んでいる男の子たちが、ふざけて大声で叫んでいる。

「みどり町の怪人が来るぞお！　女の人と子供を殺すおっかない怪人が」

「違うよ、悪いヤツから守ってくれるんだって」

「あーあ、怪人が現れて、明日の算数のテスト中止になんないかなあ」

はしゃぎながら走っていく子供たちの足元で、影法師がゆらりと揺れた。

公園前の道を並んで歩く数人の女子高生が、意味深な口調で囁き合っている。

「ねえ、あの噂、聞いた？　こないだ住宅街で起きた放火事件。あれって実は、みどり町の怪人の仕業らしいよ」

「知ってる？　先月から行方不明になってる隣の高校の女子、家出とかじゃなくて、本当は怪人に連れていかれちゃったんだって話」

「怖ーい。部活で遅くなるときは気をつけなきゃ」

ざわめく街路樹の枝葉が、路上に色濃い影を落とした。

夜の闇はいつだってそこにある。優しく、恐ろしい暗がりが。
どこからか、ひとひらの白い花びらが飛んできた。

――みどり町の、季節が巡る。

解説 ――ホラーの子、ささやく――

黒木あるじ（怪談作家）

その町では、二十数年前に陰惨な母子殺人事件が起こっていた。犯人はいまも捕まっておらず、そのために〈女性と子供を殺害する怪人〉の噂が、まことしやかに語り継がれている。人々はそれぞれが抱える問題と向きあうなかで、怪人の存在に気づき、怯え、翻弄されていく。怪人は本当にいるのか。もしや、私を狙っているのか――。

不穏きわまるストーリーの『みどり町の怪人』は、一九九〇年代の地方都市を舞台にした連作コージー・ミステリである。

作者の彩坂美月は〈青春ミステリの名手〉として知られている。学生時代はワセダミステリクラブに在籍し、二〇〇九年『未成年儀式』（富士見書房）で第七回富士見ヤングミステリー大賞に準入選し作家デビュー。その後も二〇一二年には『夏の王国で目覚めない』（ハヤカワ文庫JA）で第十二回本格ミステリ大賞候補に、二〇二一年には『向日葵を手折る』（実業之日本社）で第七十四回日本推理作家協会賞「長編および連作短編集部門」にノミネートされるなど、ミステリ界の俊英として申し分ない経歴を有している。

しかし私は、彼女がミステリのみならず〈ホラーの子〉でもあることを知っている。

スティーヴン・キングやディーン・クーンツ、ジョナサン・キャロルを愛読し、ホラー映画を好んで鑑賞している——そのような嗜好を本人より聞くたび、私は「いつの日か、ホラー要素を盛りこんだ彩坂作品が読みたい」と直に訴えてきた。ゆえに本書を一読するなり「待ってました！」と小躍りしたわけである。

まず驚かされたのは、舞台の秀逸さだ。

みどり町は所在こそ「埼玉県の片隅」と記されているものの、象徴的なモニュメントや建物は描かれない。登場するのはパン屋や野菜の移動販売車、個人経営の酒屋に受験生が通う進学塾など、いずれもありふれた風景ばかり。つまり、みどり町は「日常」なのだ。私たちが暮らすコミュニティの延長線上にあるのだ。この一見なにげない設定によって、読者は知らぬ間にみどり町の住人となり「登場人物は自分の隣人かもしれない」と錯覚を起こしてしまう。さながら実話怪談のごとき、なんとも見事な企みだ（みどり町がキング作品に登場する架空の街「キャッスルロック」と重なるのは私だけだろうか）。

加えて、時代を平成前半——一九九〇年代に据えたのも非常に巧い。

二十世紀の終わりに多感な時期を過ごした者として断言するなら、あのころはまさしく〈噂の時代〉だった。巷には超能力や心霊写真、人面犬からノストラダムスの大予言までオカルトじみた噂が氾濫しており、バブル崩壊の余波も相まって、末世的とも狂騒的ともつかぬ空気に満ちていた。当時はパソコンもインターネットも携帯電話も一般に浸透しておらず、情報を取得する手段はテレビや雑誌などアナログに限られていた。人々が曖昧な虚実を愉しみ、暗闇が暗闇だったあのころを舞台に選ぶとは、なんとも絶妙なチョイス。作中に出てくる漫画やヒット曲にも、同時代人としてはニヤリとさせられる。

随所に登場する深夜ラジオ番組『白川ポウの異界散歩』も時代性を色濃く反映している。テレビよりローカル性が強く、かつ一方的に情報を受動させるラジオは、怪しげな噂と親和性の強いメディアだった。かの有名な口裂け女も、七〇年代に関西ローカルラジオ番組が紹介したことで全国へ広まっていったと聞く。そんな〈ささやき〉を重要なツールとして用いた作者の慧眼に、思わずため息がこぼれてしまう。

余談だが、著者によると『白川ポウの〜』は、山形のコミュニティFMで数年前に放送されていた私の怪談番組がモデルなのだという。実は、当解説もその縁で依頼を賜っている。放送当時は「おっさんが無駄話をしているだけの番組など誰が聴くのだろう」と半信半疑だったが、いやはやラジオの伝播力や、侮りがたしである。

とりわけ、怪談屋の私が唸ったのは〈怪人〉の造形だ。

「レインコートを着た、痩せぎすで乱れ髪の男」という怪人の容姿は、口裂け女や人面犬などの〈先達〉に比べれば、決して派手なビジュアルではない。しかし、その属性は由緒正しき系譜に連なる、いわば都市伝説のエリートなのだ。

たとえば明治期には〈油取り〉という人攫い（ひとさらい）の流言が東北地方を中心に広まっている。柳田國男『遠野物語拾遺』によれば、この油取りなる怪人は「子供をハサミ（魚を焼く串）に刺して油を取る」と噂され、明治維新のころには岩手県遠野の庄屋肝煎が「日暮れ以降は女子供の外出禁止」を発令するほどであったという。油取りは紺の脚絆（きゃはん）と手差しを身につけており「この者が来たときは戦争が近い」ともされていた。いわば薄暗い世相を象徴する存在であったわけだ。九〇年代という、やはり不穏な時代に跋扈（ばっこ）する〈みどり町の怪人〉は、油取りの正統な後継者といえるだろう。

時代が昭和に移ると、今度は子供や女性を攫って殺害する怪人〈赤マント〉の噂が日本全国を駆け巡った。松谷みよ子『現代民話考』（ちくま文庫）によると、赤マントは一九三五年ごろに大阪市の小学校で広まったのちに東京まで伝わり、大久保周辺では「赤マントは吸血鬼で、襲われた死体があちこちに転がっている」との噂がささやかれた。北杜夫の自伝的小説『楡家の人びと』にも、昭和十三、四年あたりの飛語として「赤マントと呼ばれる怪物が、若い女の脛に牙を立てて生き血を吸う」との記述がある。

実はこの赤マント、明治末期に福井県の寒村で発生した未解決殺人「青ゲット事件」がモデルになっている。ある朝、青いゲット（毛布）を被った男が村の問屋を訪ねてきて、番頭とその母、さらには妻を外に連れだし惨殺。そのまま犯人は行方をくらまし、捕まることなく時効を迎えた——そのような事件だ。酸鼻をきわめる犯行と犯人の不気味さから噂にはどんどん尾鰭がつき、やがて青ゲットの男は「女子供を殺す赤マントの怪物」に変貌を遂げたのである。未解決事件から誕生した、正体不明の怪物——まさしく〈みどり町の怪人〉そのものではないか。町を恐怖のどん底に陥れる平成の怪人は、明治と昭和のハイブリッド、移ろう時代のなかで醸成と進化を遂げたサラブレッドなのだ。

先述のとおりホラーに精通した作者である。これらの噂を巧妙に織り交ぜ〈みどり町の怪人〉を創りだしたであろうことは想像に難くない（レインコートという怪人の衣装も、キングの『IT』やカルトホラー映画『アリス・スウィート・アリス』を連想させる）。いやはや、その卓抜した手腕に舌を巻いてしまう。

とはいえ、本作が噂に題材を取っただけであれば、私はここまで感嘆しなかったはずだ。都市伝説が登場する小説などミステリ、ホラーともに珍しくはないし、正体不明のシリアルキラーをあつかった作品も世間に溢れかえっている。だが本書の〈みどり町の怪人〉はそのように安直なものではない。もっと恐ろしく、深く、昏く、悲しい存在なのだ。

第一話「みどり町の怪人」の主人公・奈緒は、愛する男性と理由あってみどり町に転居してきたばかりの女性である。彼女は新天地に関する情報を持っていない。むろん怪人の噂も、その発生源である母子殺人事件についても断片的にしか知らない。詳細のわからぬ怪人の影は、新たな生活に対する奈緒の不安と二重写しになっている。

第二話「むすぶ手」の早紀子も、姑との同居を機にみどり町へ移り住んだ〈ご新規さん〉だ。彼女は日々の生活に疲弊していくなかで噂を知り、怪人の気配に慄きはじめる。家庭内に侵食する怪しい影は、早紀子の壊れかけた心とシンクロしている。

第三話「あやしい隣人」の悟は生まれも育ちもみどり町という生粋の地元民。穏やかに生きようとするあまり町の暗部を見ないよう努めていた悟だが、ある出来事をきっかけに否応なく怪人との対峙を迫られ、どう生きるべきか選択を突きつけられてしまう。

第四話「なつのいろ」の主人公である小学生の崇、第五話「こわい夕暮れ」の大学生・卓、そして第六話「ときぐすり」の中学生・ゆりは、いずれも未成年あるいはモラトリアムな青年である。家庭や学校に身の置き場がなく、けれども他所へ逃げるすべを持たない彼らにとっては、空虚な実社会より怪人のほうが生々しい存在感に満ちている。

そう、主人公たちが真に恐れているのは怪人ではない。自身が置かれた環境なのだ。

彼ら彼女らはおのれの問題から無意識に目をそむけ、正体不明な怪人へ視点をフォーカスさせる。だが、怪人を見つめることで〈心に刺さる棘（とげ）〉に気づいてしまう。胸の疼きを止めるには、棘を抜かなくてはならない。取りのぞく際には痛みが伴うだろう。かすかな傷が残るだろう。それでも、主人公たちは意を決して棘を抜き、現実に一歩踏みだす。

ここにこそ彩坂ミステリの真骨頂がある。人間模様の機微と日常の陰影を、やわらかな視線によって描きだす。ゆえに彼女の紡ぐ物語は残酷なのに優しく、哀しいのに温かい。切り口がホラーになっても、そのまなざしは変わらない。彩坂美月は知っている。恐怖を抱くのはいつだって人であると。人を描くとは、恐怖を描くことと同義であると。

しかし「なるほど、怪人は皆の心にいるのか」などと手垢のついた結論に飛びつくのはまだ早い。最終話「嵐の、おわり」で物語の様相は一変する。読者も実在を訝（いぶか）しんでいた〈みどり町の怪人〉は突如として正体をあかし、驚愕の真相を独白し、ひっそりと去っていく。その静かで哀れな退場は「私の時代が終わった」と告げているかのようだ。

事実、怪人の時代は終わりを迎える。作中からほど近い一九九五年、日本を震撼させた未曽有の宗教テロ発生後、世論に押されたメディアの自主規制によって都市伝説やオカルトの類は表舞台からの退場を余儀なくされる。新世紀を迎えたのち、怪しい話はかろうじて復活を果たすものの、世の中はすでに一変していた。口コミで語られていた話は世界へ発信され、真偽の定かではない情報には容赦なく審判が下される。すこし不便で不確かで、けれどもどこか優しかった九〇年代の空気は、すでに過去のものとなった。それを思えば、もしかしたら『みどり町の怪人』は〈時代という名の怪人〉に対するレクイエムなのかもしれない――待てよ、本当にそうだろうか。

ここまで書いておきながら、私は自論に首を傾げる。どれほど時代が移ろっても、人の心は大きく変わっていないはずだ。だとすれば噂も姿を変えただけではないのか。明治の油取りが昭和の赤マントを経て平成の〈みどり町の怪人〉へ変容したかのごとく、令和の世にも怪人は潜んでいるのではないか。われわれの背後へ忍び寄っているのではないか。

そうか――彩坂美月はそれを私たちに訴えているのだ。ホラーの子は、そっと夜の闇にささやいているのだ。「気をつけて。暗闇はまだあるよ。怪人は近くにいるよ」と。

まるで、どこからともなく聞こえてくる深夜ラジオのように。

本書の作風に惹かれた読者には、二〇二〇年刊行『向日葵を手折る』もお薦めしたい。こちらには〈みどり町の怪人〉に優るとも劣らぬ不気味な存在〈向日葵男〉が登場する。また、著者は現在「幽霊屋敷を舞台にした長編」を執筆中だとか。さらにホラー度の高い新作と出会えるその日が、いまから待ち遠しい。

初出
第一話　みどり町の怪人　「小説宝石」二〇一七年七月号
第二話　むすぶ手　「小説宝石」二〇一七年十月号
第三話　あやしい隣人　「小説宝石」二〇一八年一月号
第四話　なつのいろ　「小説宝石」二〇一八年四月号
第五話　こわい夕暮れ　「小説宝石」二〇一八年七月号
第六話　ときぐすり　「小説宝石」二〇一八年十月号
第七話　嵐の、おわり　「小説宝石」二〇一九年一月号

単行本
二〇一九年六月　光文社刊
※文庫化にあたり大幅な修正を加えました。

光文社文庫

みどり町(ちょう)の怪人(かいじん)

著　者　彩(あや)　坂(さか)　美(み)　月(つき)

2023年1月20日　初版1刷発行

発行者　三　宅　貴　久
印　刷　堀　内　印　刷
製　本　ナショナル製本

発行所　株式会社　光　文　社
〒112-8011　東京都文京区音羽1-16-6
電話（03）5395-8149　編　集　部
8116　書籍販売部
8125　業　務　部

落丁本·乱丁本は業務部にご連絡くだされば、お取替えいたします。
ISBN978-4-334-79482-8　Printed in Japan

組版　萩原印刷

写真への旅　荒木経惟
白い兎が逃げる　有栖川有栖
妃は船を沈める　有栖川有栖
長い廊下がある家　有栖川有栖
ぼくたちはきっとすごい大人になる　有吉玉青
SCS ストーカー犯罪対策室（上・下）　五十嵐貴久
PIT 特殊心理捜査班・水無月玲　五十嵐貴久
黄土の奔流　生島治郎
火星に住むつもりかい？　伊坂幸太郎
よりみち酒場 灯火亭　石川渓月
おもいでの味　石川渓月
夕やけの味　石川渓月
結婚の味　石川渓月
小鳥冬馬の心像　石川智健
月の扉　石持浅海
心臓と左手　石持浅海
玩具店の英雄　石持浅海

二歩前を歩く　石持浅海
パレードの明暗　石持浅海
鎮憎師　石持浅海
不老虫　石持浅海
女の絶望　伊藤比呂美
人生おろおろ　伊藤比呂美
セント・メリーのリボン 新装版　稲見一良
心音　乾ルカ
ぞぞのむこ　井上宮
珈琲城のキネマと事件　井上雅彦
ダーク・ロマンス　井上雅彦監修
蠱惑の本　井上雅彦監修
秘密　井上雅彦監修
狩りの季節　井上雅彦監修
ギフト　井上雅彦監修
今はちょっと、ついてないだけ　伊吹有喜
喰いたい放題　色川武大

私にとって神とは　遠藤周作
眠れぬ夜に読む本　遠藤周作
死について考える　遠藤周作
地獄行きでもかまわない　大石　圭
人でなしの恋。　大石　圭
奴隷商人サラサ　大石　圭
甘やかな牢獄　大石　圭
殺人カルテ　大石　圭
シャガクに訊け！　大石　大
二十年目の桜疎水　大石直紀
京都一乗寺　美しい書店のある街で　大石直紀
京都文学小景　大石直紀
問題物件　大倉崇裕
だいじな本のみつけ方　大崎　梢
新宿鮫　新装版　大沢在昌
毒猿　新装版　大沢在昌
屍蘭　新装版　大沢在昌

無間人形　新装版　大沢在昌
炎蛹　新装版　大沢在昌
氷舞　新装版　大沢在昌
灰夜　新装版　大沢在昌
風化水脈　新装版　大沢在昌
狼花　新装版　大沢在昌
絆回廊　大沢在昌
暗約領域　大沢在昌
鮫島の貌　大沢在昌
撃つ薔薇　AD2023涼子　新装版　大沢在昌
死ぬより簡単　大沢在昌
彼女は死んでも治らない　大澤めぐみ
Y田A子に世界は難しい　大澤めぐみ
神聖喜劇（全五巻）　大西巨人
野獣死すべし　大藪春彦
東名高速に死す　大藪春彦
曠野に死す　大藪春彦

光文社文庫　好評既刊